NICOLAS

Né à Paris en 1929, Dominique Fernandez est normalien, docteur ès lettres, critique littéraire au *Nouvel Observateur.* Il a publié de nombreux essais, récits de voyages et romans, en particulier *Porporino ou les Mystères de Naples* (prix Médicis 1974, adapté pour l'opéra au Festival d'Aix-en-Provence en 1979), *Dans la main de l'ange* (prix Goncourt 1982), *Tribunal d'honneur* (1997), *Rhapsodie roumaine* (1998), *Les Douzes Muses d'Alexandre Dumas* (1999).

Paru dans Le Livre de Poche :

L'AMOUR
LE DERNIER DES MÉDICIS
L'ÉCOLE DU SUD
L'ÉTOILE ROSE
PORFIRIO ET CONSTANCE
TRIBUNAL D'HONNEUR

DOMINIQUE FERNANDEZ

Nicolas

ROMAN

GRASSET

à Stéphane Corvisier,
qui a mis à ce roman
le point final.

I

En un quartier de Saint-Pétersbourg, demeurait, il n'y a pas si longtemps, un étudiant de ceux qui n'ont ni barbe au menton ni billet de cinquante roubles en poche. De haute taille, droit, élancé ; un jour sur deux, ne mangeant pas à sa faim ; cependant, mince plutôt que maigre. Le jour d'été où, le connaissant peu encore, et dans l'intention de lui faire accepter un gâteau dans une des nouvelles pâtisseries de la perspective Nevski, j'appuyai le doigt, à travers son tee-shirt des surplus américains, sur la saillie de sa clavicule, il me jeta, du fond de ses yeux noisette, un regard si mécontent, que je me le tins pour dit.

Les Russes, il est vrai, n'ont aucun goût pour les choses sucrées ; le sucre n'entre pas dans leur tradition culinaire ; point de dessert à la fin d'un repas ; et, trait que j'ai remarqué en mainte occasion, et dont l'histoire que je m'apprête à raconter apporte une nouvelle preuve, leurs sens refusent de se laisser toucher par ce que leur tradition ignore.

Mince, donc ; nourri autant qu'il sied à quelqu'un dont l'idéal n'est pas d'être repu, et qui dédaigne l'embonpoint ; et, de même, vêtu au petit bonheur, mais toujours de linge propre et d'habits corrects. Le pantalon de velours gondole sur ses longues jambes ? La faute n'en est pas, d'après lui, à l'étoffe trop légère, mais à la hâte avec laquelle, le soir, recru de fatigue après le retour interminable dans la cohue des transports surchargés, il le jette en boule au pied de son lit. Sous son blouson, cadeau de l'aide humanitaire allemande, on n'aurait trouvé à son chandail ni tache ni accroc. Nicolas avait la meilleure opinion de son sort, ce qui ne veut pas dire de lui-même, jamais garçon n'ayant été aussi ignorant de ce qu'est la vanité.

Il n'avait pas quatre ans, lorsque son père, pour se mettre en ménage avec une nouvelle femme, à trois mille kilomètres de Saint-Pétersbourg, s'était *cassé*, selon l'expression du jeune homme, non moins calé en langue verte que féru de français littéraire. Sa mère, qu'il vénérait, l'avait élevé, seule, avec son seul salaire. Supposer qu'il n'était pas le plus chanceux des fils eût été le blesser d'un affront.

Que lui manquait-il ? N'avait-il pas à sa disposition le nécessaire et une partie du superflu ? Déplorer avec lui la situation calamiteuse de la Russie, s'inquiéter de la déconfiture de l'Etat, critiquer l'impuissance des dirigeants, ironiser contre les « nouveaux Russes » qui roulent en Mercedes et portent revolver à la ceinture, s'en prendre à la politique du nouveau maire de Saint-Pétersbourg, qui faisait arracher les peupliers au lieu de réparer la voirie et de rajeunir les tramways, bref, vilipender les pouvoirs publics, à la bonne heure ; ce que ne tolérait pas Nicolas, c'était qu'on s'apitoyât sur sa personne. Etre plaint ? Rougir sous les compliments attendris ? Souffrir l'hypocrisie de l'Occident ? Fi donc ! Il eût défié tous les jeunes gens du monde, présents, passés ou futurs, de prétendre qu'ils avaient bénéficié, pour leurs débuts dans la vie, d'une *environnance* plus favorable.

(Environnance : néologisme voulu ? Contamination involontaire de deux mots voisins ? De ces dérapages linguistiques, je n'avais garde de le reprendre : si bon élève qu'il fût, le dressage scolaire n'étouffait pas en lui l'esprit d'invention.)

Envoyé par mon journal pour rendre compte de la

vie artistique en Russie, je m'intéressais en priorité à la danse ; ou plutôt, à la situation des danseurs et des danseuses. Le Kirov reste, avec celui de l'Opéra de Paris, le meilleur corps de ballet au monde. Comment font-ils, avec leurs salaires pitoyables, parmi les plus bas du pays ? Pourquoi, si indignement rétribués, acceptent-ils de rester à Saint-Pétersbourg ? Plus d'une compagnie occidentale, me disais-je, serait heureuse de les engager. Ils gagneraient trente, quarante fois plus...

Tandis que, dans le foyer du théâtre, après le deuxième acte du *Lac des cygnes,* j'essayais tant bien que mal d'identifier les deux étoiles (c'était mon premier voyage, par un temps glacial), un étudiant qui souriait de mon embarras et parlait un français impeccable s'offrit à transcrire sur mon programme leurs noms en caractères romains. C'est ainsi que j'avais fait la connaissance de Nicolas. Après l'entracte, il remonta au poulailler.

Sans avoir demandé à me revoir. J'aime cette fierté des Russes, qui les empêche de se coller au premier touriste, bien qu'ils n'aient d'autre avenir, ils le savent, qu'en s'abouchant avec des étrangers. Je regrettais de n'avoir fixé aucun rendez-vous à Nicolas. A la sortie du théâtre, il me guettait. Il me proposa d'attendre avec moi le 11. « Un vrai Russe, émigrer ? Seulement à la dernière extrémité, me dit-il. Boire de la bière entre nous et discuter toute la nuit, rien n'est plus important pour un Russe. L'argent qu'il empocherait à l'étranger ne remplacerait pas les parties de bavardage philosophique arrosées de Baltika à étiquette bleue. »

Le tram arrivait. « Alors, adieu, monsieur. » Il me tendait la main. Je griffonnai à la hâte mon nom et mon numéro de téléphone. « Appelle-moi quand tu veux. » A cette heure tardive, la voiture était vide. Je pus m'asseoir et rêver à Nicolas.

J'habitais, dans l'île Basile, un appartement loué à une Troubetskoï de Paris. A quelques jours de là, le jeune homme rencontré au Mariinski m'invita à dîner chez sa mère. Dès cinq heures et demie, il sonnait à ma porte. « Ce n'est pas tout près », me dit-il, d'un air dégagé. Nous descendîmes à pied la sixième ligne, jusqu'au fleuve. Il voulait me montrer, en passant, l'endroit où il étudiait. Nous remontâmes le quai, en direction de la forteresse Pierre-et-Paul. Un ancien palais impérial, rien de moins, abrite la faculté des Lettres. Il date de Pierre le Grand, et complète, par son dessin harmonieux, le décor architectural de la Neva. Entre la résidence du prince Menchikov, jaune, et l'édifice des Douze Collèges, rouge, on le reconnaît à sa couleur verte. Victime des hivers interminables, des changements brutaux de climat, de la négligence des autorités et de la misère générale du pays, usé, mal en point, il garde néanmoins belle allure. Depuis combien de temps n'en a-t-on pas repeint la façade, rongée par les vapeurs humides qui rampent le long du fleuve et stagnent sous le ciel bas ?

L'accès par le quai est étroit, ridiculement étroit pour la foule des usagers. Le tambour, les trois lourdes portes à franchir occasionnent une bousculade permanente. Les édifices de cette époque étaient de dimensions modestes, selon les goûts économes de Pierre le Grand. En transformant le palais vert en université, on n'avait songé à en modifier ni les ouvertures ni les aménagements intérieurs. Basse de plafond, sans fenêtres, l'entrée ne paye pas de mine, et, de toute manière, pour introduire aux études, ce vestibule manque de lumière et d'espace. Sous-sol à la Dostoïevski, plutôt que propylées du savoir. L'escalier d'honneur, malgré une double rampe, tient du marché oriental, du souk. On vend des livres au pied des marches ; on troque des polycopiés à la lueur d'un soupirail ; un étal de pommes et de bananes est installé dans un coin ; des bouts d'affiches pendillent. Mais quelle gaieté, quel entrain au milieu de ce laisser-aller ! Quel mépris pour tant d'incurie ! Ils vont, viennent, échangent des blagues, indifférents au désordre et à la vétusté.

La plupart des filles me semblèrent mises avec goût, maquillées avec soin. Les lèvres relevées d'un rouge vif, elles n'ont pas répudié, comme ici, leur féminité, me ferait à Paris remarquer Nicolas. Sur toute la hauteur du vestibule, ornement saugrenu dans cette cave, un miroir leur permet de se regarder en pied. Mieux encore, un salon de coiffure et de manucure vient de s'ouvrir au premier étage !

Je notai au vol ces premières impressions, sans pouvoir m'empêcher de les comparer avec mes souvenirs des campus français. Tout me parut pauvre, vieillot, chaotique, inachevé ; mais tels sont l'insouciance, le détachement des étudiants, qu'ils ne s'aperçoivent même pas des conditions qu'on leur fait. Ils s'en moquent. Leur tête est ailleurs, qu'à vérifier s'ils sont traités dignement. La mythologie du « progrès » ne les intéresse pas. Je suivis Nicolas dans un couloir du rez-de-chaussée ; succession de coudes, d'angles morts, de portes qui claquent, de passages obscurs ; tantôt un bureau de professeur, campement plutôt que bureau, fouillis d'étagères disparates, de dossiers ficelés n'importe comment ; tantôt des toilettes, à l'endroit le plus inattendu, précédées d'une antichambre glauque, humide, où les garçons s'entassent pour fumer. Partout un air de provisoire, d'inabouti, d'incomplet, malgré deux cents ans d'existence, une discipline scolaire moins relâchée qu'en Occident et un niveau d'études plus élevé.

Dans un café, on faisait la queue devant un comptoir de soupes et de salades ; la pièce, repeinte en blanc, me sembla lumineuse et gaie. Un percolateur neuf brillait sur le comptoir. Nicolas grogna qu'avant il s'y sentait mieux, quand c'était aussi sombre et miteux que le reste. Je m'étais grossièrement trompé, en croyant qu'il m'avait amené ici pour rire avec moi de la considération où l'on tient la fleur de la jeunesse russe.

Il m'entraîna vers un autre café, celui qu'il fréquente lorsque, dans le bref intervalle entre deux cours, il réussit à avaler deux saucisses sur un bol de sarrasin. Rien de plus étrange, de moins facile à concevoir pour un esprit occidental, que le régime alimentaire des étudiants. Les leçons se succèdent sans interruption, de neuf heures du matin à cinq heures du soir. Aucune pause n'est prévue pour le déjeuner. On a dix minutes pour changer de salle. Pas de « restaurant universitaire » à la française. Les points de ravitaillement abondent — de la salle de café proprement dite à la buvette aménagée sous les marches d'un escalier, de l'éventaire de beignets, qui bouche la moitié d'un palier, au comptoir de yaourts et de bananes incongrûment dressé près d'un amphithéâtre — mais disséminés au petit bonheur. On attrape au passage une pomme, une tablette de chocolat, un petit pain fourré à la marmelade d'abricot, un gobelet de kéfir. Ces débits de boissons, ce menu commerce de friandises et de pâtés donnent à l'antique *alma mater* le pittoresque anarchique d'un caravansérail.

Nous traversâmes une cour, très vaste, complètement à l'abandon, malgré l'intense va-et-vient des étudiants. Défoncée, hérissée d'arbres à demi morts, trouée de fondrières, encombrée de souches, de gravats, de tas de briques, elle sert de garage à quelques épaves de camions échouées là on ne sait comment. Nicolas épiait, amusé, mes réactions. Je ne voulus pas lui donner la satisfaction de se dire qu'un Français est incapable d'apprécier le charme, la poésie d'un terrain vague. Non sans effort, je cachai ma surprise. Tout ce que je voyais était si contraire à l'image que nous nous faisons d'une université ! Il n'avait pas plu depuis trois jours, mais la boue collait aux chaussures, et des flaques d'eau marron reflétaient en les brouillant les feuilles pendantes de saules nains.

Les salles de classe occupent le premier étage. « Allons, me dit Nicolas, poursuivant son idée, reconnaissez qu'il faut être russe, passif comme les Russes, pour accepter d'y travailler. Il n'y a pas assez de sièges pour les tables, tout est moche et déglingué, ça chauffe mal ou pas du tout, des ampoules manquent, le plancher cède par endroits. On se croirait dans le château du capitaine Fracasse ! Chez vous, ajouta-t-il, ce serait la révolte. — La grève illimitée, Nicolas. Tu seras déçu par la France. Tout le monde y est à cheval sur ses droits, et les droits de l'étudiant commencent par le confort des études. La grande affaire en ce moment, à Paris, est de savoir si le gouvernement socialiste va réussir à réduire la durée du travail hebdomadaire à trente-cinq heures. Tu te rends compte ! A côté de ce que vous endurez, vous autres ! » Il me répondit : « Quand on patauge des deux pieds dans la gadoue, où est le mérite d'avoir les yeux tournés vers le ciel ? » phrase à plusieurs sens, que ce récit m'aidera à démêler.

Nous poursuivîmes notre exploration. Toujours le même labyrinthe de corridors, de passages, de kiosques improvisés, la même incurie, la même indifférence au bien-être, la même ignorance de ce qui est pratique et mesquin. Nicolas non seulement se sentait à l'aise dans ces locaux sinistrés, mais il les aimait.

Dans une salle, il me montra, de chaque côté de la chaire, deux colonnes tronquées de plâtre. Il n'y a pas si longtemps, Marx et Lénine, chacun sur son piédestal, présidaient aux cours. Leurs bustes sévères encadraient le professeur. Conséquence de la perestroïka, Nicolas et ses camarades, à présent, n'étaient plus soumis à l'endoctrinement communiste. Bien qu'ils n'eussent aucune illusion sur l'avenir de la Russie, ils appréciaient le bonheur d'être libres. Seulement, ils se seraient jugés indignes de cette victoire politique, en prétendant la compléter par des revendications matérielles.

Plus le dénuement est complet, plus l'esprit règne en maître : ce qui serait chez nous un sophisme, un raisonnement par dépit, exprimait la conviction de Nicolas et de la plupart des étudiants.

II

Il est vrai qu'à la fin de leur longue journée de cours ils ont droit à une récompense magnifique. Après la pénombre et l'humidité des salles, ils découvrent, en débouchant sur le quai, un spectacle sans pareil : en face, de l'autre côté du fleuve, le Cavalier de bronze immortalisé par Pouchkine ; plus loin, la haute coupole dorée de Saint-Isaac ; vers la gauche, la flèche étincelante de l'Amirauté, puis le déploiement majestueux du palais d'Hiver ; vers la droite, le palais classique du Sénat et les demeures princières jusqu'au pont Nicolas. Celui qui a peiné entre des murs décrépits, en soufflant sur ses doigts rougis, peut relever la tête. Soixante-dix ans de communisme ont pu ruiner la Russie, une civilisation qui s'est hissée jusqu'à ce faîte recouvrera un jour sa splendeur.

Je convins qu'à Paris, même en ayant le privilège d'étudier dans les murs de la vieille Sorbonne, on ne trouve à se mettre sous les yeux, après les cours, qu'un square un peu minable ou un boulevard franchement vulgaire. Nicolas se rengorgea. « Et puis, dit-il, regardez quelle chance c'est pour moi, que le 10 s'arrête juste ici, pour me conduire à la station de métro. » Précédé d'un vacarme de vieilles tôles, le véhicule arrivait en ferraillant ; trolleybus rouillé et perclus ; carcasse brinquebalante, pleine à se rompre de voyageurs frigorifiés. Les voitures ne passant que tous les quarts d'heure, une foule silencieuse et féroce les prend d'assaut à chaque arrêt.

« Montons », dit Nicolas. La gabegie actuelle garde une mémoire ironique des anciens temps. « Monter dans l'autobus » continue à se dire, les locutions russe et française différant, *saditsia na avtobous,* mot à mot : « s'asseoir dans l'autobus ». Ils n'ont pas éprouvé le besoin de modifier, avec l'épouvantable congestion des transports, le syntagme originel. Tous les usagers perçoivent-ils le sens littéral de ce qui n'est plus qu'un cliché, un sarcasme, un exemple éclatant d'antiphrase ? Nicolas, en tout cas, était parfaitement conscient, en me donnant ma leçon de russe sur le marchepied de la guimbarde, que les mots n'ont plus qu'un rapport dérisoire avec la réalité.

Nous réussîmes, tant bien que mal, à nous pousser à l'intérieur. Peu s'en fallut que mon poignet ne restât coincé dans les volets coulissants de la portière. En dégageant mon bras, je jetai un coup d'œil sur ma montre ; à la dérobée, pour ne pas vexer Nicolas. Il eût mal pris que je minutasse — mais le subjonctif lui aurait plu — la durée de ses trajets. Combien de temps mettait-il, chaque matin, pour se rendre à l'université ? Combien de temps, chaque soir, pour rentrer chez lui ? Je tenais à en avoir le cœur net.

Du palais vert à la station de métro Gostiny Dvor : un bon quart d'heure. Puis vingt minutes de métro, de Gostiny Dvor à Institut Technologique. Là, changement, et ligne 1, jusqu'au terminus, Avenue des Vétérans : encore vingt-cinq minutes de métro, dans la trépidation et le fracas d'un wagon toujours bondé. D'Avenue des Vétérans au bloc d'immeubles où habite Nicolas, restent quinze kilomètres de parcours rectiligne. Le cinéma croisé à mi-chemin marque la ligne où passait le front, pendant les neuf cents jours du blocus de Leningrad. Les Allemands ne réussirent jamais à pénétrer au-delà. C'était alors la campagne, qu'on lotit dans les années 60. L'héroïsme des assiégés restait si vif dans la mémoire des survivants, qu'on baptisa « des Vétérans » l'artère principale.

Nicolas voulut à toute force emprunter un des taxis collectifs de la compagnie jaune. Il s'obstina à payer lui-même les billets : trois roubles par personne, trois fois le prix du ticket de trolleybus. Lorsqu'il n'avait pas à honorer un ami, Nicolas se contentait du trolleybus : une demi-heure de route, au lieu du quart d'heure par le taxi. Chaque matin et chaque soir, il en avait donc pour une heure et demie, dans le brouillard glacé de l'aube et le gel humide de la nuit. Même trajet, même corvée, même humiliation pour sa mère. Informaticienne chevronnée, elle travaillait aux programmes d'une agence, rue des Galériens, derrière le palais du Saint-Synode. Je donne ces détails, pour qu'on mesure, d'après la réponse que je vais rapporter, à quelle altitude le preux Nicolas nichait ses chimères.

« Voilà une banlieue qui m'a l'air agréable », avais-je eu l'imprudence de lui dire, en montrant les arbres et les pelouses au pied des blocs de huit étages. « Ce n'est pas une banlieue, rétorqua-t-il. Krasnosielski est un arrondissement de la ville, égal à tous les autres. Rien à voir avec une banlieue. » De ses fenêtres, au septième étage, on apercevait un début de lande pelée ; et même, vers Peterhof, entre deux mastodontes de béton, un lambeau de mer grisâtre ; mais Nicolas, averti des images négatives que traîne avec lui le mot français « banlieue », assorti à « dortoir », « dépotoir », se rabattait sur la division administrative de Saint-Pétersbourg en une trentaine d'arrondissements. Tous les terrains bâtis relevant d'un pouvoir municipal unique, il profitait de cette fiction bureaucratique pour s'imaginer — ou me donner à croire, s'il ne s'abusait plus — que sa mère les avait logés, non pas aux marges dévalorisées de la capitale de Pierre le Grand, mais sur le même pied et avec les mêmes prérogatives que s'ils habitaient le centre historique.

Si je l'avais offensé sans le vouloir, il eut bientôt sa revanche. Les Maroussine vivaient dans deux pièces ; un corridor minuscule pour entrée, une cuisine lilliputienne, une salle de bains à ne pas pouvoir s'y retourner, voilà tout le reste du logement. Ah ! j'allais oublier le principal : un charme fou ! Le salon servait de chambre à coucher à la mère. Jusqu'à ce que l'enfant eût neuf ans, ils n'avaient disposé que de cette pièce unique, l'appartement étant communautaire. A la mort de leur voisin, la seconde pièce échut à Nicolas. Il avait consacré un mur entier à des étagères pour ses livres.

Le salon renfermait une table pliante qu'on ne déployait que dans les grandes occasions, deux fauteuils, un canapé-lit et une armoire-crédence. Pourvu de deux planches pour les livres, ce meuble imposant occupait la paroi du fond. Un piano droit s'était approprié les derniers pouces carrés disponibles. Sur le couvercle, je vis des partitions étalées. Chopin, Tchaïkovski, Rachmaninov : la triade sacrée, pour tout Russe.

« En France, dis-je, même les gens qui aiment la musique n'ont pas toujours un piano chez eux. » Nicolas éclata de rire, puis traduisit ma phrase pour sa mère. Elle s'esclaffa à son tour, mais sans méchanceté. « Ce que vous venez de dire n'a aucun sens pour nous. *Les gens qui aiment la musique* : en Russie, la question ne se pose pas. Tout le monde, à moins d'être sourd, vit dans et par la musique. Impossible de s'en passer. » Anastasia continuait à rire, comme si j'avais dit une de ces blagues idiotes dont raffolent les Russes. Elle ne pouvait cacher sa surprise, en découvrant que les Français forment une espèce physiologique à part, une famille de créatures inachevées, auxquelles n'ont pas encore poussé les oreilles.

« Pourquoi aimez-vous tant notre ville ? me demanda-t-elle, honteuse d'avoir tant ri. — Parce qu'à Paris, si vous cherchez l'endroit où Gérard de Nerval s'est pendu, le passant interrogé vous dira de vous rendre à la morgue et d'y consulter la liste des décès du mois. Ici, il suffit que je prononce le nom de Pouchkine, pour qu'on m'indique où trouver sa maison, quelques vers d'*Eugène Onéguine* à l'appui. Les Français ne s'intéressent à un poète que si une émission de télévision ou un film le remettent pour un temps dans l'actualité. »

Nicolas traduisit ma réponse, qui ne sembla point la satisfaire. « Paris... Paris... », murmurait-elle, en hochant la tête. Ou plutôt — totalement ignorante du français, elle ne connaissait même pas le vrai nom : « Parij... Parij... » La transcription par *j* (ou par *ch,* le son étant intermédiaire) de la lettre Ж, cette étoile de mer à six branches, ne rend pas le bruissement de la voix, le chuintement velouté, qui prolonge le *i* trop net, trop abrupt, par une vibration mystérieuse. « Parij... Parij... » Oui, cet apport musical, ce surplus de sonorité flatteur dont les Russes embellissent les deux syllabes trop courtes, est la conséquence du mythe qu'ils se sont formé de Paris. Je m'avisai qu'une des planches de l'armoire-crédence contenait un Zola complet en version russe. « Dis à ton ami, reprit Anastasia, que Pouchkine lisait Byron et Heine dans des traductions françaises. Pouchkine, qui a toujours rêvé d'aller à Parij, et qui est mort avant de réaliser ce rêve...

— Tué par un Français, *mama.* » Un seul *m* en russe, à la différence de la *mamma* italienne, dont la consonne redoublée exprime la molle surabondance des caresses. La *mama* russe est aimante, mais ne dégouline pas.

Nicolas avait parlé sèchement, pour faire déchanter sa mère d'un pays où elle n'aurait jamais les moyens de se rendre. Voix coupante, ton brutal, par piété et tendresse de fils.

Quant à lui, si l'on en croit le récit que j'entreprends de ses aventures, il aura servi de cible à bien d'autres Georges d'Anthès, avant d'être désenchanté de la France. Sa mère l'avait élevé dans le culte d'une nation qu'elle parait d'autant plus de vertus qu'elle avait vu Gorbatchev succéder à Brejnev, Eltsine détrôner Gorbatchev, sans constater aucune trêve dans les malheurs publics, aucune amélioration dans la vie des citoyens. Il fallait bien, pour continuer à vivre, se figurer qu'ailleurs on vit mieux.

Elle avait constitué, ainsi, de la France, une sorte de musée imaginaire, dont les richesses et les splendeurs attendaient son fils, pour le sauver de la misère qui pèse sur les Russes (et les accablerait, sans leur courage). L'émerveillement où le plongeraient les surprises et les découvertes du voyage la vengerait, elle, de la grisaille laborieuse, humiliante, à laquelle le sort l'avait condamnée. Nicolas, follement attaché à sa mère, ne pouvait ignorer les espoirs qu'elle avait mis en lui. Le séjour en France, auquel ses études le destinaient tôt ou tard, serait, bien plus qu'un sujet de satisfaction personnelle, la revanche qu'il offrirait à sa mère. Elle s'était sacrifiée à son enfant unique : il réparerait ce sacrifice en se laissant subjuguer par le mythe de Paris.

Aujourd'hui, même après les événements que je vais rapporter, je me demande s'il a renoncé à faire coïncider la réalité qu'il observe de ses yeux avec le rêve dont celle qu'il aime d'une affection exclusive l'a bercé dès sa naissance. Qu'il se soit installé à demeure rue Victor-Massé, sans prendre la fuite au lendemain de la tragédie, rend ma question presque inutile.

Inscrit, à peine âgé de huit ans, dans une école primaire spécialisée, Nicolas parlait couramment le français à douze ans, et, à dix-sept, entrait en première année d'université, après s'être joué des divers examens. Quoique d'un esprit plus critique que sa mère, comment n'eût-il pas vénéré à son tour le pays qui avait fourni à l'Europe le modèle aussi bien des châteaux royaux que des constitutions démocratiques ? Il n'aurait pu s'avouer déçu par la France des grèves, de la Sécurité sociale, de l'assurance automobile et des cafés-crème — toutes choses qui n'existent pas en Russie mais qui, loin de faire envie à Mme Maroussine, lui eussent paru indignes de la nation fastueuse qui avait produit Versailles et Victor Hugo — qu'en ayant l'impression de trahir la confiance et les illusions maternelles. La locataire de Krasnosielski, confinée à vie dans les deux minuscules pièces de son septième étage, où elle ne rentrait chaque soir qu'exténuée, bien heureuse encore lorsqu'elle ne trouvait pas l'ascenseur en panne, n'avait d'autre consolation que d'imaginer son fils goûtant à sa place les prospérités, les félicités, les enchantements interdits aux naufragés de l'URSS.

Nicolas n'avait pas le choix. A la dévotion filiale, ajoutons cette autre raison d'idéaliser la France et de se consacrer à l'étude du français, qu'un élève tend à surévaluer la discipline où il brille.

III

Une seule chose me chagrinait chez Nicolas : qu'il distinguât, au seul énoncé de son nom, si telle personne dont je lui parlais était juive. Il soulignait cette qualité par la remarque : « un Juif », « une Juive ». Constat établi le plus souvent d'une voix neutre, parfois avec une nuance péjorative. Pour les Russes, je le savais, un Juif est un Juif, avant d'être un Russe. Les Juifs, d'ailleurs, n'ont pas le monopole du rejet. Tout ce qui n'est pas russe, de pure souche russe, est regardé en Russie d'un œil soupçonneux, si ce n'est avec mépris ou hostilité. Nicolas parlait des Tchétchènes comme de bandits de grand chemin : il n'avait lu ni le *Voyage au Caucase* d'Alexandre Dumas, ni *Hadji Mourad* de Tolstoï, lacune moins excusable. Les pogroms sanglants organisés contre les Juifs sous le régime tsariste, les diverses interdictions qui les frappaient et dont l'injustice poussa leur élite à s'enrôler dans les mouvements révolutionnaires, il les ignorait, ou ne voulait rien en savoir.

« Lénine, ce n'était pas un Russe ! La mère de son père était une Kalmouke, d'origine mongole et de religion bouddhiste. Il tenait d'elle son visage plat et ses yeux bridés. Son grand-père maternel s'appelait Blank, c'était un Juif de Jitomir, fils d'un marchand juif et d'une Suédoise. Ce grand-père avait épousé une Allemande, luthérienne convaincue. Se mélangeaient ainsi, en Lénine, plusieurs sangs, le juif, le kalmouk, le germanique et le scandinave. »

Dépositaire à la fois de l'orthodoxie, du judaïsme, de la Réforme et de la doctrine de Bouddha, un hybride aussi métissé n'était-il pas qualifié pour être le porte-parole de la mosaïque de peuples et d'ethnies qui composaient l'Empire ? Tel était mon avis, mais Nicolas, loin de mettre au crédit de Lénine cette diversité nationale et religieuse, arguait de la bigarrure de ses origines pour lui dénier tout droit d'incarner le destin russe. Il m'apprit comment ses compatriotes, ne réussissant pas à se débarrasser de son cadavre qui est toujours exposé dans le mausolée de la place Rouge, ont trouvé le moyen d'expulser l'homme d'Etat de leur histoire, en rejetant sur son ascendance israélite la responsabilité de la révolution d'Octobre, et en surévaluant le rôle de l'argent juif dans le financement des bolcheviks. « Pour Trotzki, au moins, fils de David Bronstein, pour Kamenev, de son vrai nom Rosenfeld, pour Zinoviev, né Apfelbaum, vous ne nierez pas que nous ayons raison ? » A chacune de mes objections, Nicolas avait sa réponse. Il n'expliquait pas le coup d'Etat de 1917 par la décomposition de l'absolutisme ni par les besoins de changement dans la société, mais par un complot des Juifs contre l'orthodoxie. L'orthodoxie étant impérissable, la victoire était revenue dans le camp de la vérité.

Les « bons » Juifs eux-mêmes, ceux dont la Russie pourrait tirer gloire, ceux que Nicolas aime, ne font pas partie, pour les Russes, de leur nation. Un Eisenstein, un Chagall, un Léon Bakst appartiennent, selon eux, à l'art juif, non au patrimoine russe. De leur côté aussi, les Juifs, qu'ils le soient à cent pour cent, à demi ou au quart, se sentent d'un autre monde et déplorent de ne pas être pleinement russes. Boris Pasternak, avouant avec franchise ce regret, craignait de pouvoir être confondu avec les

« youpins » (de lui, l'injurieux sobriquet). D'être enraciné malgré lui dans le peuple hébreu lui semblait en contradiction avec sa vocation de poète russe. On trouve un écho de ce sentiment dans une lettre à Gorki : *Avec mon lieu de naissance et l'enfance que j'ai eue, avec mon amour, mes tâches et mes passions, je n'aurais pas dû naître juif.*

« Mais j'aime beaucoup Pasternak ! protesta Nicolas. Peut-être le malaise d'être juif a-t-il été pour lui une source puissante d'inspiration. » Il me cita quelques vers, avec la facilité de celui qui a été habitué à apprendre par cœur des poèmes entiers, coutume restée en vigueur dans les lycées et les universités russes.

Les prés suaient de moiteurs violettes,
Une noirceur s'élevait dans le bois...

« J'aime qu'il ait eu ce sentiment de noirceur au sein de la nature en fête... »

N'en déplaise à Nicolas, la mention « un Juif », qu'il n'oublie jamais de me sortir, implique, sinon de l'animosité, du moins une réserve soupçonneuse. Toute discrimination prédispose à la méfiance et au rejet. Celle-ci, disais-je à Nicolas, rappelle le temps des ghettos et des pogroms, lorsque les Russes parquaient les Juifs pour les massacrer plus à l'aise.

Il faisait la tête, bougonnait.

« Bien avant l'époque des pogroms, Pouchkine nous avait mis en garde contre les Juifs. Si vous avez lu son *Chevalier avare,* rappelez-vous cette figure d'usurier, *ce coquin de Salomon.* Albert, le fils du chevalier avare, a convoqué l'usurier pour obtenir un prêt, son père refusant de lui lâcher un sou. Eh bien ! insinue le Juif au jeune homme, vous prêter sans gages, non, ma foi, ce n'est pas possible. Mais vos embarras pourraient prendre fin d'une autre façon... Grâce à un certain poison, que je me fais fort de vous procurer, et dont trois gouttes suffisent pour ôter un père à son fils et hâter le moment de l'héritage... Voilà les Juifs, Antoine ! Pouchkine, le plus grand des poètes, le plus pur des hommes, n'avait aucune raison de les dénigrer. Il les a dépeints comme ils sont. Gogol, que vous ne pouvez soupçonner davantage, n'a pas mâché ses mots, lui non plus. Un vrai Russe, comme il dit, est incapable de garder un sou en poche. Il n'y a qu'un Juif pour amasser et thésauriser. *L'éternelle hantise de l'argent qui, comme un ver, ronge l'âme du Juif...* Où avez-vous lu cela ? Dans *Tarass Boulba,* notre classique par excellence, le livre de base dans les écoles russes, la bible de nos lycéens.

— Je connais aussi votre proverbe, Nicolas : *Un Juif pourrait se voler lui-même, si seulement il lui en prenait l'envie.* Mais sais-tu d'où vient cette prévention ? Sais-tu pourquoi les Juifs pratiquaient le commerce de l'argent ? Dans l'empire tsariste, ils n'avaient le droit d'exercer aucune des professions libérales. Ils ne pouvaient être ni médecins, ni professeurs, ni avocats. Un seul métier leur restait : le prêt sur gages. On les obligeait à se faire usuriers, et ensuite on leur reprochait de saigner la population. *La honteuse domination de la juiverie en terre chrétienne,* qui révolte Tarass Boulba et ses amis cosaques, n'a pas d'autre origine, Nicolas, que l'exclusion dont les Juifs étaient l'objet.

— Mais pourquoi leur interdisait-on les professions libérales ? Ce ne pouvait être sans fondement... »

Agacé d'entendre un garçon de vingt ans perpétuer le préjugé national, j'en voulais à Nicolas de raisonner comme ses grands-pères.

Sans être critique de danse, mais passionné par cet art, je m'étais promis, en allant à Saint-Pétersbourg une nouvelle fois, d'aider Alice Hubermann à dénicher une place dans une compagnie française. Lorsque je soumis à Nicolas mon projet de les faire venir ensemble, afin que la jeune danseuse, au français encore incertain, eût un soutien pendant le voyage et se sentît moins seule à Paris, il commença par murmurer : « une Juive ». Ni approbation ni désapprobation de mon plan. Ton neutre : « une Juive ». Aucune curiosité des motifs qui la poussaient à quitter la Russie. Je fus sur le point de les lui apprendre.

Alice dansait dans la troupe de Boris Eifmann. Ce chorégraphe avait monté un ballet sur Tchaïkovski, où la vérité sur la vie privée du compositeur, vérité cachée si longtemps aux Russes, apparaissait en images fortes, mais justes, sans excès ni provocation. C'en était trop néanmoins pour la pruderie nationale. Une centaine de manifestants s'étaient massés devant le théâtre. En sortant du spectacle, j'avais vu, matérialisés sous mes yeux par cette meute, deux des préjugés russes les plus désolants. Ils brandissaient le poing en criant : « Nous ne laisserons pas un Juif salir le plus grand des Russes. » Eifmann et ses danseurs s'esquivèrent par une issue latérale. Alice avait pris peur. Déjà renvoyée, naguère, du théâtre Mariinski, pour des raisons restées obscures, auxquelles l'antisémitisme, pensait-elle, n'était pas étranger, recueillie par Eifmann, dont la protection venait de se révéler inopérante, elle s'était résolue à émigrer, la mort dans l'âme, se sentant, elle, plus russe que juive.

Diplômée du Kirov, elle n'aurait guère de mal, selon moi, à se recaser en France. Ma femme, qui travaille dans les services techniques de l'Opéra, utiliserait ses relations. A nous deux, nous connaissions plus ou moins toutes les compagnies françaises de ballet. Rudolf Petitjean, malgré les difficultés financières de sa troupe, avait donné son accord de principe, et promis d'envoyer une avance. Et puis, Rachid Aboulker, s'il le voulait, offrirait un sérieux coup de main. Devant le puissant critique, réputé pour son indépendance, de l'hebdomadaire parisien le plus influent, toutes les portes ne s'ouvraient-elles pas ?

Restait à vaincre la timidité de Nicolas, pour ne pas dire sa pudibonderie. Il m'avait confié ses idées sur les jeunes filles et le devoir de chasteté des garçons. Je lui vantais donc les qualités morales d'Alice, je mettais l'accent sur le courage de l'orpheline qui avait dû travailler pour payer ses leçons, j'insistais sur la volonté de l'artiste, envers qui la nature ne s'était pas montrée généreuse. Courte de taille, sans beauté particulière, destinée aux rôles de caractère, contre-indiquée pour les héroïnes romantiques, Alice ne correspond guère à l'image qu'on se fait d'une ballerine. Ces précisions parurent le rassurer. Je lui garantissais, en quelque sorte, que leurs rapports se limiteraient à une camaraderie fraternelle. Il n'aurait su quelle attitude adopter avec une fille trop jolie, de celles qui excitent la convoitise des hommes, et dont on se trouve tout niais, surtout si on la côtoie chaque jour, de ne pas chercher à partager le lit. Sous le nom de *libertins,* Nicolas condamnait ceux qui ont des mœurs trop faciles. J'avais constaté qu'en Russie le puritanisme reste fort. La morale soviétique, ce mélange d'appel à la vertu, de parti pris contre l'Amérique et de rigorisme des pionniers, continue à imprégner ceux qui se croient le plus affranchis de l'idéologie communiste. Et l'intransigeance que manifestait Nicolas le distinguait, même des jeunes gens de son âge.

Je livre ici un trait de caractère qui, je ne l'ignore pas, si j'écrivais un roman au lieu de raconter une tragédie, ferait sourire de mon héros. La volonté de se garder pur nous semble anachronique. Nos idées reçues sur le bonheur d'avoir vingt ans en l'an 2000 n'avaient pas atteint Nicolas. Droit, calme, indifférent à l'air du temps, invulnérable aux nouveautés de l'Occident, il allait son train. Le fameux « progrès » des mœurs, dont notre époque nous rebat les oreilles, l'avait oublié en route. Mais peut-on dire : à son détriment ? Mon opinion resta longtemps incertaine. En tout cas, devant ce garçon, l'honnêteté oblige à remettre en question ce que nous appelons, imbus de la supériorité de notre siècle et orgueilleux de nous sentir « modernes », les conquêtes de la liberté.

Par respect pour Nicolas, de peur de l'offenser en lui révélant les goûts de son musicien préféré, un scrupule du dernier moment me retint de lui parler de l'affaire Eifmann. Pourquoi Alice s'était décidée à l'exil, il ne le sut pas. La presse avait étouffé le scandale. Nicolas, de toute façon, n'était guère assidu à la lire. Il citait volontiers le mot de Nicolas Goumilev, le mari de la poétesse Akhmatova, fusillé par les Rouges : « Il y a deux catégories de lecteurs, ceux qui lisent les livres, et ceux qui se contentent du journal. »

Mal m'en a pris, de n'avoir pas profité de cette occasion. Je lui aurais ouvert les yeux sur certains dangers, auxquels il pouvait être exposé en Europe. Victime inconsciente de la propagande communiste, abusé par soixante-dix ans de désinformation, il idéalisait, avec une candeur périlleuse, l'auteur de la symphonie *Pathétique*. A faire la grandeur d'un artiste, la bête concourt aussi nécessairement que l'ange : une telle vérité, nul caractère n'était moins préparé à l'admettre.

Soupçonnait-il seulement que les mœurs décrites par Platon n'ont pas disparu avec la Grèce ancienne ? Il pensait que, de nos jours, un homme ne peut être amoureux que d'une femme. Seule exception, d'après son manuel de littérature et civilisation françaises : la coterie de Saint-Germain-des-Prés. L'homosexualité ? Une maladie occidentale, éloignée de la Russie par le double cordon sanitaire de la tradition orthodoxe et du bon sens naturel. Même en France, il ne s'agit que d'une mode, lancée par Proust et par Gide, relayée par Cocteau, limitée à certains cercles, la haute couture, les valets de chambre, les antiquaires. Le peuple, en dehors du petit milieu parisien, a su se garder sain et sauf. (Dieu merci, dans les foyers du vice, le manuel n'englobait pas la danse.)

Qu'il pût, lui-même, éveiller chez les hommes d'autres attirances que la sympathie ou l'amitié, Nicolas n'en était pas le moins du monde averti.

Pour sujet de mémoire, il avait choisi un épisode de l'histoire franco-russe, puisé dans la jeunesse de Paul Ier. Fils et successeur de la Grande Catherine, monté sur le trône trois ans après la décapitation de Louis XVI, assassiné cinq ans plus tard par des dignitaires et des officiers de son entourage, ce tsar a laissé la légende d'un despote capricieux, aux cruautés imprévisibles. Si ses familiers se résolurent au meurtre, c'est qu'ils commençaient à craindre pour leur propre vie, aucun scrupule ne freinant ses lubies.

Contre cette version des faits, accréditée par la plupart des biographes, Nicolas s'inscrivait en faux. Crime politique, selon lui. D'abord ennemi déclaré de la Révolution française, membre, par haine des jacobins régicides, de la coalition des rois et des empereurs, Paul s'était ravisé. Pour se venger des Anglais, dont la supériorité maritime était humiliante pour les Russes, il avait commencé à se rapprocher du Premier Consul. Le 12 janvier 1801, le général ataman des cosaques reçut l'ordre de marcher sur l'Inde : guerre insensée, entreprise vouée à l'échec. Néanmoins, d'après Nicolas, le cabinet de Londres résolut de se débarrasser d'un homme qui non seulement ne répugnait plus à traiter avec l'exécré Bonaparte, mais osait s'en prendre à une possession de l'empire britannique. Il fut étranglé, dans sa chambre à coucher du palais Michel, le 15 du troisième mois de l'année, aux ides de mars, avec l'assentiment de son propre fils, Alexandre, le futur Alexandre Ier.

Pour étayer son idée, qu'un vrai Russe, quoi qu'il

arrive, même si les Français envoient leur roi à l'échafaud, garde intact le mythe de la France, Nicolas se proposait d'étudier le voyage du jeune Paul. En 1782, encore grand-duc, sous l'incognito romantique de « comte du Nord », il s'était rendu, en compagnie de la « comtesse du Nord », son épouse, à Montbéliard et à Paris. Les historiens et les biographes de Paul Ier ont l'habitude de négliger ce voyage, qui avait duré deux mois et cachait, selon Nicolas, le secret de sa conduite ultérieure.

« Paul aimait tellement la France, disait-il à Alice pendant leurs préparatifs de départ, qu'il discutait souvent, avec sa femme comme avec sa mère, en français. — Je serais bien en peine de les imiter, soupirait la jeune fille. — Pourquoi ? N'as-tu pas étudié le français à l'école ? — Si, mais de là à le parler couramment... — Eh bien ! suivons leur exemple. A peine entrés en France, plus un seul mot de russe entre nous. D'accord ? — Plus un seul mot de russe ? — Tu y arriveras très bien. — J'essaierai, si tu y tiens. » Nicolas y tenait, à cet arrangement : par amour de la langue française, mais aussi parce que, dans le rôle de mentor qu'il entendait jouer auprès de sa compagne, il tirerait profit de sa supériorité.

IV

Mon premier tort, sans doute, est d'avoir caché à Nicolas dans quelles conditions, humiliantes pour lui comme pour moi, je m'étais procuré le certificat d'hébergement. Par ce document, un citoyen français s'engageait à loger, pour une période déterminée, de trois mois au maximum, l'étranger qu'il avait invité. La loi ne faisait pas de différence entre l'immigrant cherchant à s'installer avec sa famille et l'élève de français désireux de se perfectionner : sans certificat d'hébergement, pas de visa. L'équipe nationale avait gagné la Coupe du monde de football, « on » avait inscrit, fiers de la France plurielle, les trois syllabes *black-blanc-beur* sur le drapeau, mais, comme Nicolas ne se gênerait pas pour le dire, Thuram et « Zizou » ne faisaient que servir d'alibis à une xénophobie inchangée. Un Noir était toujours un négro, un Maghrébin un bicot, et tout étranger, à moins d'être un touriste venu pour dépenser ses devises, tenait de l'un et de l'autre, étant forcément pauvre, quémandeur de subsides et voleur d'emploi.

J'avais, en trichant, envoyé à Alice une invitation officielle sur papier à en-tête de l'Opéra de Paris. Pour Nicolas, nul autre que moi ne pouvait se porter garant.

Me doutant que j'aurais à me munir d'un certain nombre de papiers, je pris la précaution d'appeler la mairie.

« La liste est longue, venez la chercher. — Pardon, dis-je, j'habite un peu loin. Ne pouvez-vous me communiquer cette liste ? — Inutile, je perdrais mon temps. — J'aimerais mieux ne venir qu'une fois, avec les papiers déjà prêts. — Elle est trop longue pour la retenir. — Essayons quand même. » Soupir d'exaspération. « Mais puisque je vous dis qu'ils en oublient toujours un ! On n'arrive pas à s'en rappeler de tous. — S'il vous plaît, madame. »

D'un seul souffle, avec une telle précipitation que j'eus à peine le temps de les noter, elle m'énuméra les différentes pièces à fournir : titre de propriété, original et photocopie, ou, pour un locataire, quittance de loyer, original et photocopie ; quittance d'électricité ou de téléphone, original et photocopie ; caractéristiques de l'appartement, nombre de pièces, nombre de mètres carrés ; carte d'identité, original et photocopie, sur les deux faces ; enveloppe timbrée à l'adresse du demandeur ; timbre fiscal à cent francs, de type OMI, à se procurer dans certains bureaux de tabac ou, à défaut, à la perception. Quant à savoir l'adresse de la perception, c'était, décidément, abuser de sa patience : elle raccrocha, sans même répondre. Il me sembla alors que, soit qu'elle eût parlé trop vite, soit qu'elle m'eût convaincu que j'étais incapable de les retenir tous, j'avais omis en effet de noter un des articles du décalogue.

Préparer le dossier me demanda une bonne heure. Je pris soin de trier les quittances et d'en emporter plusieurs, électricité plus téléphone, par sécurité. Le titre de propriété ne se trouvait pas avec les papiers de l'appartement, dans le placard de mon bureau, mais, je ne sais pourquoi, au fond du tiroir de la cuisine, enfoui entre les garanties des appareils ménagers et les S.O.S. plomberie. Je me sentais vaguement coupable, de ne pas tenir mes affaires plus en ordre. En outre, n'aurais-je pas dû éviter d'irriter celle dont je me figurais que dépendait le succès de nos plans ? C'était malin, de n'avoir pas été plus docile ! Préoccupé par cette question, je n'arrivais pas à me concentrer. Au lieu d'écrire sur l'enveloppe, après l'avoir déjà timbrée, ma propre adresse, je mis celle de Nicolas en Russie, non sans peiner sur les caractères cyrilliques. Avec tout cela, il était déjà onze heures passées, j'avais oublié de demander l'horaire et, selon toute probabilité, le bureau fermerait à midi.

Par chance, il y a une photocopieuse au bout de ma rue. Par une autre chance, le troisième bureau de tabac où j'entrai détenait le fameux timbre OMI. Je me hâtai jusqu'à la rue Drouot, à l'autre extrémité de mon arrondissement, et comparus, au troisième coup de onze heures quarante-cinq, tout en nage, devant la dame, que je reconnus à sa voix. Elle était petite, dodue, avenante, alors que je me l'étais représentée sèche et revêche. De son côté, m'avait-elle reconnu ? Je pus croire qu'il n'en était rien. Elle examina mes papiers d'un air bienveillant, garda les photocopies, me rendit les originaux, prit l'enveloppe, vérifia le montant du timbre fiscal, et, seulement après avoir apaisé mes craintes, passa à l'attaque contre le présomptueux qui s'était cru en mesure de pénétrer d'un coup les mystères et de venir tout seul à bout du labyrinthe de l'Administration.

« Et le plan de l'appartement ? — Quel plan ? — Sans le plan de l'appartement, M. le Maire ne signera pas le certificat d'hébergement. Revenez avec le plan, original et photocopie. En attendant, remportez votre dossier. — Puis-je vous laisser les photocopies ? — Nous n'acceptons un dossier que complet. — Je dois tout reprendre ? » Sans un mot, elle empila devant moi et me tendit la liasse de papiers.

« La mairie ferme bien à midi ? » balbutiai-je, de plus en plus troublé, car j'avais peur de l'irriter à nouveau, en ayant l'air d'accuser les employés d'abandonner leur poste à l'heure du déjeuner. Elle se vexa. « Que croyez-vous ? Nos bureaux sont ouverts, sans discontinuer, de neuf heures à dix-huit heures, monsieur. » Et, pour river le clou à l'insolent qui osait mettre en doute le dévouement du service public, elle me désigna le buste de Marianne. L'horaire, calligraphié en lettres gothiques, était fixé par un bout de scotch au socle de faux marbre.

« Je reviens tout de suite avec le plan », dis-je, sans trouver le courage de m'indigner tout haut contre cet abus. Dans la rue, ma conscience morale se cabra, et je donnai libre cours à ma colère. Le plan. J'avais oublié le plan. Comment les chambres communiquent entre elles. Où on se lave, où on mange. Où on pisse. Et pourquoi pas la place des meubles, pardessus le marché ? Et la dimension des lits ? J'avais pourtant indiqué, titre de propriété à l'appui : cinq pièces. De toute façon, qu'on dispose de cinq pièces ou d'une seule, je ne vois pas pourquoi on ne pourrait pas prêter son toit à un étranger. Les Russes ont l'habitude de dormir à quatre dans douze mètres carrés. Oui, ma première faute a été de ne pas prévenir Nicolas, que le pays des Droits de l'homme et du citoyen somme quiconque invite un ami de fournir aux autorités la disposition exacte des pièces où il va le loger. De quoi redorer le blason de la France, assurément. De quoi faire oublier à un Russe l'époque où la propriété privée, la vie privée étaient stigmatisées sous le nom de résidus capitalistes, de vices. Vous réclamez le droit d'être chez vous entre vos quatre murs ? Menée contre-révolutionnaire ! Crime contre le peuple ! Atteinte à la sûreté de l'Etat !

Je rentrai en hâte chez moi. Après avoir fouillé dans les placards, déniché par miracle le plan, couru jusqu'à la photocopieuse, repris le chemin de la mairie, galopé pour arriver plus vite, attendu une autre fois dans la queue, je ressortis les premiers papiers, exhibai le nouveau. En tout, quatre heures de démarches, de tracas, d'énervement, dont elle me remercia par un hochement de tête approbateur. Elle leva les yeux, contempla mon visage couvert d'une sueur servile, ma mine furieuse et défaite. Contente de s'être montrée si perspicace, elle me gratifia d'un sourire. Comme tout le monde, j'avais dû reconnaître la sagacité de ses prévisions. Le dédale bureaucratique, dont elle était seule à connaître les détours, ne s'ouvrait pas au premier venu. Il n'était pas né, celui qui démêlerait par lui-même les fils enchevêtrés de la loi.

Elle me tendit un formulaire, dernier rite de passage. Je dus fournir je ne sais combien de renseignements sur mon âge, mon état civil, l'âge et l'état civil de mon épouse et de mes trois enfants, l'âge de Nicolas, son lieu de naissance, son adresse en Russie. Puis apposer ma signature, précédée de la mention *lu et approuvé,* en bas de l'encadré suivant : *Je suis informé de ce que, sur la demande éventuelle du Maire, un agent de l'Office des migrations internationales peut venir procéder à mon domicile à une vérification de la réalité des conditions d'hébergement et je déclare donner mon consentement à cette visite.* Visites domiciliaires. Inquisition. Perquisitions. Peut-être à six heures du matin, à l'heure du laitier, comme au bon temps de l'occupation allemande ? J'ai approuvé, j'ai signé, j'ai menti, puisque l'appartement est déjà trop petit pour ma famille. Ma femme aurait accepté de loger deux autres personnes, mais Pierre, Martine et Michel, nos enfants, bambins trop choyés devenus des adolescents égoïstes, ont mis leur veto.

Que ne l'ai-je déchiré, ce certificat d'hébergement, au lieu de l'expédier par DHL à Saint-Pétersbourg ! Nicolas ne serait pas venu en France. Il n'aurait connu ni Rachid Aboulker, le critique de danse auquel j'avais tenu à présenter Alice, ni Juliette la femme de Rachid. Les deux jeunes Russes ne se seraient pas installés rue Victor-Massé. Le drame n'aurait pas eu lieu. Et moi, Lamoignon Antoine, comme il est écrit sur les minutes du greffe, le juge n'aurait pas essayé de me rendre complice de ce crime.

V

Fils unique de Pierre III et de Catherine II, grand-duc de Russie, héritier probable de la couronne (sa mère, qui le détestait et le persécutait, pouvait en décider autrement, aucune loi ne réglant la succession au trône), Paul avait été marié à dix-neuf ans à Wilhelmine de Hesse-Darmstadt. Veuf au bout de trois ans, sa mère ne tarda pas à le pourvoir d'une seconde femme. Sophie-Dorothée de Wurtemberg, princesse d'une branche cadette, fut la nouvelle élue de Catherine.

« Encore une Allemande ? demanda Alice. — Par volonté de Catherine, allemande elle-même, mais aussi par raison dynastique. Il faut que tu saches, Alice, que les fils aînés de la famille impériale n'épousaient que des princesses luthériennes, allemandes ou scandinaves, parce qu'une catholique n'aurait pas changé aussi facilement de religion. »

Depuis qu'ils étaient entrés en France, Nicolas, au cas où il se déciderait, malgré les salaires de misère, à devenir professeur, s'exerçait aux dépens de sa compagne.

« On ne pouvait régner en Russie sans avoir adopté la religion orthodoxe. Comme jadis sa belle-mère, bien qu'elle fût loin d'avoir les ambitions de Catherine II, Sophie-Dorothée se convertit. Moins par intérêt personnel que par solidarité avec le peuple russe, elle abjura le protestantisme. — Et changea aussi de nom ? » demanda Alice, pour montrer qu'elle n'était pas si ignorante. « Juste comme tu l'as dit. Au pied de l'autel de saint Serge, elle reçut le nom de Maria Fedorovna, sous lequel il n'est aucun Russe qui ne puisse la chérir. »

Montbéliard, jusqu'au traité de Lunéville de 1801, appartenait au duc de Wurtemberg. Le duc régnant, Charles-Eugène, qui résidait à Stuttgart, avait donné en apanage à Frédéric-Eugène, un de ses frères, ce petit territoire composé du comté de Montbéliard proprement dit, et de huit ou neuf seigneuries. Sophie-Dorothée, fille du prince Frédéric-Eugène, avait grandi à Montbéliard, alors à peine plus qu'un village. Et c'est dans cette enclave, allemande et réformée, en terre française, au milieu des collines doucement vallonnées de la Franche-Comté, que la jeune fille s'était imprégnée d'émotions champêtres et de sentimentalité bucolique, emmagasinant dans son cœur un baume que, devenue grande-duchesse, elle s'efforcerait d'appliquer sur les blessures d'enfance de son mari.

Descendus du train à Strasbourg, nos deux jeunes gens allèrent visiter Notre-Dame. Nicolas avait annoncé à sa compagne que l'architecture gothique, inconnue en Russie, est un des fleurons de la civilisation française. Sous les voûtes sans lumière de la cathédrale, ils furent pris d'un frisson. Un demi-jour gris, vaguement teinté de rose, rampait entre les piliers dont le faîte se perdait dans d'impénétrables ténèbres. Une cathédrale orthodoxe scintille de mille bougies ; ici, tout leur parut oppressant ; aucune icône ne brillait contre les colonnes ; et les anges sculptés, qui émergeaient de l'ombre comme des spectres, achevèrent de les glacer, par la fixité de leur regard.

Tout à coup, le fracas de l'orgue éclata sur leurs têtes, basse profonde qui roulait d'un bout à l'autre de la nef. L'obscurité en fut comme redoublée. Lorsque la flûte céleste d'un registre plus clair tentait de se frayer un passage dans le noir massif des accords, un nouveau grondement remplissait le vaisseau, et l'édifice tout entier, ébranlé par ce qui semblait moins un concert de notes qu'un assaut de la nature, bougeait, tremblait, oscillait, des hautes ogives de la voûte aux pesantes dalles du pavement.

L'organiste, perché sur la tribune, se tenait à l'abri des regards. Les instruments de musique, l'orgue comme les autres, étant bannis des églises orthodoxes, Nicolas et Alice ignoraient que l'exécutant, caché derrière la console, est toujours invisible. Saisis de stupeur, ils cherchaient qui avait déclenché cet orage. Où et comment une telle puissance avait-elle pu se déchaîner ? Dieu lui-même, sans doute, plutôt qu'une main humaine, plaquait ces gammes qui montaient et descendaient avec le bruit, la rapidité, la majesté du tonnerre. Il fallait penser, alors, que c'était le Dieu de la Bible, le Seigneur sans pitié de l'Ancien Testament, non l'Agneau miséricordieux qui accueille les vieilles femmes, enveloppées de leur châle comme des paysannes, dans la pénombre colorée de Saint-Nicolas-des-Marins...

Comme pour répondre à l'anxiété des jeunes gens, la rosace au-dessus du porche d'entrée s'illumina soudain d'un rayon rose, qui projeta sur le sol, à l'endroit où ils se trouvaient, un chatoiement multicolore. Le soleil transperçait le vitrail. Toutes les teintes du prisme dansèrent dans les ténèbres. Les autels tapis dans les renfoncements lointains miroitèrent sous l'or et l'argent des vases liturgiques. Ce fut une fête de lumière, une farandole de taches rouges, jaunes, bleues, indigo, mais de trop brève durée. Un nuage passant au-dessus de la façade suffit à éteindre l'arc-en-ciel. Les dalles, les murs, les piliers, les fenêtres elles-mêmes, tout redevint gris autour d'eux et oppressant dans leur cœur.

Au même moment, l'orgue se tut, sur la note hadale d'un bourdon. Malgré le silence retrouvé, Nicolas et Alice continuaient à entendre le tonnerre.

Des brisures, des échos, des mugissements assourdis. Errant sous les voûtes, cette rumeur caverneuse courait de pilier en pilier et rebondissait contre les murs. Masse compacte de pierre et d'effroi, la cathédrale vibrait encore des imprécations de Yahvé.

« Brr... J'en pouvais plus ! s'écria Alice, dès qu'ils furent sortis. Pas toi ? » Nicolas pensait de même. Parce qu'il était honnête, il en convint, mais plus littérairement. Il avoua qu'il s'était senti « accablé ». Sa chimère lui brouillant l'esprit, il ajouta : « Ce gothique-là, vois-tu, c'est encore du gothique allemand. Je te montrerai comment, loin des marches germaniques, il s'est imprégné de finesse française. La lourde chape qui t'a empêchée de respirer te paraîtra alors, comment dirais-je ? *arachnéenne* dentelle de pierre. »

Il affectionnait les mots rares, surtout s'ils avaient plus de trois syllabes, et les prononçait avec une dévotion gourmande.

Se promener sur la place et dans les rues alentour fut pour eux un soulagement. Ils s'amusèrent des vieilles maisons à colombages, des fenêtres à meneaux, des toits pointus percés de plusieurs rangées de lucarnes. A la recherche d'un logement, ils avisèrent, mais sans illusions, l'*Hôtel de la Cathédrale,* situé en face de Notre-Dame. Les chambres donnaient sur les portails. De la fenêtre on verrait, sous la rosace épanouie, les trois arches de grès, ornées de sculptures austères et de ciselures délicates, rosir au premier rayon du soleil. L'hôtel lui-même, par sa façade étroite et ses redents pittoresques, promettait un labyrinthe intérieur, une tortuosité de couloirs, d'escaliers, de passerelles, de mansardes, tout ce Moyen Age de recoins et de décrochements dont il ne reste que peu de traces en Russie.

« Les chambres seront hors de prix », dit Nicolas. En effet, chacune d'elles coûtait le salaire mensuel de sa mère. Il n'en conçut aucune amertume, aucune rancœur contre un pays si nettement cloisonné. Au contraire, il contempla plein d'admiration un établissement dont l'accès lui serait à jamais défendu. Si la Russie n'était pas dans cet état calamiteux, pensa-t-il, et qu'il voyageât comme les boyards d'autrefois, il serait descendu ici. Ce n'est pas lui qui aurait refusé de claquer huit cents francs pour une nuit ! Ni lui ni aucun vrai Russe.

Une plaque scellée au coin de la rue des Orfèvres leur apprit que la rue des Hallebardes s'appelait autrefois rue des Tartines. Nicolas, qui avait toujours faim, en profita pour engloutir le quignon de pain, qu'il tenait en réserve dans son sac à dos. « Des tartines aux hallebardes, du nutritif au militaire... Ces Français, quand même... » Alice se fit expliquer ces mots.

Ils s'engagèrent dans la rue des Orfèvres, et, après avoir contourné une église, se retrouvèrent dans une ruelle consacrée, annonça Nicolas, à la loutre. Toujours attentif aux surprises et aux enseignements de la toponymie, il avait relevé ce nom sur la plaque. Il attira l'attention de sa compagne sur un crocodile vert, de grande taille, découpé dans de la tôle et pendu, la tête en bas, au-dessus d'une porte. En s'approchant, ils s'aperçurent que cette curieuse enseigne servait de réclame à un restaurant. « La loutre et le crocodile ! J'espère qu'ils servent des mets plus comestibles ! », s'exclama Nicolas en riant.

Alice suggéra, timidement, qu'il avait mal lu le nom de la rue. Elle épelait, pour son compte : « Rue de l'Outre ». En bon Russe amateur de blagues, même stupides, Nicolas ne voulait pas renoncer à sa plaisanterie. Il rétorqua que « loutre » et « l'outre », c'était la même chose, « loutre » résultant, par normal développement de la langue, de l'agglutination de l'article et du substantif, comme « l'hierre », du latin *hedera,* était devenu en français « le lierre ».

D'esprit plus positif que son compagnon, Alice insista : « Mais quel rapport vois-tu entre une outre et une loutre ? — La loutre, dit gravement Nicolas, est une bestiole gloutonne, qui avale les petits poissons des rivières, comme l'outre remplit ses flancs de liquide. Par analogie, on a donné au plus grand et plus vorace de tous les singes le nom d'*orang-outran.* » Eberluée, non moins de l'érudition philologique du jeune homme que de ses connaissances animalières, Alice renonça à discuter.

Tout en devisant, ils s'étaient mis à étudier la carte des plats, affichée derrière la vitrine du restaurant. « Salade de Rissoles au Tourteau et Concombre à la Graine de Sésame. » « Croustille de Pintade fermière et Pousses d'Epinard aux Truffes. » « Rouget Barbet en Croûte de Citron Candi. » « Cannelloni d'Agneau de Lait aux jeunes Blettes. » La richesse d'un vocabulaire ésotérique, empanaché de majuscules, la variété et le mystère de mots si compliqués et bizarres que Nicolas lui-même n'en saisissait que des bribes, auréolaient les desserts d'une parure non moins solennelle. « Pampre de Muscat d'Alsace en Sorbet. » « Dunette glacée au Kirsch et Rochers d'Amandes à la Crème Pistache. » « Poêlée de Fraises et Ananas aux Noix de Cajou. »

Chaque plat coûtait d'un quart à la moitié du salaire mensuel de sa mère. « N'est-ce pas immoral de payer aussi cher pour manger ? » dit Alice, dont le bon sens s'offensait de ce gaspillage. Comme s'il n'était pas lui-même le plus mal loti des étudiants, Nicolas se lança dans un panégyrique du luxe. « Eltsine nous a mis dans le pétrin, conclut-il, mais ce n'est pas une raison pour croire que nous nous en tirerons par la mesure et par l'épargne. Si tu as mille francs à dépenser, va faire bombance au *Crocodile.* Et si tu n'as qu'un sou en poche, jette-le par la fenêtre. Tu te placeras par ce geste au-dessus des viles contingences. Abandonne les calculs et les comptes. Cesse de ramper. Fi donc ! Adore la gloire du superflu. N'es-tu pas *malgré tout* une vraie Russe ? »

Ce *malgré tout* aurait pu blesser la jeune fille. Elle

décida de ne pas relever l'insinuation de Nicolas, et tous deux, le nez collé à la devanture, déchiffrèrent à nouveau la carte, avec un muet ravissement.

Papilles émoustillées mais cœur serein, ils débouchèrent place Kléber. Parmi toutes les belles et anciennes maisons roses, il n'y en avait qu'une à détonner, vilaine construction des années 70, cubique et grise, qu'on avait dénommée, sans doute pour la consoler d'être si laide, « la Maison rouge ». Double antiphrase aux yeux de nos deux jeunes gens, pour qui tout ce qui est rouge était beau, un même mot désignant dans leur langue les deux qualités. Au coin de la place, la gigantesque librairie Kléber les attira, par l'étendue et le faste de ses vitrines : une sorte de « Maison du Livre », de *Dom kniga,* comme à Saint-Pétersbourg, un véritable palais de la culture. Tandis qu'ils feuilletaient, au rez-de-chaussée, un album sur les statues de la cathédrale, ils entendirent fredonner dans les étages une mélodie de Tchaïkovski. « Il chante en russe ! » s'exclama Alice. Elan, passion, justesse, tout y était, même l'accent. Celui dont la basse, étoffée et mordante, répandait dans l'établissement aux rayonnages symétriques les gammes légères et fantasques de la « rumeur du bal » se pencha à la rambarde au-dessus d'eux. Ils purent constater, ébahis, d'après la pile de livres qu'il transportait d'un étal à l'autre, que cette voix si pleine d'enthousiasme pour les vers du poète comme pour la romance du compositeur appartenait à un employé de la librairie.

Il leur restait plus d'une heure avant de se rendre à la gare. Désireuse de s'entraîner dans une langue plus courante que celle où tentait de l'instruire Nicolas, Alice proposa de lire le journal sur un banc. Ils suivirent une rue à arcades, qui les ramena vers la cathédrale, et achetèrent au kiosque de la place un journal intitulé *DNA*. « *Dna !* on dirait un nom russe ! » fit Alice. Elle s'installa contre une borne dans un coin, pendant que Nicolas s'approchait du portail central pour regarder en détail les statues.

Deux hommes, debout sous l'archivolte, examinaient les hautes figures superposées sur les piédroits. Ils s'écartèrent pour faire place à Nicolas. L'aîné, qui avait dans les quarante ans, engagea la conversation. Il était nu-tête et frisé, tandis que l'autre, un garçon de son âge, coiffé d'une casquette, dévisageait le nouveau venu en souriant. Nicolas n'éprouva d'abord aucune méfiance. Ce n'étaient pas des ivrognes, comme les inconnus qui vous abordent en Russie. Rasés de près, vêtus avec élégance, ils semblaient particulièrement heureux de rencontrer un jeune Russe. Nicolas ne put que se louer de leur amabilité. Il ajouta qu'il venait d'arriver à Strasbourg et que, sans être étudiant en histoire de l'art, il aimerait à en savoir plus sur le symbolisme de la décoration.

« Vous ne pouviez tomber mieux, dit le plus âgé avec un petit rire intérieur. Alexandre connaît l'édifice dans tous ses coins et recoins. »

Sans comprendre pourquoi cette remarque paraissait si drôle aux deux hommes, Nicolas suggéra qu'il fallait étudier les sculptures dans un certain ordre. On ne les avait sûrement pas placées au hasard. Ne formaient-elles comme un grand livre ? Une sorte de Bible matérialisée dans la pierre ?

« En principe, oui. Mais cette Bible, comme vous dites, chacun peut la lire *modo suo,* à sa façon. On n'était pas si pointilleux, au Moyen Age, que nos calotins voudraient nous le faire croire. Une fois le protocole observé, on en baillait de vertes et de pas mûres. »

Nicolas se fit expliquer cette expression, et la nota dans son calepin.

« Une vieille tournure, contemporaine de la cathédrale, et qui disait ce qu'elle voulait dire. On avait beau s'inspirer des Saintes Ecritures et suivre leurs commandements, on ne s'en accordait pas moins, en douce, de singulières libertés.

— Comment est-ce possible ? s'écria Nicolas. En Russie l'art religieux était soumis à des règles strictes. Les icônes et les fresques — puisque nous n'avons pas de sculptures dans nos églises — obéissaient à un programme invariable. Interdiction d'y changer un kappa. N'en est-il pas de même ici ? Ces Prophètes — il désignait les sévères personnages placés en rangées parallèles jusqu'aux voussures — illustrent l'Ancien Testament. Et là — il montra le tympan —, je vois des scènes de l'Evangile.

— Regardez mieux », dit le garçon qui avait l'âge de Nicolas.

Il tendit la main — une bague, faite de trois anneaux entrelacés, brillait à son doigt — vers le troisième étage de bas-reliefs au-dessus de la porte.

L'aîné reprit :

« Aucun des opuscules que vous pourriez vous procurer, aucun des guides qui conduisent les visiteurs dans la cathédrale ne mentionne ce qu'Alexandre, avec ses bons yeux, *maxime oculatus,* a été le premier à repérer. Non, les historiens d'art eux-mêmes — surtout eux, d'ailleurs ! — ne tiennent pas à souligner que ce portail vénérable abrite, au milieu des pieuses processions d'apôtres, de saints et d'orants, certains énergumènes non moins pittoresques que... véritablement incongrus !

— Oh ! C'est très amusant ! » dit Nicolas en rougissant.

Il venait d'apercevoir un bouc, debout contre un arbre, frottant au tronc son membre en érection.

« Ce n'est pas fini, jeune homme, continuez à regarder. Qui voyez-vous à côté du bouc ?

— Un pendu.

— Judas, probablement. Et à côté de Judas ? »

Le garçon à la casquette continuait à sourire, de plus en plus amusé par l'embarras de Nicolas.

« A côté de Judas ?

— Oui, ce petit bonhomme, qui se tripote le sexe, et, juste au-dessous de lui, ne le voyez-vous donc pas, ce type qui nous montre son cul ?

— Au portail d'une cathédrale ? » balbutia Nicolas.

Il détourna la tête.

« Les personnages ne sont pas très grands, mais le trou du cul, moi je le distingue sans peine, à l'œil nu. Tenez, ajouta Alexandre en prenant les mains de Nicolas pour lui remettre une paire de jumelles, vous distinguerez mieux avec cela. »

Au contact des mains d'Alexandre, le jeune homme sursauta.

« Excusez-moi, dit-il brusquement. Je dois prendre le train avec une amie. » Il rendit en hâte les jumelles. « Alice ! cria-t-il. Où es-tu, Alice ? Nous allons être en retard ! »

Il s'enfuit, les joues en feu, sous les regards désappointés des deux inconnus. La jeune fille, en entendant crier son nom, leva les yeux du journal et vit Nicolas détaler. Les deux hommes jugèrent d'un coup d'œil la situation et, se tournant l'un vers l'autre, échangèrent un soupir.

« *Quos vult perdere, Jupiter caecos efficit,* murmura le plus âgé.

— Ah ! Toujours parler en latin, tu m'agaces ! fit le plus jeune.

— *Ceux qu'il veut perdre, Jupiter les aveugle.*

— Bien trouvé ! dit Alexandre, radouci. Pauvre oisillon ! Crois-tu qu'ils sont tous comme ça en Russie ?

— Ce serait vraiment dommage, avec l'afflux de petits gars que la crise va nous envoyer ! »

VI

L'étape suivante fut Belfort. Comme ils disposaient d'une demi-journée avant de prendre l'autobus pour Montbéliard, ils se mirent en quête de l'unique curiosité à voir dans cette préfecture. Modeste par les dimensions, dépourvue de monuments, Belfort n'est riche que d'un souvenir illustre. Pendant la guerre franco-allemande de 1870, la garnison résista avec tant d'héroïsme, que les vainqueurs, accordant les honneurs de la guerre aux vaincus, laissèrent à la France la ville et son territoire, sans les annexer en même temps que l'Alsace. La bravoure des assiégés était chère à Nicolas ; il connaissait par le détail les épisodes du siège, contrepartie française, selon lui, du blocus de Leningrad ; et, du parallèle entre ces deux événements qu'il jugeait aussi fameux et impérissables l'un que l'autre, le premier n'étant que la répétition générale, le modèle réduit mais déjà la figure idéale du second, il tirait un sujet particulier de fierté, comme s'il avait forcé l'Histoire à prouver par un exploit identique le courage des deux pays qu'il aimait.

Au milieu de la ville se dresse un rocher abrupt, semblable à une falaise. Un lion de très grande taille, sculpté de profil contre la paroi, symbolise la résistance de Belfort. Taillé dans du grès rose, il domine la cité. Accroupi, battant son arrière-train de sa queue, le fauve étire ses pattes de devant, la tête dressée et la gueule à demi ouverte. Il semble, de prime abord, au repos. Si l'on se déplace de côté pour le regarder sous le mufle, on s'aperçoit qu'il se tient prêt à bondir. Nicolas l'examina sous toutes les coutures et en admira longuement les formes vigoureuses.

« Ne trouves-tu pas d'un heureux présage, Alice, qu'un si noble animal nous accueille au seuil du pays où nous aurons à prouver notre valeur ? Il nous invite à suivre son exemple et à l'imiter dans ce qu'il nous propose d'énergique et de grand. Rugir et secouer notre crinière, voilà comment nous devons agir, si nous voulons faire honneur à notre patrie russe. » Alice aurait souhaité tempérer l'enthousiasme du jeune homme, en lui rappelant qu'ils n'avaient rien mangé depuis la veille. Une boulangerie des environs envoyait à leurs narines les effluves du pain encore chaud.

Elle n'osa interrompre Nicolas, qui, saisi à nouveau par sa manie de chercher l'épithète française juste, demandait à Alice, oublieux qu'elle avait peine à le suivre : « Dirons-nous que ce lion est *fougueux* ? Que te semble-t-il de cette manière de le qualifier ? Peut-être qu'*impétueux* serait plus adéquat ? Ou carrément *belliqueux* ? Quel stimulant pour nous ! Souviens-toi que nous sommes en terre étrangère, et qu'il nous faudra guerroyer pour faire respecter notre nom. — Je crois que nous aurons quelques appuis en France, objecta timidement la jeune fille, et qu'il n'y a pas à nous faire tant de souci. — Ô Alice de peu de vaillance ! Cœur de lapin ! Veux-tu que le lion se mette en colère, à t'entendre d'un si faible courage ? Ou je me trompe, ou la braise étincelle dans ses yeux. Je ne m'étonnerais pas qu'il ouvre toute grande la gueule et tire dehors un pied et demi de langue pour te donner un avant-goût de sa féline puissance. Je me réjouis, quant à moi, d'avoir, à ma première rencontre, été mis en face d'un tel prodige de noblesse et de vigueur. — C'est une belle sculpture, Nicolas, mais je ne vois pas en quoi elle aidera deux pauvres nomades à ne pas mourir de faim.

— Cesse de me rappeler à ces contingences ! J'exulte, Alice, je suis au sommet de mon plaisir ! Aurais-je pu souhaiter graver dans ma mémoire, pour l'emporter partout avec moi comme étendard et talisman, un emblème plus conforme à l'image que je me suis formée de la France ? »

Ils entrèrent dans la boulangerie. Nicolas avait obtenu une bourse d'études, mais, suite à des complications bureaucratiques, il attendait encore la première mensualité. L'emprunt fait à son oncle, ingénieur chez Elektrosila, plus l'avance octroyée à Alice par la compagnie de danse Rudolf Petitjean, ce pécule n'était pas un pactole. Obligés de serrer leurs dépenses et de régler leur train de vie sur un pied bien plus chétif que ne le donnaient à croire les fiers propos de Nicolas, ils couchaient dans les lits jumeaux de pensions miteuses, achetaient du pain, des tomates, des sardines en boîte, du saucisson bon marché. Alice, partagée entre le souci de sa ligne et la nécessité de fortifier ses muscles, regarda avec stupeur son compagnon dévorer, en moins de temps qu'il ne faut pour le dire, une baguette entière, sans accompagnement, toute chaude et indigeste. « Doucement ! » s'exclama-t-elle, effrayée de cette boulimie. Elle tenait à la main une portion de kouglof, qu'elle mordillait, tout en exerçant un pied, puis l'autre, à des mouvements giratoires. Il posa par terre son sac à dos, dénoua le cordon, attrapa quelques-uns des œufs durs dont il avait emporté de Russie abondante provision. « Non merci », dit-elle, déjà à moitié étouffée par la brioche alsacienne. Il avala deux œufs, remit les autres dans le sac.

A la gare des autobus, ils se désaltérèrent au lavabo des toilettes. « Goûte, dit Nicolas, comme l'eau de ce robinet est pure. Elle n'a pas besoin d'être bouillie pour être, non seulement un liquide potable, mais, comment dirais-je ? la plus délicieuse des boissons, la plus *ravigotante.* » Alice acquiesça, en se souvenant des précautions qu'on devait prendre à Saint-Pétersbourg. Mais, pour ce qui est des délices — l'autre mot, elle ne le comprit pas —, elle eût préféré que Nicolas fût muni, moins d'adjectifs de quatre syllabes que de pièces de cinq francs, le prix du rafraîchissement le moins cher au distributeur automatique.

VII

Ils arrivèrent à Montbéliard en fin d'après-midi. « C'est au milieu de ces collines verdoyantes, commença Nicolas, que la comtesse du Nord voulut s'arrêter quelques jours avec son époux. Il lui tardait de se replonger dans l'atmosphère champêtre de son enfance. » Quelles collines verdoyantes ? Quelle atmosphère champêtre ? se demandait Alice. Elle avait beau se frotter les yeux, elle ne voyait que des maisons, des rues encombrées de voitures, le mot *Peugeot* étalé aux stations-essence. Il semblait que quelque enchanteur eût masqué devant Nicolas la triste réalité moderne, et mis, à la place d'une petite ville industrielle, le décor rustique d'autrefois.

« C'est pour avoir grandi parmi ces prairies et ces bois, continua le jeune homme, que Maria Fedorovna, lorsqu'elle s'installa avec Paul dans leur domaine de Pavlovsk, voulut l'aménager à l'instar d'un paysage du Jura. Elle fit creuser les mêmes vallons, courir les mêmes ruisseaux, planter les mêmes arbres, dessiner les mêmes sentiers que ceux de sa campagne natale. Son père possédait, à Etupes, non loin de Montbéliard, une résidence d'été, où la famille se retirait pendant la belle saison. Des édifices de plaisance ornaient le parc de ce petit château. Le parc de Pavlovsk fut agrémenté de gloriettes, de chaumières, de fabriques, de grottes copiées sur le modèle franc-comtois, d'une laiterie, faite en maison suisse, d'une cabane de charbonnier montagnard, d'une orangerie, enfouie, comme à Etupes, sous une profusion de berceaux de roses.

« La coutume de planter un tilleul pour chaque nouveau-né de la famille ou de consacrer un saule à l'âme d'un défunt provenait aussi de Montbéliard. Les pompes de Saint-Pétersbourg ne tournèrent jamais la tête à Maria Fedorovna. Elle ne cessa de regretter ce coin du monde où ses affections les plus chères étaient restées. Elle eût préféré cent fois, disait-elle, à sa splendide destinée, la joie de vivre obscure dans la province de son enfance. Elle adorait son mari. *Mon bonheur eût été encore plus parfait, si j'avais pu le retenir dans ce séjour tranquille.* Pour atténuer le chagrin d'avoir perdu le décor où elle avait grandi, elle le reconstitua, le plus fidèlement possible, aux portes de sa magnifique capitale.

« Près de Montbéliard, le site gallo-romain de Mandeure présentait d'agréables ruines. Sophie-Dorothée avait financé et surveillé les fouilles. Quand elle partit pour la Russie, elle emporta huit médaillons de marbre trouvés dans le théâtre antique : huit profils d'empereurs et d'impératrices, que tu as peut-être vus dans le palais de Pavlovsk, fixés, entre les portes de la salle italienne, à l'endroit qu'on appelle écoinçons.

— J'ai dansé une fois dans le Vauxhall de Pavlovsk, s'empressa de dire Alice, pour empêcher Nicolas de vérifier si elle avait compris *écoinçons.* Le rôle de Gertrude. On ne me trouvait pas assez bien, ajouta-t-elle avec un soupir, pour celui d'Ophélie. »

A ces noms de Gertrude, d'Ophélie, Nicolas tressaillit. « Maria Fedorovna, que Dieu la bénisse, avait un autre motif pour faire de Pavlovsk un havre de calme et de paix. Elle voulait entourer son mari d'attentions exceptionnelles, et jugeait que l'installer au sein d'une nature reposante contribuerait à le guérir. L'homme qu'elle avait épousé restait *traumatisé,* comprends-tu ? par un drame de famille, une félonie si abominable que la plus noire des fictions de Shakespeare ne présente rien de plus affreux. »

Paul avait huit ans lorsque son père, l'empereur Pierre III, fut assassiné. Sa mère, sa propre mère avait, sinon ordonné le meurtre, du moins laissé les frères Orlov l'accomplir. Pendant qu'ils étranglaient le mari au château de Ropcha, l'épouse se faisait couronner, sous le nom de Catherine II, dans la cathédrale Notre-Dame de Kazan. En pleine nuit, on avait réveillé Paul pour qu'il assistât à la cérémonie. Il arriva en bonnet de nuit, déshabillé, porté dans les bras de son gouverneur, environné d'hommes en armes qui augmentaient sa terreur. Au milieu de la foule des courtisans et des soldats qui prêtaient serment, il dut, lui aussi, jurer fidélité à la nouvelle souveraine. Peu après, sa mère le présenta au peuple, du balcon du palais impérial, et il ne comprit pas davantage pourquoi on l'avait tiré de son lit pour l'étourdir sous les acclamations.

« A qui te fait-il penser ? demanda Nicolas. De quel héros littéraire a-t-il partagé le destin ? » Intimidée par le ton brusque et comminatoire du jeune homme, Alice balbutia. « Quoi, tu as dansé le ballet sur Hamlet, et tu ne reconnais pas en Paul, tourmenté par le spectre invengé de son père, le double du prince de Danemark ? On l'accuse d'avoir été instable, méfiant, ombrageux, on lui reproche ses lubies, ses sautes d'humeur, soudaines et terribles, on le blâme pour le secret dont il enveloppait ses décisions : mais à qui devait-il rendre compte de ses actes, sinon au fantôme qui attendait réparation du crime ? Et la réparation fut longue à venir. Trente-quatre ans s'écoulèrent entre le supplice de Pierre III et sa réhabilitation. Catherine II mourut enfin. Dès le lendemain, le nouvel empereur fit exhumer de la crypte de la laure Alexandre Nevski le corps de son père. Le cercueil du monarque assassiné fut placé, dans la grande salle du palais d'Hiver, à côté du cercueil de la meurtrière, puis, après l'hommage de la population, les deux époux, que le crime avait séparés, prirent côte à côte le chemin de la cathédrale Pierre-et-Paul, pour la solennité des obsèques et de l'inhumation dans le caveau des Romanov.

« Paul avait obligé Alexis Orlov, amant de sa mère au temps du crime et, avec feu son frère Grégoire, exécuteur matériel du forfait, à marcher en tête du cortège et à porter sur un drap d'or la couronne et le sceptre du tsar qu'il avait étranglé. Quatre des plus proches complices tenaient les cordons du poêle. Toute la cour, le clergé, les chefs de l'armée suivaient à pied. Une scène grandiose, vraiment digne de ce que le théâtre élisabéthain a inventé de plus somptueux. Représente-toi le défilé : d'abord, aux places d'honneur, les assassins du père, bien en vue ; puis les courtisans, aux affûts. Ils guettent le moment du scandale. Mais le fils, retardant l'explosion de sa colère, se tient coi, observe, épie, dresse en silence la liste des têtes destinées à tomber, sans se douter que, parmi les dignitaires et les officiers qui lui font escorte, surgiront, moins de cinq ans plus tard, ses propres meurtriers. La procession et la cérémonie ne durèrent pas moins de quatre heures, qui laissèrent le temps au nouveau maître de toutes les Russies de choisir soigneusement, pour assouvir sa vengeance, entre ceux qu'il se contenterait de proscrire, et ceux qu'il enverrait au bourreau.

— Tu me donnes le frisson, dit Alice. Quel plaisir trouves-tu à m'effrayer par ces images macabres ? J'espère que ton diplôme portera sur un aspect plus gai de la vie de ton héros. » Son instinct de femme l'avait-il avertie que le doux, le calme Nicolas serait à l'origine d'une sanglante tragédie ? Elle se serra contre le jeune homme en tremblant.

« C'est toi qui m'as conduit à ces réminiscences funèbres, reprit-il, avec une caresse distraite pour l'apaiser. Tout est sombre et atroce dans la vie de Paul Ier. Si le cauchemar de son enfance, l'essaim de ses *papillons noirs,* comme il disait lui-même, n'avaient pas persécuté le grand-duc, Maria Fedorovna se serait-elle ingéniée à transporter à Pavlovsk un coin d'agreste Jura ? Des prairies vallonnées, le murmure de ruisseaux toujours purs, des bosquets fleuris, tout ce que la nature peut offrir de plus suave, de plus *lénifiant,* calmerait l'âme tourmentée de l'orphelin.

« Il ne fallait pas pour autant négliger le secours des livres et de la culture littéraire. Je me trouve ici, chère Alice, en face d'un sérieux problème. En 1782, Voltaire était mort depuis quatre ans. Paul, fin lettré, appréciait-il, oui ou non, Voltaire ? Aurait-il, autrefois, aimé rencontrer l'écrivain ? Et pris goût, maintenant, à se recueillir sur les lieux où l'homme avait vécu ? Ferney se trouve à peu de distance de Montbéliard. Il était facile de faire un détour jusqu'au château d'où le philosophe avait exercé ce long magistère sur l'Europe. J'imagine bien que Maria Fedorovna ne s'y fût pas rendue de bon cœur. Elle était trop sentimentale, trop attachée aux pieuses croyances dans lesquelles on l'avait élevée, pour ne pas être heurtée par les pamphlets de Voltaire, blessée par cet acharnement à tout passer au crible, cette rage de tout railler. Entre le rictus du sarcasme et le sourire de la foi, passe la même différence, tu auras vu ces deux tableaux à l'Ermitage ? qu'entre le Silène de Ribera et la Madone de Raphaël. Cependant, par amour pour son mari, à quel sacrifice n'eût-elle consenti ? Reste Paul lui-même. Que pensait-il au juste de Voltaire ? Je me heurte ici à une difficulté presque insoluble. »

Selon Nicolas, le tsarévitch avait lu avec intérêt l'*Histoire de Charles XII,* prétexte à exalter le génie de Pierre le Grand, et avec passion l'*Histoire de l'Empire de Russie sous Pierre le Grand,* monument à la gloire de son arrière-grand-père. Dans la foulée, il avait dévoré le *Traité sur la tolérance* et de larges extraits du *Dictionnaire philosophique*. Un prince jeune, même né dans la monarchie la plus absolutiste, pouvait-il résister à l'attrait des idées nouvelles ? Catherine II admirait d'ailleurs Voltaire et correspondait avec lui ; elle l'invita à sa cour ; il ne déclina cette offre qu'en arguant de son âge et de ses infirmités. Elle lui acheta sa bibliothèque, qui occupe aujourd'hui, perspective Nevski, un étage de la Bibliothèque nationale. Paul s'était donc familiarisé avec ce qu'on disait et écrivait à Paris. En outre, n'avait-il pas rencontré et fréquenté Diderot en personne, quand, invité par sa mère, le rédacteur de l'*Encyclopédie* avait séjourné à Saint-Pétersbourg ?

Que, jusqu'à l'accession au trône, Paul eût été un esprit, sinon libéral, du moins ouvert aux courants de la pensée française et favorable aux espoirs qu'elle soulevait de par le monde, était-ce une hypothèse absurde ? Nicolas ne le croyait pas. Il était même prêt à faire du comte du Nord, il le prouverait en étudiant son voyage en France, un partisan, plus ou moins déclaré, des Lumières. Ce *plus ou moins*, évidemment, décidait de tout. Car, en fait d'indices de sa sympathie pour les philosophes de Paris, on ne possédait que des signaux négatifs. Le jeune Paul, tout en prisant ses écrits, se moquait du *sieur Arouet*. Tsar, il déclara la guerre aux principes voltairiens, faisant interdire les œuvres du philosophe et persécutant ses disciples. Etre surpris avec un de ses livres était puni de quelques mois de cachot dans le pénitencier de Schlüsselburg, cette forteresse inexpugnable, dont le bateau qui nous emmenait dans l'île de Valaam, Nicolas et moi, avait longé les murailles, à l'entrée du lac Ladoga.

« La cause paraît donc entendue, pourquoi chercher midi à quatorze heures ? » dit Alice avec son bon sens.

Mais Nicolas, inépuisable en sophismes, argumenta de la sorte :

1. Paul apprécie Voltaire. 2. Catherine correspond avec Voltaire, l'invite, le paye, le flatte de cent façons.

3. Catherine a écarté son fils du trône ; elle ne cesse de le rabaisser, de l'humilier, elle le menace de l'évincer de sa succession. 4. Paul, pour se dédommager, pour se venger — autrement sa personnalité se dissoudrait dans le mépris maternel — se déclare hostile à Voltaire. Il se doit à lui-même de détester celui que sa mère porte au pinacle. 5. Nous voilà revenus au point de départ : quand Paul a-t-il été sincère ? En sympathisant avec les idées du philosophe, ou en honnissant le protégé de sa mère ?

Pour Jean-Jacques Rousseau, les choses allaient plus simplement. Maria Fedorovna adorait l'écrivain campagnard, l'ermite de l'Ile de France, le botaniste curieux de chaque plante, le prophète du retour à la nature. Elle n'avait pas lu, évidemment, *Le Contrat social,* mais un homme qui parcourait les sentiers avec un herbier sur le dos, qui prêtait l'oreille au murmure du vent, au chuchotement du ruisseau, qui notait sur des portées de musique les trilles du rossignol, cet homme ne pouvait occuper, dans l'esprit de cette princesse si sensible aux charmes de la verdure et aux vertus de la solitude, qu'un échelon proche de la sainteté. Elle n'avait eu aucune peine à entraîner son mari dans sa dévotion pour l'auteur de *La Nouvelle Héloïse.* D'une œuvre à l'autre, pourquoi ne pas supposer que Paul eût étendu sa curiosité et sa sympathie aux écrits politiques du philosophe genevois ?

Rousseau était mort lui aussi, quatre ans plus tôt, la même année que Voltaire. Maria Fedorovna déplora que ce voyage n'eût pas eu lieu de leur vivant. Une visite au patriarche d'Ermenonville aurait eu l'effet le plus balsamique, elle en était persuadée, sur les plaies de l'orphelin. Une grande surprise, cependant, une forte joie étaient réservées au couple. L'année même où ils arrivaient en France, en 1782, paraissaient en édition posthume les *Rêveries d'un promeneur solitaire* et la première partie des *Confessions.* La Providence, selon Maria Fedorovna, leur offrait ces deux livres. Devant les collines du Jura, elle en récitait, le soir, des passages à son mari. En écoutant psalmodier, comme une incantation, ces hymnes à la beauté de l'univers, Paul s'accordait un répit. Elle interrompait sa lecture, pour contempler avec lui les courbes du paysage. Leurs deux âmes se fondaient. De leurs deux cœurs battant à l'unisson, montait un cantique d'action de grâces à la nature et à Dieu.

VIII

Lire est une chose, discuter avec un homme vivant une autre. « Tu comprends, disait Nicolas à Alice, Paul restait tragiquement obsédé du meurtre de son père. Après ces répits jurassiens, après l'enchantement de la prose de Jean-Jacques, il n'en déplorait qu'avec plus d'amertume son sort. A qui pouvait-il se confier ? De qui espérer un apaisement ? Maria Fedorovna ne se tint pas pour battue. Cherchant un consolateur pour son mari, elle eut une idée de génie, et la Providence, encore une fois (jamais elle n'aurait appelé hasard ce concours de circonstances qui favorisait sa pieuse entreprise), la Providence la seconda dans ses plans.

« En 1782, la génération des encyclopédistes avait disparu ou était sur le point de disparaître. Une nouvelle étoile s'était levée, projetant une clarté différente mais plus appropriée aux inclinations secrètes de Maria Fedorovna. Louis Claude de Saint-Martin, franc-maçon et théosophe, professait dans ses livres une philosophie qui alliait, à une adoration mystique de la Nature, les principes traditionnels du christianisme. On a nommé occultisme cette doctrine qui, échappant aux préceptes d'une confession reconnue, requiert une initiation personnelle. Pour aider son mari à guérir, la princesse n'estimait aucun remède superflu. C'est ainsi que, sans avoir besoin elle-même d'autre religion que celle du Dieu de l'Evangile, ni d'autre culte que celui des saints canonisés, elle encouragea Paul dans la voie, comment dirais-je ? *rassérénante, sécurisante,* de la franc-maçonnerie et de l'ésotérisme.

« A l'époque où nous en sommes, Louis Claude de Saint-Martin, le Philosophe inconnu, comme on l'appelait avec emphase, recrutait, dans chaque ville où il prêchait, de nouveaux chevaliers pour sa confrérie. Il s'arrêtait souvent à Montbéliard, où le nombre de ses disciples ne cessait d'augmenter. Une de ses haltes coïncida avec le séjour des princes russes. Maria Fedorovna pria son époux de recevoir l'illustre et mystérieux penseur. De cette audience, à la suite de laquelle Paul se fit initier à la secte, ni les biographes de l'empereur ni les historiens du XVIIIe siècle ne nous ont jamais rien dit. Voilà un des points sur lesquels je veux travailler. N'est-il pas indispensable de savoir quel baume a essayé Saint-Martin sur le cœur meurtri du jeune prince ? Je ne doute pas que nous dénicherons, dans quelque institut ou dépôt d'archives, jalousement conservée, une documentation sur cet entretien mémorable. »

Sur le plan de Montbéliard, Nicolas avait repéré que la place centrale s'appelle « place Saint-Martin ». Il en conçut une vive admiration pour les édiles, et les plus grands espoirs pour ses recherches. Première déception : la statue qui orne la place n'était pas celle du philosophe, mais du naturaliste Cuvier.

« Le contraire eût été un peu fort, murmura Nicolas, en se ressaisissant. Cuvier est né à Montbéliard, et le culte de leur compatriote fait honneur aux habitants. L'église, au moins, dont le dépouillement t'indique qu'elle est d'obédience luthérienne, s'appelle Saint-Martin. » Oui, mais il s'agissait de saint Martin, qui avait vécu au Moyen Age.

Ils entrèrent. « Peut-être saint Martin, l'évêque de Tours, le cavalier qui a donné la moitié de son manteau à un mendiant (un saint russe, pensa Alice, l'aurait donné tout entier) et Saint-Martin, l'illuministe, se trouvent-ils confondus dans une même dévotion. » Hypothèse invraisemblable, aussitôt démentie par les premières lignes de la brochure historique en vente sur une petite table à l'entrée de la nef. « L'architecte wurtembourgeois Heinrich Schickhardt construisit l'église de 1600 à 1607 », soit un siècle et demi avant la naissance de Saint-Martin le philosophe, commenta Nicolas avec un soupir.

La brochure coûtait quarante-cinq francs. Celui qui voulait se la procurer était prié de laisser l'argent dans une boîte. Ni sacristain ni gardien d'aucune sorte ne surveillait les lieux. L'église était parfaitement déserte, quand les deux jeunes gens en firent le tour. Inspection vite terminée : pas d'intérieur plus nu, plus dépourvu d'ornement, que ce vaisseau rectangulaire, pure expression de l'idéal protestant.

« Admire l'honnêteté de ces luthériens ; ils vivent vraiment selon l'esprit, dit Nicolas, en revenant vers la pile de brochures confiées à la loyauté des visiteurs. Rien ne nous empêche d'en emporter une sans la payer. » Alice crut qu'il plaisantait. « Tiens, continua Nicolas, tu vas la fourrer là. » Il désignait le sac en plastique où elle transportait leurs provisions. « Nicolas, tu n'y songes pas... Même pour rire... balbutia Alice. — Quarante-cinq francs, est-ce une somme pour des bourgeois de Montbéliard ? Allons-nous leur laisser l'équivalent de quarante-cinq mille anciens roubles, quarante-cinq roubles nouveaux, un vingtième du salaire mensuel de ma mère, pour un opuscule de quatre sous ? »

Alice essaya de le raisonner.

« Soit. C'est un peu cher pour nous. Mais quel besoin avons-nous de savoir l'histoire de cette église ? — Quoi, repartit Nicolas, nous qui vivons selon l'esprit, devons-nous rester à jeun de connaissances ? Prends cette brochure, fais vite », ajouta-t-il, en la glissant lui-même dans le sac de sa compagne. Elle dut la cacher entre les tablettes de chocolat et les tranches de jambon, trop stupéfaite pour protester, bien que l'argumentation de Nicolas lui parût fausse, et qu'elle fût particulièrement choquée qu'il lui fît endosser le larcin. Il aurait pu au moins, pensa-t-elle, assumer la responsabilité de son geste, et mettre son butin dans son propre sac. Si on les fouillait, c'est elle qui passerait pour voleuse.

Ils se présentèrent à la bibliothèque municipale, au musée d'Art et d'Histoire, à l'Hôtel de ville. On ne sut ce que Nicolas voulait dire. Les employés n'avaient jamais entendu parler ni de Paul Ier, ni du comte et de la comtesse du Nord, ni de Louis Claude de Saint-Martin. Le nom du profond sage, du mystagogue inspiré n'apparaissait dans aucun fichier.

« Est-il possible, répétait Nicolas, qu'on n'ait gardé nul souvenir de ce dialogue, où se sont affrontés la pensée et le pouvoir ? La postérité est pourtant friande de ces face-à-face entre une célébrité littéraire et un homme d'Etat : Diderot et Catherine II, Voltaire et Frédéric de Prusse, Goethe et Napoléon, sans compter la rencontre fictive de Chateaubriand et du général Washington. » Hélas, il fallut déchanter : aucun nom de rue ni plaque d'immeuble, si minutieusement que fût poussée l'enquête, ne rappelait l'entrevue du philosophe et du tsarévitch.

Alice, qui dépendait de Nicolas, craignait que son compagnon, échaudé par cette expérience et désenchanté de la province, ne voulût filer droit sur Paris, sans lui permettre de s'arrêter, comme prévu, à Epernay, étape si importante pour sa carrière de danseuse. A la surprise et au soulagement de la jeune fille, il ne s'avoua nullement découragé. La promptitude avec laquelle il retourna son humeur tenait du merveilleux. « De quel droit jeter le soupçon sur les gens de Montbéliard ? Qui suis-je, pour les taxer d'indifférence ou d'oubli ? L'héritier de la couronne et le dépositaire du savoir ont effacé eux-mêmes les traces d'un événement qui eût perdu de son mystère à être éventé sur la place publique. »

Restait à expliquer pourquoi cette petite ville, dont

la seule illustration était d'avoir donné une impératrice au trône des Romanov, ne semblait pas plus fière de Sophie-Dorothée. L'ancien château des Wurtemberg se dresse, au cœur du vieux quartier, sur un escarpement rocheux. C'est une bâtisse de couleur froide et d'aspect revêche, une sorte de fort allemand, à pic sur les maisons. Deux grosses tours, rondes et trapues, en atténuent à peine la luthérienne austérité.

Alice et Nicolas parcoururent les salles. Rien n'y rappelait ni Frédéric-Eugène, le père de Sophie-Dorothée, ni cette princesse. Les quelques meubles, tableaux, gravures, bibelots éparpillés dans les appartements datent de temps plus anciens. Tout au bout de l'enfilade, relégués dans une pièce de service, ils découvrirent un portrait en pied de Paul Ier, en uniforme d'officier prussien, selon le goût pour les redingotes cintrées et les tricornes à plume que cet émule de Frédéric II affectionnait, et deux portraits en buste de sa femme. La mince et frêle jeune fille du premier tableau était devenue, avec les ans et les soucis du trône, une corpulente matrone. Quoi ? Rien d'autre que ces copies médiocres ? On conseilla aux jeunes gens de s'adresser à la Société d'Emulation de Montbéliard. Ce nom refroidit Nicolas. Comme les Wurtemberg, d'inclinations bucoliques, préféraient à leur château de ville leur résidence de campagne, ce délicieux Etupes, sur la route de Bâle, il supposa qu'on y avait réuni les souvenirs de la famille. Interrogés par Nicolas, les passants furent évasifs. Les uns croyaient qu'on avait rasé le petit château sous la Révolution, d'autres étaient d'avis qu'il existait encore, mais le situaient dans une autre direction.

Nicolas hésita avant de donner son opinion sur une telle négligence, puis, tout à coup, il trancha. « Que nous sommes sots et manquons de cervelle ! Nous voudrions, par patriotisme russe, que Montbéliard gardât une pieuse mémoire de Maria Fedorovna. Mais les habitants, par patriotisme français, répugnent à se souvenir d'une époque où leur ville était aliénée aux ducs de Stuttgart. Porter un culte à une suzeraine d'outre-Rhin serait d'un esprit vil. Wurtemberg sonne mal à des oreilles martelées si souvent par des bottes allemandes. La mère de Sophie-Dorothée, une Hohenzollern, était la propre nièce de Frédéric II. Pour avoir été l'ami et le protecteur de Voltaire, ce roi n'en était pas moins le chef de la Prusse, et l'artisan de sa puissance militaire. Par quatre fois, en un siècle et demi, l'armée allemande, faite surtout de régiments prussiens et commandée par des généraux prussiens, envahirait et occuperait l'est de la France. Pour les gens de Montbéliard, je comprends très bien que Maria Fedorovna soit restée Sophie-Dorothée de Wurtemberg, et j'approuve qu'ils ne tirent aucune vanité de ce que la fille de leur seigneur ait ceint la couronne de toutes les Russies. Sa famille n'avait-elle pas régné sur leurs ancêtres, au mépris des peuples à disposer d'eux-mêmes ? Loués soient-ils, d'ignorer celle qui nous tient à cœur ! Il ferait beau voir que je blâme pareil souci de la dignité nationale. Chacun ici n'obéit qu'à son devoir, en refusant sa dévotion à une princesse étrangère, eût-elle été, comme je crois qu'elle fut, la meilleure princesse du monde. »

Satisfait de ce raisonnement, Nicolas attrapa dans son sac un bout de pain et y mordit à belles dents. Ce mélange d'argumentation serrée, de fumées chimériques et de solide appétit ne laissait pas d'ébahir Alice. Elle eut bientôt de nouveaux sujets d'étonnement.

IX

De Montbéliard vers Saint-Pétersbourg était partie, pour escorter la fiancée du grand-duc Paul, une suite nombreuse. Dames de compagnie et demoiselles d'honneur, gouvernantes et chambrières, précepteurs et majordomes quittèrent la Franche-Comté pour la Russie. Jusqu'à la fin du XIXe siècle, cette ville continua de fournir aux familles russes aisées du personnel de maison. Une jeune Française de Montbéliard arriva dans l'Oural, en 1844, pour s'occuper d'un petit garçon, fils de l'ingénieur des mines Tchaïkovski. Presque cinquante ans plus tard, devenu un illustre compositeur, Piotr Ilitch profita d'un de ses séjours en France, pour aller saluer son ancienne gouvernante. Retirée dans sa ville natale, la vieille demoiselle vivait dans la gêne. Il passa une journée avec elle et lui remit une somme d'argent.

Alice pria Nicolas de l'amener sur la tombe de cette Fanny Durbach. La jeune danseuse vénérait Tchaïkovski d'une dévotion sans espoir. Ses aptitudes comme son physique la confinaient dans les rôles subalternes. Elle dansait la Chinoise dans *Casse-Noisette,* une des méchantes fées dans *La Belle au bois dormant.* Aucun cygne, jamais ; jambes trop courtes pour le tulle. Une autre eût détesté un musicien aussi entiché d'élégance et de gracieusetés féminines. Alice n'éprouvait aucun ressentiment. Sa modestie la gardait fidèle à celui qui avait ménagé, pour les filles sans beauté, au milieu des ballets les plus élégiaques, quelques pas de caractère.

Ils se firent indiquer le chemin du cimetière. Le gardien connaissait l'emplacement de la tombe, but de pèlerinage pour les admirateurs de Tchaïkovski.

« Mieux vaut être artiste qu'empereur, si l'on vise à la vraie royauté, celle qui dure au-delà de la mort », dit sentencieux Nicolas. Il n'était pas peu dépité, qu'une simple domestique suscitât plus de ferveur posthume que l'épouse d'un tsar, mère de deux tsars.

« A ta place, reprit-il, j'en voudrais à Tchaïkovski d'avoir réduit le ballet à une parade de tutus. Il est impossible que tu aies jamais ni Odette ni Marie ni Aurora à ton répertoire. Ainsi, ne ferais-tu pas mieux de te tourner vers le contemporain ? »

Alice ne répondit pas tout de suite. Renier avec autant d'aplomb son compositeur préféré ! Faute de moyens pour acheter des roses, elle avait cueilli une marguerite, qu'elle déposa sur la tombe de Fanny. Elle retira de la dalle les fleurs fanées et les porta jusqu'au tas d'ordures, le temps de pardonner dans son cœur à celui qui l'avait blessée. « J'accepterai tous les rôles qu'on voudra bien me confier, dit-elle enfin, en avalant sa salive. Ce n'est pas à moi, dans ma situation, qu'il convient de faire la difficile. »

Tout près de Montbéliard, à l'entrée du bois de Sochaux, Sophie-Dorothée, en fervente lectrice de l'*Emile* et de *La Nouvelle Héloïse,* s'était fait aménager un pavillon de plaisance, appelé Rêveries. « Allons à Sochaux », décida Nicolas, qui ne se résignait pas à ne trouver aucune trace de son héroïne.

En traversant le pont sur une petite rivière, il dit soudain : « C'est ici, je crois, qu'eut lieu la seule, je ne dirais pas scène de ménage, mais légère, très légère friction entre le comte et la comtesse du Nord. Deux Juifs, dont plusieurs barres parallèles tracées à la craie striaient le chapeau, se tenaient à la sortie du pont. Au lieu de cacher cet ornement saugrenu, ils l'affichaient avec ostentation. La comtesse demanda au chambellan de son père la raison d'une telle bizarrerie. Le chambellan expliqua qu'un droit de six sous neuf deniers étant imposé aux Juifs pour le passage du pont, ces deux-ci, à la vue de Leurs Altesses, s'étaient empressés de tourner leurs chapeaux du côté qui prouvait leur loyauté.

— Ces pauvres Juifs, il faut toujours qu'ils paient, murmura Alice.

— C'est exactement la remarque qui échappa à Maria Fedorovna, reprit Nicolas. Paul rétorqua du tac au tac : *Ne nous mettons pas en peine pour eux, ils savent regagner leur argent avec usure.* Maria Fedorovna se tut, car il n'y avait rien à répondre. Vois-tu, Alice, on l'avait élevée si à l'écart du monde, dans une atmosphère si préservée, qu'elle était restée dans l'ignorance de certaines réalités. M'est avis que, si les Rêveries existent encore, ou même l'emplacement du pavillon et son décor agreste, nous aurons l'idée la plus juste de cette excellente princesse, compatissante jusqu'à la naïveté. »

Vaine fut la quête des deux amis. Sochaux n'était plus un lieu où rêver, mais une ville d'ouvriers soumis à la discipline du travail. Nicolas, tout à son utopie, ne voulut pas en démordre. Faute de retrouver le paradis champêtre des Wurtemberg, il tomba en admiration devant le grand nombre de lions. Polos imprimés d'un lion sur la poitrine des jeunes garçons, casquettes ornées d'un lion à la vitrine des magasins de souvenirs, brioches en forme de lions à la devanture des boulangeries, lions en porte-clefs, en coupe-papier, en boucles de ceinture. Les camelots arabes proposaient des lions en peluche. Les écussons du Football-Club de Sochaux-Montbéliard portaient une figure de lion, particulièrement fière et batailleuse. Un lion, encore, dressé sur une patte de derrière, ornait la carrosserie des voitures Peugeot.

« En science héraldique, dit Nicolas, quand il est ainsi représenté de profil, dressé sur une patte de derrière et levant les trois autres, on l'appelle *rampant.*

— Je croyais, dit Alice, que *ramper* signifiait le contraire. Ce verbe ne désigne-t-il pas un comportement bas, sournois, servile, comme l'ondulation du serpent ? — Sauf, Alice, lorsque, par une inversion destinée à tromper les profanes, le langage se plaît à cacher un mystère. Ainsi, l'emploi d'un adjectif qui semble les rabaisser souligne au contraire l'éminence de ces lions. »

Frappée de voir leur crinière servir de publicité à des automobiles, Alice, admirative, émit l'opinion qu'on devait vendre en grande quantité les véhicules marqués d'un emblème aussi avantageux. Nicolas s'emporta.

« Que mêles-tu le commerce à quelque chose de purement spirituel ? En France, tu l'as bien vu à Belfort, ville qui peut être dite la porte de la France, on a une dévotion particulière pour le lion, qu'on appelle le roi des animaux, et les animaux, sache-le par l'étymologie, ont une âme, *anima,* à la différence des bêtes, comme le crapaud, le rat ou la méduse. Nous n'avons pas cette nuance en russe, où *jivotnoie* désigne indistinctement tout ce qui est *jivoie,* vivant. Il y a lieu de supposer que c'est parce qu'ils ont le culte du lion que les Français ont doublé le mot *bête* par un autre qui indique la dignité de ce félin. Un de leurs films les plus célèbres, *La Belle et la Bête,* met en présence une jeune femme et un prince, qu'un enchanteur a métamorphosé en lion. Ils s'aiment sans oser se le dire. La Bête dit à la Belle : "Vous me caressez comme un animal. — Mais vous êtes un animal, la Bête." Par quoi l'on constate que la langue russe est inférieure à la langue française. Un mufle, des crocs, des griffes, une crinière n'empêchent pas de posséder une âme.

« Les Français rapportent au lion et à l'excellence léonesque tout ce qui leur semble distingué, élevé, sublime. Ils partaient en croisade sous l'étendard du lion. Pas de plus beau compliment que d'être comparé à un lion. Quand une femme est amoureuse, elle dit à celui qu'elle a élu : *Vous êtes mon lion superbe et généreux.* Li-on, avec la diérèse, pour respecter les douze pieds de l'alexandrin. Sinon, tu passes pour un butor.

— Douze pieds ! s'exclama Alice. J'ai visité avec mon école l'appartement de Dostoïevski. Il avait accroché au mur de sa chambre une reproduction d'un très beau tableau de Raphaël. On y voit la Vierge Marie, entourée d'angelots, qui flotte sur un nuage entre le pape saint Sixte et une sainte appelée Barbara. Toute la classe admirait la Madone. Moi, j'étais fascinée par le pape, qui a six doigts à l'une de ses mains. Mais qui peut bien avoir douze pieds ? Cet *Alexandrin,* comme tu l'appelles, a-t-il quelque rapport avec l'un de nos trois empereurs Alexandre ? Je serais fâchée que la famille des Romanov fût déshonorée par un monstre. » La simplicité de sa compagne attendrit Nicolas. Il ne put s'empêcher de rire, mais sans méchanceté. « Ignorante ! Alexandrin est le nom du vers français classique. On l'appelle ainsi, parce que... parce que... » Il bafouilla, puis, d'un trait : « Parce que le roi Alexandre de Grèce, dit Alexandre le Grand, a, dès l'Antiquité, établi la métrique des poèmes, pour tous les pays et tous les siècles à venir. » Alice se rendit compte qu'il mentait, mais, bonne fille, elle choisit d'ignorer la tromperie. « Tous les Français, reprit-elle, parlent-ils en alexandrins ? — Cette manière, vraiment noble et soutenue, n'est réservée que pour les occasions solennelles, et c'est le privilège des poètes, que d'en user comme d'un tour naturel. Ainsi, pour Doña Sol, grande dame d'Espagne, Victor Hugo ne pensait pas qu'elle pût déclarer son amour à Hernani, sans recourir à cette métaphore du lion, marque d'un sentiment hors du commun. Balzac, dont tu as vu l'appartement à Saint-Pétersbourg, savait lui aussi où réside la vraie noblesse. Il raconte, dans une de ses nouvelles, comment un soldat de l'armée coloniale est grandi par l'amour qu'il porte à une lionne. La Fontaine, dont notre Krylov n'a fait qu'imiter les fables, souligne la magnanimité du lion :

Un rat sortit de terre assez à l'étourdie.
Le Roi des animaux, en cette occasion,
Montra ce qu'il était, et lui donna la vie.

« Un jour, des hommes se vantaient d'être les plus forts sur terre.

Un lion en passant rabattit leur caquet.

« Quand ses anciens sujets, le loup, le bœuf, l'âne, attaquent le lion devenu vieux, daigne-t-il se défendre ?

Il attend son destin, sans faire aucune plainte.

« Ainsi, tous ces lions qui nous entourent et que tu as pris, dans ton extrême candeur, pour des slogans publicitaires, ont peu à faire avec l'ambition mercantile. Si tu considères que l'industrie est la forme moderne de l'épopée, que les usines ont remplacé les châteaux forts, que les ouvriers du métal n'ont rien à envier aux hommes d'armes, que le fer et l'acier dont on fait aujourd'hui les automobiles servaient autrefois à forger les cuirasses et les heaumes, tu admettras que Peugeot, en adoptant pour sigle le compagnon de l'apôtre saint Marc, le porte-parole des poètes, l'appui et le modèle de tout ce qui se pique de vaillance, de générosité, de noblesse, Peugeot, disais-je, a cédé moins à la recherche du profit qu'au désir de la gloire. Le Moyen Age s'est distingué par des confréries militaires, le nôtre n'a pas à rougir de la fraternité du labeur. »

Au musée Peugeot, ils remarquèrent une affiche des années 1920, signée Tamagno. Au premier plan, une auto rouge, décapotée, conduite par un chauffeur en casquette. Sur la banquette arrière, deux femmes, la tête enveloppée d'un cache-poussière, se grisent de vent et de vitesse. Deux cyclistes, dont l'un chevauche un engin à moteur, escortent la voiture. Au-dessus d'eux, sur un socle de pierre, un lion dressé sur ses quatre pattes secoue sa crinière et rugit en direction des usines situées à l'arrière-plan, d'où s'échappent à pied ou à bicyclette des bataillons d'ouvriers. Les ateliers de montage, les bâtiments qui abritent les chaînes bordent les eaux bleues d'une rivière ; et, par une forêt de cheminées dont les hauts fûts se découpent comme les lances d'une armée, des flots de fumée noire et blanche jaillissent en bouillonnant.

« Ne dirait-on pas, dit Nicolas, de véritables panaches, comme en portaient sur leur casque les paladins de Charlemagne ? Admire l'unité profonde de la France. La civilisation industrielle a repris les emblèmes de l'épopée médiévale. »

Il ouvrit le Guide Bleu dont je lui avais fait cadeau et conclut : « Ecoute ce qui est écrit, et non à tort selon moi : *Sochaux, fief de Peugeot.* Fief est un terme de droit féodal. On désignait ainsi un domaine concédé par un seigneur, sous condition de foi et d'hommage. L'Etat français a choisi cette firme automobile pour lui donner en apanage une portion du territoire national, à charge pour ce *fief* de construire de *fiables* engins mécaniques et de perpétuer dans notre siècle la geste des preux et des croisés. Ne sommes-nous pas en pleine chevalerie ? »

X

Halte de quelques heures à Nancy. Nicolas vénérait un tableau de Georges de La Tour, reproduit dans la *Vie des plus grands saints,* un livre que sa mère, sans être le moins du monde croyante, aimait à feuilleter. Comme antidote à la propagande communiste, elle l'avait fait lire à l'enfant.

A la lueur d'une torche qu'il tient dans une main, un jeune garçon, coiffé d'une toque à plume, découvre sous un escalier le corps du vieux domestique de la maison.

« La mort de saint Alexis... En réalité un noble, issu d'une grande famille romaine...

— Romaine ? demanda Alice. Je croyais russe ce prénom.

— Alexeï, oui, mais non Alexis. C'est un prénom romain, affirma Nicolas.

— Qui était cet Alexis ? Quand vivait-il ?

— Au Ve siècle de notre ère. Fils d'un sénateur, rejeton d'une souche illustre, il épousa une jeune fille de la haute société. Mais, le jour même de son mariage, et sans attendre la fin des festivités, il prit congé de sa femme, en lui disant : *Je pars. Ne cherche pas à savoir où je vais. Ne te soucie pas de mon sort. Je me mets désormais sous la protection de Dieu et au service de Dieu seul. Adieu.* Il quitta la maison et s'éloigna. Nul ne le revit. Nul n'entendit plus parler de lui. Il était parti pour la Terre Sainte. Ses parents recueillirent la nouvelle épousée. Dix-sept ans après sa disparition, Alexis revint incognito chez son père, qui l'engagea, sans le reconnaître, comme le dernier des valets. Il resta dix-sept ans chez son père, dormant dans une soupente, se contentant d'un peu de pain et de soupe. Avant de mourir, il rédigea l'histoire de sa vie. Tu vois, c'est le rouleau de papier qu'il serre entre ses doigts. Personne, dans la maison, ni ses parents ni sa femme ni aucun des autres domestiques n'avait reconnu celui qui avait donné un exemple si élevé d'abnégation et de sacrifice.

— Romain ou pas Romain, je trouve qu'il a l'air d'un Russe, dit Alice. Il est couché dans la même robe, il porte les mêmes cheveux longs et la même barbe, il montre la même sérénité qu'un de ces pèlerins russes qui dorment sous le porche des monastères.

— Comment ne serait-il pas le plus serein, le plus apaisé, de tous les mortels passés, présents ou futurs ? Qui d'autre pourrait moins craindre que lui de ne pas être accueilli par les anges ? Il a vécu dans la chasteté, il est mort pur. Est-ce par hasard que *chastié* se traduit en français par *bonheur* ?

— Mais il n'était pas russe, Nicolas. Il était romain. Notre *chastié,* le mot comme le sens, lui était donc parfaitement inconnu.

— S'il a l'air d'un Russe, comme tu l'as dit, pourquoi n'aurait-il pas eu quelque idée de la langue russe, par divinatoire sympathie ? Aux disciples du Christ est imparti le don des langues. »

Ces divers raisonnements parurent biscornus à Alice. Elle fut sur le point de dire : « De toute façon, *chastié* n'a rien à voir avec *chasteté* », mais une autre objection, de loin plus importante, se présenta à son esprit.

« J'aurais mieux aimé, dit-elle, qu'Alexis eût quitté les siens avant de se marier.

— Pourquoi, s'il te plaît ?

— Mon Dieu ! N'a-t-il pas trompé sa femme, en lui

promettant un bonheur qu'il était décidé à lui refuser ? Qu'est devenue la pauvrette ? Connaît-on son histoire, à elle ? N'a-t-elle pas attendu, jour après jour, l'homme qu'elle aimait ? Ne s'est-elle pas flétrie, desséchée, après avoir versé toutes les larmes de son corps ?

— Toutes les larmes de son corps ! reprit Nicolas en la raillant. Tu parles par clichés ! »

Alice, qui savait qu'elle était dans le vrai, même si elle ne s'exprimait pas mieux, ne se laissa pas démonter.

« Tu vantes l'abnégation, le sacrifice d'Alexis. Mais son sacrifice, à elle ? Son calvaire d'épouse délaissée ? Pour récompense, l'a-t-on canonisée ? Il aurait pu tout aussi bien rester célibataire pour devenir saint, sans induire en erreur ni engager pour la vie une innocente.

— Toujours de courte vue, Alice ! Ne comprends-tu pas que, pour rendre le sacrifice exemplaire, il fallait entraîner une famille entière dans le deuil, parents, épouse, amis, maisonnée ? Alexis ne pouvait se contenter de faire son salut individuel — c'eût été la solution égoïste, mesquine —, il devait révéler, à ceux qui lui étaient chers, combien est illusoire le bonheur humain.

— Sait-on si sa femme partageait ses idées ? Peut-être, elle, en se mariant, ne cherchait-elle qu'à être heureuse et à faire le bonheur de son mari.

— Justement. Il appartenait à Alexis de conduire sa femme vers un idéal plus élevé. De l'initier à une autre conception de la vie. Plus tragique, parce que plus vraie. Rappelle-toi ce qui est peint sur les murs de nos églises russes : y as-tu vu des figures que le mystère de l'existence ne pénètre pas d'un saint effroi ? Le peintre français a exprimé ce sentiment dans le visage du garçon à la torche. La plume de sa toque ne le rend pas fier pour un sou ! Comme il reste pétrifié de ce qu'il voit ! Autant d'épouvante confond son regard que de sérénité illumine les traits du mort. »

Alice se taisait.

« Je sais ce que tu penses, reprit Nicolas après avoir observé sa compagne. Tu penses que le mariage d'Alexis et de son épouse étant resté blanc, celle-ci n'a pas connu le bonheur conjugal, le fameux *épanouissement* auquel on prétend que toute femme a droit. Il suffit de changer les mots, de quitter cette phraséologie vulgaire popularisée par les revues féminines, et une autre vérité, bien plus intéressante, t'apparaîtra, propre à modifier ton opinion.

« Le mariage d'Alexis et de son épouse n'a pas été *consommé*. Comprends-tu, maintenant ? Il a échappé au fléau de la *consommation*, qui est en train de ravager l'Occident. Tu as raison de dire qu'Alexis a l'air d'un pèlerin russe. Mais il était bel et bien un Romain, natif de cette Italie encore plus matérialiste que la France, un compatriote d'Horace, de Lucullus et de Pétrone. Et le peintre qui a fait ce tableau était un Lorrain, un Français, enraciné dans le sol le plus français qui soit, pétri de cette glèbe où s'enfonce la semelle de bois du paysan.

« Aussi, rappelle-toi cette histoire et ce tableau, quand tu entendras dire et que tu constateras toi-même que l'Occident est pourri par la *consommation*, que la société de *consommation* ruine les valeurs du monde civilisé. C'est vrai et ce n'est pas vrai. J'aime ce tableau, apologie de la non-consommation, parce qu'il peut nous servir aujourd'hui d'étendard, et parce qu'un Français de Lorraine l'a peint. »

Alice ne paraissait pas convaincue.

« Quel âge avais-tu quand ton père vous a abandonnés, toi et ta mère ?

— Quatre ans, fit Nicolas à contrecœur.

— Elle ne s'est jamais remariée ?

— Pourquoi tu me demandes ça ?

— Rien, c'est une idée qui m'est passée par la tête. »

Nicolas haussa les épaules.

« Qu'as-tu à m'interrompre toujours ? Ce que tu viens de dire n'a aucun rapport avec le sujet de notre discussion ! Réfléchis avant de parler ! Je parie que tu n'as même pas retenu le nom de ce peintre ! »

Alice avoua son ignorance.

« Il s'appelait Georges de La Tour. Georges, comme l'intrépide chevalier des icônes, et La Tour, comme la tour par excellence, la tour de guet, dressée à l'entrée du territoire français, la tour de garde pour nous garder du non-esprit. »

XI

Alice souhaitait et redoutait l'entrevue d'Epernay. Les dirigeants d'une firme de champagne avaient décidé de financer le prochain ballet de Rudolf Petitjean, à charge pour celui-ci d'engager une danseuse « russe ». Double opération pour le Frères Périquot : se donner à l'Ouest une façade « culturelle », essayer à l'Est de gagner un marché. Alice jouait son avenir ; mais surtout, elle appréhendait la réaction de Nicolas. Informé de ce calcul, ne manifesterait-il pas indignation et dégoût ? Quoi ! Mêler la danse et l'alcool, l'art et le commerce !

Il en fut tout autrement qu'elle n'avait pensé. Les dirigeants de la firme commencèrent par leur offrir de leur vin, en leur rappelant que Pouchkine avait mentionné le Veuve Cliquot dans un de ses poèmes. Nicolas récita les vers d'*Eugène Onéguine,* et l'on trinqua à l'amitié franco-russe.

« Mademoiselle, dit alors le conseiller artistique de la société, je crois que nous nous entendrons bien. Vous avez la tournure qui convient. Gardez votre accent. Quand vous répondrez à la presse, n'essayez pas de le corriger.

— Il faudrait seulement, intervint le responsable des ventes, que vous changiez de nom. Hubermann ne fait pas assez russe.

— Ne fait pas russe du tout, renchérit le vice-président. Oh ! ce n'est pas antisémitisme de notre part, non. Le public français aime la Russie, la danse russe, les danseuses russes. »

On trinqua de nouveau.

« Les gens ne comprendraient pas qu'une nouvelle ballerine, appelée tout exprès de Saint-Pétersbourg, ne porte pas un de ces beaux noms russes, bien sonores, de préférence en *aia,* comme les célèbres danseuses du Kirov, ces étoiles immortelles que le public français adore... Maia Plissetskaia... Galina Vichnevskaia... »

A cette bévue, Nicolas ne cilla même pas.

« Bien sûr, fit-il avec aplomb. Vous ne prenez pas Alice au dépourvu. Elle a choisi pour danser le nom de sa grand-mère russe, Prikrasnaia. »

L'effronté ! se dit Alice, je n'ai pas de grand-mère russe, et Prikrasnaia n'est pas un nom propre. Il me baptise la Magnifique ! Quel toupet, vraiment ! On trinqua au nom russe d'Alice, puis on épilogua sur le changement de nom de Kirov en Mariinski. Les dirigeants du Frères Périquot furent unanimes à déplorer cette décision, dommageable à la renommée du théâtre, car autant Kirov sonnait bien, autant Mariinski ne pouvait être que rebutant pour un gosier français. Certes, ils comprenaient les raisons politiques de ce retour à l'appellation d'origine, mais franchement, si le théâtre voulait vendre ses spectacles à l'étranger, il devrait être plus attentif à ses moyens de promotion.

« En tout cas, mademoiselle, conclut le responsable des ventes, nous vous présenterons sous l'étiquette du Kirov. Il est hors de question que du charabia aussi imprononçable que Ma... Marinadovski serve de réclame à nos vins.

— "Théâtre de Marie" serait encore pire, ajouta le directeur de la publicité, qui se piquait d'être allé à Saint-Pétersbourg et de posséder quelques rudiments de la langue russe.

— On croirait, ajouta le vice-président, que Rudolf vous a recrutée dans une congrégation religieuse.

Une “enfant de Marie” sur un plateau de danse, non, vous en riez vous-mêmes, tellement ce serait incongru. »

La boutade du vice-président paraissait très drôle en effet. Alice, surprise de voir Nicolas partager la gaieté générale, se contenta d'un pâle sourire. Le chef du marketing amena ses collègues à un nouvel accès d'hilarité, en prédisant les retombées médiatiques de ce qui aurait l'air d'une farce. Choux gras pour la presse. *Le bon Dieu en tutu,* proclamerait *le Figaro,* et quant à *Libé,* ils ne rateraient pas, c'était sûr, *Jean-Paul II récupère aussi Tchaïkovski.*

Quand on eut bien ri et vidé une seconde bouteille dont le maître d'hôtel en livrée blanche avait susurré à l'oreille de chaque convive le millésime encore plus rare que celui du premier cru, on s'en fut visiter les chaînes de fabrication.

Nicolas épata ses hôtes, moins riches en vocabulaire. Il improvisa, devant les processions de bouteilles, un parallèle entre la danse et le champagne. Le champagne pétille, le ballet scintille. Le bouchon fuse du col, la danseuse des coulisses. Un bond est capricant, un goulot coruscant. D'un ballet réussi, ne dit-on pas qu'il mousse ? Un léger saut sur une seule jambe, l'autre effectuant un battement replié, s'appelle un ballonné ; un danseur qui saute bien *a le ballon.* Du ballon à la bulle...

« Très bon... très bon... », dit le responsable des ventes. Crayon à la main, il gobait les plaisanteries de Nicolas.

« Se soulever de terre, prendre son élan, exploser, gicler, jaillir, tous ces termes nous viennent spontanément, aussi bien pour un jet de champagne que pour le jeté d'une étoile.

— Excellent ! » dit le directeur de la publicité, qui prenait de son côté des notes et dressait le schéma d'un nouveau prospectus.

On descendit ensuite dans les caves. Sur plusieurs kilomètres, s'étendaient des galeries maçonnées. Le

Frères Périquot, couché tête-bêche, sommeillait dans des niches ; la poussière collait aux bouteilles. Opaques et glaireuses, elles dormaient dans la pénombre. « Nous en avons quatre-vingt-seize millions ! » dit le vice-président, qui céda la parole au chef de cave.

« Le vin repose pendant au moins sept ans, expliqua celui-ci. Ensuite... Vous entendez ce bruit ? »

On percevait au loin, émané du labyrinthe des tunnels, un battement discontinu, rythmé, monocorde, comme si des milliers de grenouilles coassaient en cadence, sans pause ni répit.

« Au terme de sept ans, reprit le chef de cave, quand le vin a bien mûri, on va chercher les bouteilles et on les plante, par le goulot, dans des pupitres inclinés, en sorte qu'elles restent le cul en l'air. Installer ainsi les bouteilles, enfoncer les goulots dans les trous des pupitres, dégager le cul et le mettre à portée de la main, se dit *pointer.* A quoi bon cette opération compliquée ? me demanderez-vous. Eh bien ! après le mûrissement, vient l'époque de ce que nous appelons le *remuage.* Tenez, nous voici dans le secteur concerné. »

Des dizaines d'employés s'affairaient devant des rangées de pupitres en bois, dressés à hauteur d'homme et percés chacun de douze étages de six trous. Ils saisissaient chaque bouteille par le cul et leur imprimaient, d'un geste adroit et rapide, un léger mouvement giratoire. Le frottement du verre sur le bois, par petites saccades indéfiniment répétées, produisait cette rumeur cadencée, uniforme, semblable à une immense modulation de batraciens.

« Au lieu de *pointer,* dit Nicolas, dites *mettre sur les pointes.* L'analogie avec la danse n'en sera que plus évidente. Les bouteilles font des pointes. Mais pourquoi les tourne-t-on ainsi ?

— Pour faire glisser vers le goulot, peu à peu, par secousses infimes, le dépôt de levures accumulé depuis sept ans. Il faut de cinq à six semaines pour évacuer ce dépôt, qu'on expulse ensuite en faisant sauter le bouchon. Tourner les bouteilles, ce qui s'appelle *remuer,* est une opération très délicate. Pas plus d'un quart ou d'un huitième de tour à la fois.

— Les bouteilles doivent être remuées tous les jours ?

— Tous les jours. Chaque remueur a la garde de cinquante mille bouteilles, il tourne cinquante mille bouteilles par jour.

— Cinquante mille ! » s'écria Alice.

Réglés comme des horloges, ils exécutent mécaniquement leur besogne. De gauche à droite, selon un ordre immuable, afin de prévenir toute erreur. Six bouteilles sont alignées par étage. La main gauche prend la première bouteille à gauche, la main droite empoigne la quatrième. Elles travaillent ensemble, à la même vitesse. Rigoureusement synchrones, sans jamais ralentir ni accélérer. On est sûr, ainsi, de ne pas se tromper. Oublier une bouteille ! Ce serait cinq cents francs de perdus pour la société. Et encore, avec la demande faramineuse de l'an 2000, les prix sont montés en flèche !

Sans une seconde de relâche, ils abattent leur corvée. Huit heures par jour, dans ces boyaux humides, qu'on éclaire à peine, par crainte de gâter le produit. Toujours debout, ils se baissent peu à peu, jusqu'à l'étage inférieur. Les dernières bouteilles sont au niveau du sol. Et hop ! d'un coup de reins, au pupitre suivant. Ils recommencent les mêmes gestes, sans parler ni s'interrompre un moment.

« Cinquante mille par jour ! se disait Alice. Et ce bruit de grenouilles dans l'oreille ! Je deviendrais folle, à leur place. »

Il lui semblait qu'une armée de serfs, comme autrefois en Russie, était condamnée à une tâche sans fin, dans le suintement et l'obscurité de ces catacombes.

D'un petit sac attaché sur le devant de son tablier,

chaque remueur puisait un peu de sciure, pour empêcher ses doigts de glisser sur le verre.

« Une analogie de plus avec la danse ! s'exclama Nicolas. Toi aussi, Alice, tu frottes tes chaussons à la colophane. Ces hommes sont les coryphées du monde souterrain. Leurs mains sont aussi agiles que les pieds des danseuses. »

Puis, sans qu'elle comprît comment c'était arrivé, elle le vit perché au sommet de l'escalier qui descend dans la cave. Elle compta les marches : plus de cinquante. En une seule enjambée, apparemment, il les avait franchies, puisque, l'instant d'avant, il se tenait à côté d'elle, au fond du souterrain, et, moins d'une seconde après, la regardait de là-haut, tout souriant. Absorbés dans leurs calculs et leurs pronostics, les dirigeants du Frères Périquot ne s'étaient aperçus de rien.

XII

Par une contradiction dont Nicolas ne s'étonnait pas, la tenant pour un signe amical du destin, les pensions qui portaient, sur un panonceau décoloré par les pluies, l'inscription *Au lion d'or* étaient souvent, malgré la calligraphie en lettres gothiques, des établissements miteux, à portée de leur bourse. Féru de ses léonesques chimères, Nicolas ne voulait pas loger à une autre enseigne. La fière devise, accrochée par une chaîne rouillée, se balançait en grinçant. Parfois l'animal, la patte levée en signe de bienvenue, était peint sur la tôle. Invariablement, une seule étoile, appliquée sur la porte en verre dépoli, indiquait la catégorie infime de l'hôtel.

« Une étoile, une seule étoile ! s'écriait Nicolas, chaque fois avec le même enthousiasme. Les gardeurs de troupeaux et les mages eurent-ils besoin de plus d'une étoile pour trouver le chemin de Bethléem ? *Ils se mirent en route, et voici que l'astre, qu'ils avaient vu à son lever, les précédait jusqu'à ce qu'il vînt s'arrêter au-dessus de l'endroit où était l'enfant.* Deux, trois, quatre étoiles, tu entres dans le commerce, dans la dégoûtante classification touristique. Mais une étoile unique, l'étoile du berger dans le désert de Palestine, l'étoile du navigateur dans la solitude de l'océan, tu restes dans la mystique du voyage et l'excellence de la mythologie stellaire. »

La plupart du temps, faute de hall d'entrée, le

comptoir se trouvait tout de suite derrière la porte, et le patron, juché sur un haut tabouret d'où il dévisageait les nouveaux arrivants, recevait lui-même ses clients. « On paye d'avance », marmonnait-il, en voyant le sac à dos de Nicolas. Un jeune parlant avec un accent étranger, c'était forcément un suspect — « fichu pays, grommelait-il entre ses dents, je n'ai pas le droit de vous demander vos papiers — mais ça va changer, mes loustics, avec un vrai gouvernement ». Il passait les billets, que lui tendait Nicolas, dans un appareil à détecter les fausses coupures. Ni l'incivilité de cet accueil, ni l'effronterie de la fille de charge qui clignait de l'œil à Alice en lui remettant deux serviettes jaunies par l'eau de Javel, ni le petit escalier obscur, ni le linoléum élimé de la chambre ne décourageaient Nicolas. Ces signes de misère matérielle n'en rendaient que plus glorieuse, à ses yeux, la chevalerie féline dans laquelle il s'estimait enrôlé.

« Conviendrait-il aux deux errants que nous sommes, disait-il, de se prélasser dans le confort d'un hébergement plus luxueux ? Nous sommes, toi et moi, deux combattants de l'Idée ; et vois quelle chance c'est pour nous de commencer nos aventures dans un pays où le moindre hôtel, par le contraste entre la chétivité de son équipement et la noblesse de son enseigne, indique à quelle altitude, loin au-dessus des contingences terre-à-terre, doivent planer les esprits. »

Les esprits peut-être, pensait Alice, mais les chemises de Nicolas ? Elles n'étaient pas déjà si fraîches, pour rester roulées en boule au fond de son sac. « Je ne veux me poser ni reposer nulle part », disait-il. Il jetait son bagage sous le lavabo, sans en dénouer le cordon, se contentant d'extirper de la poche extérieure un ou deux livres, avec le pain et les œufs durs. Alice, de son côté, enlevait la ficelle entortillée autour de sa petite valise de carton, sortait ses affaires et les étalait une par une sur les planches de l'armoire. Elle savait que se présenter sous des habits chiffonnés ne disposerait pas en sa faveur ceux dont dépendait son avenir. Tandis qu'elle défripait et lissait du revers de la main ses deux blouses, agrémentées de broderies géorgiennes, sa jupe à fleurs, son col de guipure, Nicolas l'observait d'un air rogue. Même le soin qu'elle portait à son *kokochnik*, cette sorte de diadème qui complète le costume des danseuses de caractère, accessoire le plus précieux de leur attirail, n'inclinait pas le jeune homme à plus d'indulgence. Parfois, au cours du voyage, une perle s'était détachée de la parure. Alice extrayait de son petit nécessaire de couture une aiguille et du fil ; dans sa hâte à recoudre la perle et à terminer une opération qui agaçait Nicolas, elle oubliait le dé et se piquait le doigt jusqu'au sang.

Louées aux couples pour une heure — c'est leur destination la plus fréquente, avec l'hébergement des touristes pauvres — les chambres des hôtels à une étoile possèdent rarement deux lits. Nicolas n'entendait malice à ce système ; il demandait toujours une chambre à deux lits. L'hôtelier toisait les deux jeunes gens avec impudence ; parfois, il leur riait au nez, en leur disant de ne pas faire tant d'histoires. Si peu délurée qu'elle fût, Alice comprenait l'allusion ; son visage s'empourprait. Lui, cependant, qui ne se rendait compte de rien, prenait la clef et montait d'un air digne.

Le soir, il gardait pour se coucher son slip et son maillot. Alice, qui aurait voulu ôter au moins son soutien-gorge, n'osait pas s'en défaire. Une fois, ils disposèrent de deux lits séparés. Alice vit son compagnon se débarrasser de son maillot, tout en conservant sa culotte ; il s'entortilla dans le drap ; et le matin, en se réveillant la première — il avait le sommeil long et solide — elle remarqua non sans surprise qu'il n'avait pas bougé de la nuit, et continuait à dormir emmailloté comme une momie.

Les douches et le cabinet étaient au bout du couloir, parfois assez loin de la chambre, le plus souvent vétustes, presque toujours mal tenus. « Des chiottes à la russe, pensait Alice, accroupie au-dessus du trou. Comme chez nous, sauf qu'ici il y a au moins une porte. » Elle se fût bien gardée, pourtant, de faire part de cette observation à Nicolas ; et encore moins de lui apprendre que ce qu'elle appelait devant lui les toilettes n'existait pour elle que sous le nom de chiottes.

« Où vas-tu ? » lui dit-elle un soir, dans un meublé de Bobigny de la dernière catégorie. Couchés côte à côte dans le lit, ils repassaient, selon leur habitude, elle le manuel d'Irina Grjebina, lui quelques pages du Grevisse. Il s'était relevé, avait enfilé son pantalon. « Je vais chez Jacob Delafon », dit-il d'un ton dégagé.

Il sortit, en laissant la lampe allumée. L'ampoule pendait du plafond, au bout du fil électrique, à côté d'un rouleau de papier collant attrape-mouches. Faute du moindre abat-jour, la lumière aveuglait. Alice remonta le drap sur ses yeux, sans en vouloir à Nicolas.

« Chez Jacob Delafon ? » Elle crut d'abord avoir mal entendu, puis, ayant compris, se mit à rire. L'entreprise française Jacob Delafon, implantée à Saint-Pétersbourg, restaurait les installations sanitaires des grands hôtels et aménageait, dans les appartements de six pièces, jadis communautaires, maintenant privatisés, des salles de bains modernes. Un magasin Jacob Delafon, perspective Nevski, exposait, dans une devanture protégée par des vitres pare-balles, des lavabos aux formes aérodynamiques, des bidets dernier cri, des baignoires rondes à poignées dorées, des cuvettes et des chasses d'eau aux porcelaines délicatement teintées. Alice, elle, n'aurait jamais songé à rapprocher du miteux garni où ils avaient échoué ce qui était à ses yeux, comme pour les quatre-vingt-dix-neuf pour cent de la population russe, les symboles d'un luxe interdit. « Quel type, quand même ! se dit-elle, amusée de trouver chez Nicolas un caractère si différent du sien. Quel enchanteur ! Parvenir, d'un seul coup, à transformer la triste laideur à laquelle nous sommes condamnés en palais des mirages ! » Elle rit de plus belle, en entendant, à l'autre bout du couloir, le bruit tonitruant de la chasse d'eau détraquée.

« Aller chez Jacob Delafon » entra dans le langage des deux jeunes gens. En voyage, on est souvent pris d'un besoin urgent, qu'il est impossible de satisfaire en douce, surtout pour une fille. Ils se l'avouaient l'un à l'autre, désormais, sans aucune gêne ; au grand contentement d'Alice, que cet euphémisme tirait d'embarras.

XIII

Habiter Bobigny obligeait à de longs trajets en métro. Nicolas, qui n'avait pas envie de passer, comme à Saint-Pétersbourg, plusieurs heures par jour dans les transports en commun, décida qu'ils iraient s'installer du côté de Montmartre, quitte à payer plus cher. *Sous les toits de Paris,* fredonnait Alice, en débouchant de la station Pigalle. Elle leva les yeux et chercha les mansardes. Les films de René Clair avaient conservé une certaine popularité dans les ciné-clubs de Russie. Pas plus que son compagnon, elle n'imaginait que les choses eussent changé à Paris, ni que l'époque des chanteurs à casquette et des charrettes à bras appartînt à un passé révolu. On trouverait à louer, en plein ciel, une soupente. Elle ornerait d'un pot de géraniums la fenêtre, et donnerait à manger, sur le rebord en zinc, aux moineaux.

En attendant, il fallait camper une nouvelle fois à l'hôtel. Les petites rues qui montent de la place Pigalle déplurent à la jeune fille. Les hommes claquaient de la langue en la croisant. Ils louchaient sur ses épaules nues. Dans une impasse un peu moins sale, ils avisèrent une enseigne *Au lion d'or.* Etablissement à deux étoiles, au-dessus de leurs moyens. Tandis que Nicolas, debout devant le comptoir, hésitait, Alice sentit le regard de l'hôtelier se poser sur l'échancrure de son corsage et palper sa gorge à travers l'étoffe.

Elle frissonna. L'homme, en tricot de corps rouge à bretelles, transpirait dans la pénombre du hall, malgré l'air frais propulsé par un ventilateur pivotant. Il fit le tour du comptoir et s'approcha d'Alice. Il était petit, trapu, couvert de poils sur les bras ; chauve, à part une couronne de cheveux gris sur la nuque, qui frisottaient au vent des pales. Une barbiche taillée en bouc se rebiquait au bas de son visage rond et replet. Renversant un peu la tête, il pointait cette barbiche en avant. Alice eut l'impression d'être chatouillée entre les seins. « On s'arrangera, petite », murmura-t-il à l'oreille de la jeune fille, dans un souffle qui sentait le parfum bon marché. Elle s'éloigna vivement et sortit. Nicolas, après avoir refait dix fois ses comptes, la rejoignit sur le trottoir. Ils s'éloignèrent.

Les hôtels à une étoile ne manquaient pas dans le quartier. Pas un seul n'arborait l'emblème léonesque. *Au Moulin rouge, Les Marronniers, L'Univers,* aucun de ces noms n'était du goût de Nicolas. Il rejeta aussi *Hôtel de Turin, Résidence des Platanes, Le Sacré Cœur, L'Ecrevisse.* Alice ne put l'empêcher de revenir vers la rue du *Lion d'or.* Quand elle aperçut l'enseigne au bout de l'impasse, et l'hôtelier à barbiche sur le seuil, qui semblait les attendre, elle prit son courage, força Nicolas à s'arrêter, et lui dit :

« Nicolas, tu te fais des idées au sujet du lion d'or. La splendeur que tu associes à ce nom ne correspond en rien à la réalité. Regarde, continua-t-elle en tirant de sa valise un dépliant qu'elle avait trouvé dans la salle à manger de leur dernier hôtel. La raison pour laquelle tant d'hôtels et de pensions s'appellent *Au lion d'or* n'est pas du tout celle que tu penses. »

Nicolas jeta un coup d'œil sur le dépliant, entrevit un couple dans un lit, le drap remonté jusqu'aux mentons. Il détourna les yeux, dégoûté. « Que me montres-tu là ? dit-il. Pourquoi, alors que je cherche à nous loger dignement, en nous maintenant à la hauteur de ce que nous nous sommes juré à Belfort, rabaisses-tu ma vue à un spectacle aussi trivial ?

— Nicolas, dit Alice, *Au lion d'or,* sache-le, n'est qu'un amusant jeu de mots. *Au lit on dort.* Toi qui aimes tant les subtilités de la langue française, régale-toi à cette parfaite homonymie. »

Il la saisit par le poignet. « Lâche-moi ça ! » Le dépliant tomba dans le caniveau. « Alice de peu de foi ! Ne sais-tu pas que, partout et toujours, les esprits bas, qui ne méritent même pas le nom d'esprits et seraient mieux appelés cafards ou blattes, s'efforcent de ravaler, par dépit, ce qui leur est supérieur ? Qu'y a-t-il de plus noble, de plus élevé, que le lion ? De plus pur, que l'or ? Et qu'y a-t-il de plus bas, de plus plat, de moins intéressant, qu'un lit, meuble purement utilitaire ? Quant à l'acte de dormir, peux-tu me dire en quoi il s'élève au-dessus de la simple nécessité physiologique ? Reconnais donc que tu t'es laissé abuser par la tourbe de ceux qui ont intérêt à ternir et souiller un idéal pour eux inaccessible. Ils n'ont que de la kacha dans la tête !

« Ce n'est pas la première fois, continua le jeune homme, que de tels mensonges sont propagés avec succès. Les Juifs déclarèrent que le Christ n'était qu'un vagabond. Sous ce prétexte ils le clouèrent à la croix, entre deux voleurs.

— Qui veut noyer son chien l'accuse de la rage », dit Alice, croyant apporter de l'eau au moulin de Nicolas. Celui-ci approuva, mais à contrecœur. C'était déchoir des grandes vérités dont il voulait persuader sa compagne, que d'y adapter la sagesse populaire d'un proverbe.

« Il est peut-être bon, reprit-il, que les plus profondes vérités ne se présentent pas comme telles, mais sous un dehors qui nous trompe. Le prince Muichkine est-il un "idiot" ? Non, assurément. C'est pour réserver aux seuls initiés le privilège de découvrir la nature sacrée, presque sainte, du prince, que Dostoïevski feint de nous soumettre un cas pathologique. Dans l'opéra de Moussorgski, celui qui accède aux lumières supérieures n'est ni le tsar Boris ni le moine Pimène, mais l'Innocent, un pauvre hère conspué par le peuple, un simple d'esprit houspillé par les enfants.

— En Russie, la matière n'est que l'enveloppe de l'âme. Mais ailleurs, se hasarda à objecter Alice, trouverais-tu aussi facilement des exemples ? Je crains qu'en France... »

Nicolas l'interrompit. « Tu veux dire que les Français, étant plus frivoles...

— Ils aiment bien s'amuser, corrigea Alice.

— Calomnie, pure calomnie ! protesta Nicolas, pendant qu'accroupie au bord du trottoir elle s'efforçait de refermer sa valise. La langue française est la seule au monde où un même mot désigne deux notions absolument incompatibles. *Esprit* signifie à la fois capacité de briller dans un salon et disposition contemplative. Sont dits *spirituels* aussi bien les exercices de saint Ignace de Loyola que les jeux de mots *amusants*. Entre *lion* et *lit*, n'entends-tu pas l'assonance ? Tout ce qui te paraît léger, facile en France, un peu bas et vulgaire, n'est qu'un masque, un faux-semblant, dont nous devons nous garder d'être dupes. Aux yeux de ceux qui ne sont pas dignes de les contempler, la trivialité du lit cache la noblesse et la splendeur du lion. »

« A moins que ce ne soit le contraire », pensa Alice. Elle était si nerveuse, à l'idée d'affronter l'hôtelier, que la ficelle cassa entre ses doigts. Tandis qu'elle cherchait à refaire le nœud, Nicolas poursuivit.

« A quoi se résume l'histoire du monde ? A une bataille entre le lion et le lit, le haut et le bas. Qu'est-ce que le matérialisme historique ? La tentative d'expliquer les idées par l'économie, l'esprit par l'argent. Selon Marx, rien de ce que nous pensons, de ce que nous sentons ne relève de notre liberté. Notre être intime n'est que le reflet de nos conditions d'existence. Tu sais dans quel état lamentable cette thèse, devenue doctrine d'Etat des bolcheviks, a réduit notre malheureux pays.

« L'Occident, pendant ce temps, n'a pas été mieux loti. Un autre Juif allemand, le docteur Sigmund Freud, a nié lui aussi que notre conduite pût être libre, ou inspirée par des sentiments nobles. Il explique tout, lui, par le sexe, la pulsion sexuelle, l'instinct le plus vulgaire, rebaptisé d'un nom latin, libido, pour donner une apparence scientifique à une théorie inadmissible. L'Europe, l'Amérique ont été soumises au freudisme. Tout ce que nous appelons amour y est tourné en dérision. Ce bout de papier que tu as ramassé est la petite monnaie de cet évangile : un lit, en effet, le plaisir d'un couple dans un lit, rien d'autre ne compte si tu admets que les gens n'ont pour but que de coucher ensemble. Tu as beau être juive, Alice, je compte sur toi pour combattre de toutes tes forces de semblables hérésies. »

Entre-temps, ils étaient arrivés à la porte du *Lion d'or.* Alice ferma sa blouse jusqu'au cou. « Parle-lui, murmura Nicolas. Pour tes beaux yeux, il nous consentira un rabais. » Nicolas fit semblant de fouiller au fond de son sac, tandis qu'Alice s'approchait du comptoir et discutait avec l'hôtelier. Elle se retourna vers le jeune homme et lui dit, d'une voix blanche :

« Il nous laisse la chambre pour cent quarante francs.

— Tu vois, dit Nicolas, l'esprit finit toujours par avoir gain de cause. »

Une larme jaillit des yeux d'Alice ; elle l'essuya, en feignant de chasser une poussière. Nicolas prit la clef et précéda la jeune fille dans l'escalier. L'hôtelier souleva la valise d'Alice et la porta lui-même jusqu'à la chambre.

« Il suffisait de ne pas nous décourager, dit Nicolas, quand ils se retrouvèrent seuls. Cet homme a compris que nous étions des chevaliers de l'idéal.

— Quand toucheras-tu ta première mensualité ? demanda Alice.

— Il manquait une pièce à mon dossier. J'ai écrit à Saint-Pétersbourg pour qu'on me l'envoie. »

Alice calcula que, dans la meilleure des hypothèses, l'aller et retour prendrait de quatre à six semaines. L'hôtelier présenterait son compte chaque samedi. Comment le paierait-on, à moins de puiser dans ce qui restait de l'emprunt fait à l'oncle de Nicolas, minuscule réserve qu'il fallait ménager ?

« Et toi ? demanda Nicolas. Penses-tu que Rudolf Petitjean va enfin se décider ?

— Je ne sais pas. Il est en tournée. Certains affirment qu'il est en fuite. Je n'ai plus de nouvelles. Vraiment, nous n'avons pas de chance.

— Pas de chance ? Nicolas s'emporta. Pas de chance ? Nous voilà dans la capitale du monde, prêts à faire les grandes choses auxquelles notre destin nous appelle. Je vais percer le secret de Paul Ier, de tous les souverains le plus énigmatique et fascinant qui ait jamais paru sur la terre. Et toi, songe que ni la Kchessinskaia ni la Preobrajenskaia n'ayant été remplacées, Paris, comment dirais-je ? soupire, *se languit* après une nouvelle étoile russe. »

Pour compenser l'augmentation du prix de la chambre, ils n'avaient pas dîné. Nicolas avala vingt centimètres de baguette, trois œufs durs et la moitié d'une plaquette de chocolat. Puis il s'entortilla dans son drap, et se prépara à dormir, sans remarquer qu'Alice était restée tout habillée sur son lit.

« La Prikrasnaia... murmura-t-il. On t'appellera la Prikrasnaia... » Sa voix devenait de plus en plus pâteuse. « Dirons-nous la Magnifique ? la Merveilleuse ? Il manque encore une syllabe, pour avoir l'opulence nécessaire... Ah ! je crois que j'ai trouvé... Peut-être... la Mirobolante ? la Farami... » Sa tête s'affaissa sur l'oreiller, le sommeil ferma ses paupières et sa bouche. Alice éteignit la lampe de chevet, se releva sans bruit, se dirigea vers la porte, tourna le commutateur du plafonnier, puisqu'il avait, une fois de plus, laissé toutes les lumières allumées. Elle n'avait pas fait dix pas dans l'obscurité du couloir, qu'elle sentit un bras qui la saisissait par la taille, une barbe qui se frottait à son cou, et un fort parfum de muguet dont elle pensa défaillir.

XIV

Le lendemain, à onze heures et demie, Nicolas dormait encore. Comme tous les matins. Avant midi, il ne fallait pas compter sur lui. Habitude des étudiants russes. Alice, qui se réveillait toujours bien plus tôt, et, les yeux à peine entrouverts, se forçait à se lever et à s'habiller — habitude juive de la pénitence —, n'avait pas trouvé le sommeil de la nuit. Elle ne s'était même pas couchée. Accoutumée aux horaires de son compagnon, elle n'y trouvait rien à redire, les autres fois. Ce matin-là, cependant, elle regarda avec impatience vers le lit du jeune homme. N'avait-il donc aucun soupçon de ce qui venait de lui arriver ? Sa vie avait changé d'un coup, son honneur avait basculé, c'est pour lui qu'elle avait agi ainsi, et il ne s'en doutait même pas !

Jamais, bien sûr, elle ne lui dirait un mot de ce qui s'était passé. Elle garderait pour elle le secret. Une telle honte, une telle douleur ne pouvaient être confiées à personne, à Nicolas moins qu'à tout autre. Elle eût souhaité, pourtant, que, sans l'interroger, par pure sympathie et connivence de leurs âmes, il devinât, il comprît.

De toute manière, se prit-elle à penser, quand on a les idées de Nicolas, quand on méprise, comme lui, les natures *végétatives* — oui, elle avait bien retenu ce mot, un de ces mots à quatre syllabes qu'il affectionnait —, quand on professe que l'existence est *tragique,* comment peut-on abdiquer si longtemps les responsabilités qui découlent d'une telle conviction ?

Veilleur, que dis-tu de la nuit ?

Ce verset d'Isaïe, Alice se souvenait de l'avoir plus d'une fois entendu dans la bouche de son père, lorsque, coiffé de la kippa, revêtu de la lévite noire et du taleth en soie blanche, il réunissait les siens pour diriger la prière. Dès qu'un article dans la presse du gouvernement ou le discours d'un dirigeant de section désignait les Juifs à la vindicte populaire, le chef de famille — usé précocement par la déportation de ses parents en Sibérie, il était mort encore jeune, la laissant orpheline à dix ans — se hâtait de conjurer le péril par une cérémonie domestique, où il invoquait les prophètes.

Veilleur, que dis-tu de la nuit ?

Et aussi :

Réveille-toi, réveille-toi,
lève-toi, Jérusalem
qui as bu de la main de Yahvé
la coupe de sa fureur ;
le calice de la coupe du vertige,
tu l'as bu, tu l'as vidé.

Formules magiques contre les pogroms et la haine des goys ; rempart et bouclier des Juifs ; mais quand un autre danger menace, à qui demander du secours ? Pour elle, calice et coupe du vertige n'étaient pas de vains mots. Elle frissonnait. Ses genoux tremblaient. Elle les serra dans ses bras. Elle remonta ses bras contre sa poitrine. De tout son corps elle tremblait. A voix basse, elle implora son père, appelant à l'aide

comme une antilope dans les rets.

Ne pouvait-elle compter sur aucun soutien ? Nicolas, son défenseur naturel, dormait à poings fermés. Lorsqu'elle avait le plus besoin d'assistance, il la laissait seule, au milieu de sa détresse.

Réveille-toi, réveille-toi,
revêts-toi de ta force,
bras de Yahvé.

Peut-être Yahvé la punissait-il et lui retirait-il son bras, parce qu'elle s'était détachée de la religion de son père ? Depuis combien de temps ne pratiquait-elle plus ? Elle se repentait amèrement d'avoir rompu avec la tradition familiale, quand une nouvelle pensée la frappa. Une pensée incongrue, qui l'eût fait rire en d'autres circonstances. Nicolas et sa famille juive se rejoignaient sur un point : pour désapprouver le changement de la mode féminine et condamner le port du pantalon par les femmes. Une vraie Russe, selon Nicolas, met une robe ou une jupe, elle n'essaie pas de ressembler à un garçon. Une vraie Juive, disait déjà son père — les premiers blue-jeans apparaissaient alors en Russie, très recherchés parce qu'ils symbolisaient la nouveauté, l'ouverture à l'Occident, un début de liberté et de bien-être —, une vraie Juive ne s'habille pas en prostituée. Depuis qu'ils étaient en France, Nicolas ne manquait pas une occasion de critiquer la mode des pantalons féminins. Les Françaises avaient perdu leur féminité ! Il menait la guerre à Alice, chaque fois qu'elle se risquait dehors en jean. Au point qu'elle avait presque renoncé à sortir en garçon, et qu'elle se retrouvait parfois seule, au supermarché, vêtue d'une jupe ou d'une robe.

En arrivant au *Lion d'or,* hier soir, comment était-elle habillée ? Oui, elle s'en souvenait. Pour venir de Bobigny en métro et traîner ensuite sa valise dans les rues escarpées de Montmartre, elle s'était mise à l'aise, contre l'avis de Nicolas. Oh ! rien qu'un léger persiflage, sans doute, mais derrière ce désaveu, Alice entendait la formidable réprimande de son père. Prostituée ! *Kourva,* en russe, deux syllabes bien plus lapidaires. Son père l'aurait clouée au pilori, pour s'être présentée devant M. Paul en jean.

Prostituée ! Elle se remit à trembler, pendant qu'une voix intérieure lui disait : « Ce n'est pas vrai ! » Quelle injustice, de l'accuser ainsi ! Cette religion est trop sévère. Tout devient péché, vice, abomination, quand on prend la Bible pour loi et Moïse pour juge. Commandements du Lévitique, vous remontez à plus de trois mille ans, lorsque ni la Russie ni la France n'existaient ! Aviez-vous calculé que la France riche et prospère prendrait cent quarante francs pour la chambre d'hôtel la moins coûteuse — et encore, après octroi d'un rabais — aux Russes de la troisième émigration ?

C'est trop d'injustice, pensa-t-elle à nouveau. Moins soumise de caractère, plus portée à la révolte, peut-être eût-elle, ce matin-là, répudié Bible, Moïse et Yahvé lui-même. Le soutien des Saintes Ecritures, le secours de la religion juive, il fallait les payer trop cher, si, en récompense de son dévouement, elle ne récoltait que l'anathème. Prostituée ! Elle se retourna vers Nicolas. Il ne dormait plus, c'était sûr. Il guettait le moment de rencontrer son regard, de lui témoigner, d'un simple signe de tête — elle ne demandait pas plus — que l'épreuve qu'elle venait de subir, il en était solidaire.

Il dormait. Non seulement il continuait à dormir, mais il avait rabattu le drap sur son visage, pour se protéger de la lumière. Elle s'approcha du lit, arracha le drap. Il dormait toujours. Il ne bougea pas.

Rien ! Pas la plus légère intuition de ce qui s'était produit à dix mètres de leur chambre ! Celui auquel elle s'était confiée pour entreprendre ce grand voyage en France, avait-il le droit de l'abandonner ainsi ? A sa place, pensa-t-elle, elle aurait sursauté au milieu de son sommeil et serait accourue

à l'appel éclatant des trompettes
qui de Sion annoncent la chute.

Pour la première fois, elle douta de Nicolas. Le doute la rendit encore plus misérable. Si elle cessait d'avoir foi dans son compagnon, ce serait le découragement complet, l'effondrement. Elle invoqua, pour excuser le jeune homme, la fameuse *lien'*, qu'on traduit par *paresse,* mais *lien',* le mot le plus court de la langue russe, c'est bien autre chose encore, une façon d'être au monde, élastique, molle, sans consistance — voilà ! se dit-elle avec une lueur d'espoir, une façon *ininterrompue* d'être au monde, sans solution de continuité, sans coupure entre soi et le monde — et qui sait, ajouta-t-elle en elle-même, si Nicolas, tout en dormant, n'a pas capté les événements de la nuit, qui sait si son sommeil, sa *lien'* n'a pas été le meilleur appareil enregistreur de ce qui a eu lieu deux chambres plus loin ? La conscience coupe l'homme de ce qui l'entoure, l'état d'inconscience le met à l'unisson de l'univers. N'est-ce pas dans Dostoïevski qu'elle a lu une réflexion de ce genre ? Eh ! c'est qu'elle connaît ses classiques, elle aussi ! Elle n'est pas aussi inculte que Nicolas le prétend !

XV

Elle commençait à reprendre courage, lorsque Nicolas souleva lentement ses paupières, les referma, les rouvrit, parut se rendormir, enfin fixa sur Alice des yeux ternes, des yeux morts, sans bouger la tête ni faire mine de se lever.

De nouveau impatientée, elle lui dit : « Lève-toi, il est presque midi, M. Lamoignon nous attend pour nous présenter à M. et Mme Aboulker, et toi, tu n'es même pas réveillé... Dépêche-toi, va prendre ta douche. »

Il restait immobile, à la regarder entre ses cils agglutinés. Puis chantonna :

Ah ! qu'il est doux de ne rien faire
Quand tout s'agite autour de nous,

couplet d'une opérette de Victor Massé. Ce musicien de la Nouvelle Athènes, la rue où habitaient les Aboulker en avait pris le nom. De cette coïncidence, Nicolas, si sensible au charme et à la suggestion des plaques toponymiques, tirait un argument supplémentaire pour faire le paresseux.

(« Puisqu'il connaissait par cœur cette *Galatée,* me dirait le juge si hostile au jeune homme, votre Russe devait savoir aussi que Victor Massé a mis le couplet en question dans la bouche de... de Ganymède en personne ! Qu'en dites-vous, monsieur Lamoignon, de cette autre coïncidence ? Je ne veux pas en faire une preuve, mais quand même... »)

Nicolas murmura encore : « Ah ! comme j'aime dormir ! Comme c'est bon ! » et referma les yeux.

Puis, d'un coup, sans lui laisser le temps de se rendre compte comment il s'y était pris, il fut debout devant elle, tout habillé. Cette rapidité tenait du prodige. Elle fut stupéfaite de le voir si prêt, si frais. Sans s'être douché au bout du couloir, ni même rincé le visage au lavabo de la chambre, il se tenait propre, net, pur des scories du sommeil. Aucune trace de cet envasement nocturne dont elle-même peinait à se dégager. La glu qui collait les paupières de Nicolas et l'empêchait, un instant plus tôt, de les soulever sans effort, avait fondu par enchantement.

« C'est bon à ceux qui se réveillent, comment dirais-je ? *embarbouillés,* de se *débarbouiller* », fit-il, pour répondre à la stupeur d'Alice. Il la raillait, elle le comprit, d'avoir l'air ébahie de quelque chose de si naturel pour lui.

« Quant à moi, je me sens parfaitement bien, et il n'y a aucune expression au monde qui rende mieux l'état où je me trouve que notre vieille image russe : *kak ogourtchik,* comme un petit cornichon. M. et Mme Aboulker habitent à deux pas d'ici. Pourquoi m'as-tu tellement pressé ? D'après le soleil, il n'est même pas midi », conclut-il en s'approchant de la fenêtre.

Il se pencha sur l'appui et parut regarder avec attention le spectacle de la rue. Puis, pour occuper l'heure qui les séparait de notre rendez-vous chez Rachid, le critique de danse, un de mes plus anciens amis, il sortit de sa besace le livre où Louis Claude de Saint-Martin, membre lui-même de l'aristocratie, se félicite du désastre où a sombré l'Ancien Régime. Les valeurs matérielles, selon lui, avaient pris trop d'importance dans la France de Louis XVI, et, de l'écroulement des titres, des privilèges, des richesses, ne pouvait jaillir qu'un renouveau de spiritualité.

Avec la facilité des Russes pour les langues, Alice avait fait des progrès si rapides en français, que les textes les plus difficiles étaient maintenant à sa portée.

« Ecoute ce passage, inspiré par les événements de 1793, dit Nicolas, dégoûté par ce qu'il avait observé de la fenêtre. *Le bien-être m'a paru si bien un obstacle au progrès de l'homme, et la démolition de son royaume en ce monde un si grand avantage pour lui, qu'au milieu des gémissements qu'occasionnait le renversement des fortunes pendant la Révolution, je me suis trouvé souvent tout prêt à prier que ce genre de désordres s'augmentât encore.*

— La Révolution française, dit Alice, ne s'est pas contentée de renverser des fortunes, elle s'est employée à trancher des têtes. Dostoïevski parle avec horreur de la guillotine, qui les coupait en série.

— En Russie non plus, on n'a pas épargné le sang.

— Nicolas !... Les massacres... Par centaines de milliers... Tu ne vas pas... »

Sans répondre, il retourna à la fenêtre et fit signe à Alice de le rejoindre. Presque en face, au coin de l'impasse, des affiches de toutes les couleurs placardaient la vitrine du Franprix. Le magasin lâchait sur le trottoir un flot continu de ménagères. Elles poussaient à deux mains, dans des hottes montées sur roulettes et chargées à ras bord de provisions, l'équivalent d'un demi-salaire russe. Un caddie abandonné avait roulé contre une voiture en stationnement, et l'automobiliste appelait un agent pour dresser procès-verbal de l'éraflure. Dans le caniveau, gisaient des emballages de yaourt liquide. Un gamin qui accompagnait sa mère avalait un coca-cola. Il jeta la canette vide au milieu de la chaussée et l'aplatit sous son talon.

Nicolas se retourna vers Alice.

« La Russie est pauvre, aujourd'hui. Pauvre et misérable, si tu compares avec le gaspillage qui s'étale ici. Je déteste les Soviets. Le communisme a fait à la Russie un mal incalculable. Sauf peut-être sur un point. Il a su nous garder purs de convoitises matérielles et indifférents à l'égard de l'argent. Reconnais que nous avons réussi à sauver quelque chose que l'abondance de biens, la prospérité excessive ont perdu. »

Alice n'était guère disposée, ce matin-là, à entendre dénigrer l'argent. S'efforçant de dominer son ressentiment :

« Pourtant, dit-elle, maintenant que les Russes trouvent des occasions de s'enrichir, on en voit de plus en plus qui courent après cet argent que tu méprises.

— Les “nouveaux Russes”, oui, les traîtres à la Russie. Nous n'avons qu'un moyen d'accepter notre infériorité économique, le délabrement de notre pays, notre retard sur le reste du monde : c'est de miser sur l'esprit, exclusivement sur l'esprit. Un Russe qui cherche à s'enrichir, un Russe qui adopte le matérialisme américain, ce n'est plus un Russe ! Nous serons toujours à la traîne, en essayant de singer l'Occident. Nous avons une autre mission. »

Et un Russe qui ne s'occupe pas de savoir comment sa compagne de voyage règle le prix de leur chambre, un Russe qui dort à poings fermés pendant qu'elle se damne pour lui procurer un toit et du pain, qu'est-ce que c'est ? Elle se tut pourtant. Il aurait fallu tout dire, et jamais elle n'en aurait le courage.

Nicolas avait rouvert le livre.

« Saint-Martin, encore une fois, a vu juste. *Le sort de tant d'émigrés traqués de toutes parts et sans asile ne laisse pas de me paraître lamentable. J'ai été embarrassé un moment de résoudre cette question. Mais, comme j'ai cru à la main de la Providence dans notre Révolution, je puis bien croire également qu'il est peut-être nécessaire qu'il y ait des victimes d'expiation pour consolider l'édifice ; et sûrement alors je ne suis pas inquiet sur leur sort, quelque horrible que soit dans ce bas monde celui que nous leur voyons éprouver.*

« Quelle éloquence ? Ne dirait-on pas que la musique de Jean-Jacques a passé dans cette prose ? Paul Ier a sûrement médité sur ces lignes. La cruauté dont il a fait preuve une fois monté sur le trône devient moins incompréhensible, si tu admets la valeur rédemptrice du bain de sang. D'autres princes en Russie ont accepté de se soumettre à cette nécessité rituelle du sacrifice. Ivan le Terrible... Boris Godounov... Pierre le Grand lui-même... Je ne m'étonnerais pas que les crimes que Paul a commis empereur lui aient semblé une image abrégée du Jugement dernier, où les trompettes appellent à la régénération du genre humain.

— Tu es bien léger avec le sang qu'on verse », murmura Alice, mais si bas qu'il n'entendit pas. De toute façon, l'allusion était trop obscure pour atteindre le jeune homme. La *victime d'expiation,* sacrifiée à la gloire du beau Nicolas, fût morte avant d'avoir livré son secret.

XVI

Au bas de Montmartre, entre Pigalle, Saint-Georges et Place de Clichy, s'étend le quartier dit « la Nouvelle Athènes » depuis que, place Pigalle, dans le café de ce nom — aujourd'hui disparu et remplacé par une brasserie à moules — se réunissaient, autour du jeune Zola, les peintres qu'il contribuerait à lancer, Manet, Pissarro, Sisley, Monet, Bazille, Renoir. Bizet a écrit *Carmen* au 22, rue de Douai. Chez sa veuve, remariée avec l'avocat Emile Strauss, le jeune Proust a fait ses débuts dans le monde. Un peu plus loin, Tourgueniev, lors de ses séjours à Paris, logeait au 50 *bis,* chez Pauline Viardot, la cantatrice. Vers l'est, la rue Victor-Massé prolonge la rue de Douai. Au coin de la cité Malesherbes, Rachid et Juliette Aboulker occupaient, avec leurs deux jeunes enfants Amin et Valériane, un appartement de cinq pièces, dont la configuration particulière, j'aurai l'occasion de le dire, a joué dans cette affaire un rôle non négligeable.

Nicolas avait rôdé dans ces parages, le nez levé vers les plaques commémoratives. A chaque rue ou place, elles associent un nom qui lui était souvent cher, toujours familier, Talma à la rue de la Tour-des-Dames, Chopin et George Sand au square d'Orléans, Renan à la rue Chaptal, Gauguin à la rue Notre-Dame-de-Lorette, Van Gogh à la cité Pigalle, Berlioz à la rue Mansart, Zola à la rue de Bruxelles,

Victor Massé à la rue homonyme, André Breton à la rue Fontaine. Rue Pigalle, dans l'immeuble où l'on entre par une magnifique voûte à caissons, Chopin avait habité. Au 28, Bonnard et Vuillard fondé le groupe des Nabis. Rue Ballu, avec des marionnettes, Alfred Jarry avait créé *Ubu Roi*, fournissant à Nicolas, toutes les fois où je l'attaquais sur la xénophobie de ses compatriotes, si hostiles aux minorités nationales, si méprisants pour les peuples satellites de l'empire, une réplique imparable : « En Pologne, c'est-à-dire nulle part. » Emerveillé par cette concentration de talents, qui n'avait d'égal que le rassemblement de poètes, de romanciers et de musiciens à Saint-Pétersbourg entre la cathédrale Saint-Isaac, la place aux Foins et le palais d'Hiver, mais scandalisé de la transformation qu'avait subie le quartier, le jeune Russe tirait sa compagne par la main pour éviter les sex-shops.

En descendant de la Butte où se trouvait leur hôtel, ils passèrent, rue Pigalle, avant de tourner dans la rue Victor-Massé, devant une échoppe de fruits et légumes. Nicolas voulait acheter une pomme. Debout sur le trottoir, plantées comme deux caryatides, jambes nues dans des bottines rouges, les deux femmes en faction de chaque côté de la porte lui adressèrent un sourire lorsqu'il dut les frôler pour se faufiler dans la boutique. Puis elles reprirent leur conversation. « Essaye donc avec de la crème et du citron, disait l'une. — Une vinaigrette sans vinaigre ? Jamais de la vie ! » La ronde et joviale Coréenne qui achevait de servir un client donna son avis. Nicolas voulait bien admettre la prostitution, comme une nécessité des grandes villes, mais, qu'elle fût mêlée aux salades et aux tomates, emblèmes de la nature et de la pureté, c'en était trop pour lui. Il remit sur l'étal la pomme qu'il avait choisie. « Dépêchons-nous », dit-il en s'enfuyant avec Alice.

Elle avait observé, stupéfaite, que les deux seules femmes du quartier à ne pas être en pantalon, mais moulées dans une robe à n'en pas douter « féminine », étaient précisément les deux filles « publiques » contre lesquelles son père aurait invectivé.

Ni l'illusion naïve de partager la vie des grands hommes dont le quartier garde la mémoire, ni le voisinage du *Blue Boy* ou des *Folies Pigalle* n'avaient fixé les Aboulker cité Malesherbes (et le second motif encore moins que le premier, depuis que Rachid professait des idées morales qui auraient plu à Nicolas, même si elles ne partaient pas de la même expérience), mais les prix plus abordables que dans le centre de Paris, la proximité du lycée Jacques-Decour pour les enfants, la gaieté des rues où passe encore, avec le cri rauque d'une mélopée arabe, le vitrier sous sa hotte de carreaux. Le rémouleur s'arrête sous la fenêtre, cale sa bicyclette sur la fourche et actionne les pédales pour aiguiser les couteaux.

Parmi tous les critiques de danse, Rachid était sans conteste le plus influent, plus encore par le tour caustique de ses papiers que par sa compétence professionnelle, acquise sur le tard et parfois sujette à caution. Un journaliste qui ne sait pas être méchant ne compte guère. A Paris, seuls les éreintements rapportent — à celui qui en est l'auteur, je veux dire. On l'admire pour son esprit, on le loue pour son courage, on passe sur les injustices qu'il commet, on ne le blâme pas s'il assassine un talent. « En voilà un au moins, qui ne copine pas ! » Ses articles, on en parle dans la ville, on les commente, et ce bruit vaut réputation. Cependant, si je le compare à cette peste d'Henri Sauterot, une vipère, celui-là, trop venimeux, heureusement, pour avoir du crédit, Rachid n'outrepassait pas ses droits. Juge intransigeant, mais seulement juge, évitant les attaques personnelles, il ne se prononçait que sur le travail. Dans le milieu frelaté des imprésarios, bailleurs de fonds, chefs de tribune, pigistes, garder son parler franc et ne ménager personne confère une vraie autorité. Les attachés de presse essayaient bien de faire taire l'Aristarque, en menaçant de retirer à son journal la publicité de leur spectacle. Il avait la confiance des lecteurs, et jouissait d'un renom trop bien établi, pour que la direction cédât à ce chantage.

Un article bienveillant de Rachid, Alice était lancée. Bien sûr, j'aurais dû craindre de lui présenter mes deux protégés — non à cause d'Alice, mais de Nicolas. Quelque chose de son passé, de ses goûts d'autrefois, pouvait le ressaisir, à la vue du jeune Russe. Quel étrange parcours n'avait-il pas suivi ! A vingt ans, il avait failli se faire moine, et même, si je ne me trompe, embrasser un ordre particulièrement sévère, la Trappe de Rancé ou les chartreux de saint Bruno. Soit crainte d'une discipline excessive, soit honnêteté, pour ne pas profaner la bure en mêlant à une vocation religieuse sincère des tendances inacceptables par l'Eglise, il avait renoncé au cloître et, sinon enterré, du moins mis de côté ses dispositions mystiques.

Il entra dans le journalisme, y acquit en peu de temps un nom, puis, toujours poussé aux extrêmes, et ne se contentant pas d'un *coming out* discret, il avait milité, après mai 68, dans les groupes de libération sexuelle. « Libération » entre guillemets, comme il disait à présent. D'un caractère trop indépendant pour supporter d'être enrôlé, fût-ce dans un mouvement d'avant-garde — mot du vocabulaire militaire, selon lui —, il avait, dix ou douze ans auparavant, rompu avec ces groupes et critiqué publiquement, que dis-je ? vitupéré l'état actuel des mœurs. La permissivité ? Rien d'autre qu'une nouvelle école, un nouveau conformisme. La liberté du corps, sans restrictions ni freins ? Elle créait de nouveaux devoirs, non moins contraignants que l'ancien système répressif.

La jouissance de me sentir à part, que m'en demeure-t-il, si les différences ne heurtent plus l'opinion ? Où retrouver le plaisir de transgresser, si le monde reste sans loi ? Tous ceux qui, comme moi, avaient choisi de vivre comme ils vivaient, par goût d'être rejetés dans la marge et de s'exposer au danger, comment se réjouiraient-ils d'être agrégés (de grex, *troupeau) à la masse des gens ordinaires qui, faute d'obstacles à braver, mènent une vie sans histoire ? Tout est permis, à présent, tout est possible. Que dis-je ? Tout est obligatoire. Voilà la triste vérité qui attend les nouvelles générations. Le Dante de notre fin de siècle traitera de pimbêche sa Béatrice, si elle s'obstine à le repousser. La princesse de Clèves de l'an 2000 non seulement n'a plus lieu de se refuser à M. de Nemours, mais elle doit lui céder, sous peine d'être ridicule, de se déprécier à ses propres yeux. Ceux qui ont longuement rêvé à des partenaires inaccessibles, ceux qui se sont consumés pour des idoles hors de portée, comprendront la déception et l'amertume d'un homme à qui les plaisirs longtemps défendus sont offerts comme les pommes au marché. S'il n'y a plus qu'à tendre la main, ai-je encore envie de faire ce geste ? A quoi bon une action qui ne comporte plus aucun risque et ne procure plus de frisson ?*

Cet éditorial retentissant, publié dans un hebdomadaire de gauche à fort tirage, concluait par ces mots : *Quel marché de dupes que le progrès des mœurs ! Jadis, on payait un tribut à la souffrance, à la privation, au refoulement, un lourd tribut parfois. Et alors ? Imagine-t-on Tristan renoncer pour autant à Yseut ? Roméo préférer une Montaigu de son clan à Juliette Capulet ? Au nom du droit au bonheur, voici que se trouve rejeté tout ce qui ressemble, de près ou de loin, à un interdit. Pour arriver à quel résultat ? A un monde décoloré, sans saveur, où le moindre objet de désir est immédiatement disponible, la première envie aussitôt satisfaite. Nous avons jeté le bébé avec l'eau du bain.*

Le tollé fut aussi bruyant que l'article. Les bonnes consciences, qui pullulent à gauche, raillèrent, insultèrent, mirent Rachid en pièces. La droite, en lui prêtant des regrets de l'époque révolue, lui fit dire ce qu'il n'avait pas dit. Son seul tort, à mon avis, avait été de se cantonner dans des généralités et d'employer le *on*, là où il n'aurait dû parler que de lui, pour lui seul. Combien de ses amis auraient aimé connaître le passé de Rachid, autrement que par la légende de quelques liaisons tumultueuses, qui le suivait longtemps après qu'elles avaient pris fin !

Loin de se laisser intimider, il renchérit, dans un second article où, animé de la même véhémence imprudente, mais dévoilant avec plus de franchise, entre les lignes de son pamphlet, la cible particulière qu'il visait, il étrillait la vogue du mot *gay.*

Gay ! A la bonne heure ! La gaieté forcée ! La gaieté obligatoire ! Et moi, si je veux être triste ? *disait un poète.* Ne riez pas trop fort. *Mais non, chers contemporains, il faut être un raté pour chanter cette chanson. Celui qui préfère la tristesse ne saurait être qu'un laissé-pour-compte. S'il a loupé le train de l'Histoire, qu'il reste à se morfondre sur le quai ! Nous autres, nous irons de l'avant,* gaiement. *Et que le dépit vous étouffe, si vous pensez que nous ne sommes que de braves petits boy-scouts !*

Après cet éclat, Rachid s'octroya trois semaines de vacances pour visiter la Russie. Ses reportages déclenchèrent d'autres polémiques. C'étaient les années de la perestroïka. Tous les voyageurs qui revenaient de Moscou, de Leningrad, se réjouissaient de voir fondre l'énorme banquise soviétique. Lui seul fit entendre un son de cloche différent. Se refusant à porter un jugement politique sur les événements en cours, il affirma qu'aucun peuple ne change, le peuple russe pas plus qu'un autre. Le communisme, loin de rien modifier au caractère des Russes, les avait plongés dans une sorte d'hibernation morale, qui avait sauvegardé leurs qualités natives. Ils étaient restés les descendants de Rurik, fidèles aux valeurs héritées de leurs ancêtres. Et ils avaient beau, à présent, pour la première fois de leur histoire, jouir de la même liberté qu'en Occident, ils ne déviaient pas d'un pouce et n'entendaient pas se détourner de leurs traditions. Ces traditions, ces façons de vivre, cette dignité, cette retenue, vieilles de mille ans, où les Staline, les Brejnev, etc., avaient pris soin de les conforter. Jamais un Russe n'échangerait son droit d'aînesse contre un plat de lentilles.

Quelle allusion ce « plat de lentilles » renfermait-il ? Rachid ne voulut pas s'en expliquer, soulevant une fois de plus la perplexité, quand ce n'était pas, dans son propre camp où certains croyaient avoir percé la métaphore culinaire, une franche consternation. Et puis, quand on parlait de ce pays enfin arraché à la terreur communiste, était-il admissible d'insinuer que le régime soviétique, loin d'avoir marqué une coupure dans la Russie éternelle, n'avait fait qu'encourager les Russes dans leurs habitudes ? Aussi, à la direction de l'hebdomadaire dont Rachid était un des plus anciens collaborateurs, lui suggéra-t-on de quitter la rubrique *Société,* où ses déclarations, décidément, choquaient les lecteurs. Enthousiasmé par les ballets qu'il avait vus au Kirov, il demanda à prendre la danse. A la danse, il ne risquait pas de déranger. Pourtant, s'il avait cru se mettre à l'abri des racontars en se cantonnant dans une spécialité anodine, il dut vite déchanter.

On murmura, dans Paris, que cette nouvelle rubrique lui fournirait les moyens de satisfaire en douce des penchants abdiqués publiquement. L'hypocrite ! Il pouvait, soit sublimer son vice en admirations complaisantes, soit, dans un but plus intéressé, favoriser tel sujet, tel quadrille de son goût. On insinua même que, pendant ce fameux voyage en Russie qui l'avait converti à « l'art de Terpsichore » (image élégante filée par le chroniqueur du *Figaro*), il avait dû se passer des choses d'un genre particulier.

L'article glacial qu'il publia contre Sergueï Lenskov, un jeune émule de Noureev, arrêta les ragots.

Puis l'éreintement de Robert Le Vigan dans *Giselle*, le danseur le plus séduisant de la nouvelle génération, confirma qu'il prenait son travail au sérieux. D'ailleurs, aux premières, il venait seul, lui qu'on n'avait jamais vu sortir, pendant vingt ans, au concert ou au théâtre, que flanqué de quelque jouvenceau, de préférence imberbe.

Nous ne pouvions nous empêcher de trouver du mystère à cet homme qui, après avoir vécu si librement, à une époque où le port du masque était recommandé aux passions illicites, dédaignait à présent d'exploiter les avantages qu'il avait réclamés durant sa période militante et contribué à obtenir par ses positions courageuses. Est-il sincère ? nous demandions-nous, oubliant que ses lointaines velléités monastiques ne le prédisposaient pas à être tout à fait de son siècle. Que de médisances sur son compte ! J'avoue en avoir moi-même propagé. Au vu de son premier cheveu blanc, lui avait-on fermé la porte du *Queen ?* Tourner la crainte de la vieillesse en philosophie du renoncement, prêcher par nécessité vertu, il n'était pas le premier à manger de cette farine.

Les commérages auraient fini par se taire, si Rachid, soudain, n'avait annoncé son mariage. A quarante-cinq ans, il épousait Juliette, plus jeune de quinze ans, dessinatrice de mode, femme en vue, une de ces Parisiennes dont l'intelligence, la largeur d'esprit, le mépris des préjugés attirent l'homme le moins porté vers leur sexe. Ce mariage relança les clabaudages. On dit que le loup se rangeait : ses diatribes contre les mœurs n'étaient que le repentir de Thaïs. On dit qu'il n'avait été si sévère à l'endroit de Lenskov, de Le Vigan, que pour apporter à sa femme, en cadeau de noces, le dénigrement de la beauté virile. On dit qu'une semblable union n'était qu'un alibi. Cet homme qui nous avait étonnés par l'audace de ses passions allait nous amuser par les ruses de sa duplicité.

Je ne sais ce qu'il pensa de ces gentillesses. Sans doute contribuèrent-elles à blesser sa fierté et à durcir ses jugements. Essayez de changer votre image, la prévention restera. Malgré lui, Rachid s'irritait de cette rumeur continue. Il n'ignorait pas que, vrai ou faux, ce qu'on raconte des hommes tient souvent dans leur destinée une place plus grande que ce qu'ils font.

Seule Juliette éclairait sa vie. Ce mariage semblait une réussite, bien que la jeune femme, en apparence désinvolte, restât sur le qui-vive. « Les pédés ne me gênent pas, disait-elle à ses amis en riant, il n'y a que ça dans la mode ! Des types épatants ! Et si gentils avec nous ! Je ne demande qu'une chose, c'est qu'Amin ne le devienne pas. » Elle reportait sur son fils une inquiétude qu'une femme moderne, affranchie de préjugés, n'ose pas avouer en parlant de son mari.

Il était visible, cependant, que les insinuations colportées dans Paris ne la laissaient pas indemne. Avec moins d'empire sur elle-même, moins sensible au ridicule, il n'est pas impossible que, en plus d'une circonstance, elle eût donné des signes de jalousie.

XVII

Je comptais sur la jeunesse de Nicolas et d'Alice pour piquer la curiosité du critique. Leur fraîcheur de Russes à peine débarqués le reposerait des intrigues et des petitesses du milieu parisien. Nicolas voulut se déchausser dans l'entrée, et rester en chaussettes, comme on fait en Russie, pour ne pas apporter dans l'appartement la boue ou la neige de la rue. Cette candeur amusa Juliette. Pendant qu'il remettait ses baskets, Rachid, se tournant vers Alice, évoqua avec chaleur son séjour en Russie.

« A Moscou, au conservatoire Tchaïkovski, sur le mur de l'escalier qui mène à la petite salle, la liste des médailles d'or est gravée dans le marbre. 1946 : Mstislav Rostropovitch. 1947 : Tatiana Nicolaieva. 1948 : Sviatoslav Richter. Donc, en pleine guerre, sous les bombes, malgré les privations, en dépit du froid et de la faim, l'enseignement musical était resté au top niveau. »

Top niveau ? Nicolas fronça le nez. Rachid, qui semblait ignorer la présence du garçon, continua :

« Vous êtes de Saint-Pétersbourg, mademoiselle ? J'ai fait scandale, à la télévision française, en disant qu'il fallait se réjouir de voir l'ancienne capitale reprendre son nom impérial, à condition de ne pas oublier Leningrad. On m'est tombé dessus, comme si j'avais exalté le régime soviétique. Les neuf cents jours du siège de Leningrad, les neuf cent mille morts, de faim et de froid, du siège de Leningrad, je ne connais pas, dans toute l'histoire de l'humanité, d'exploit plus...

— C'est vrai, dis-je, quelle fabuleuse leçon de courage ! N'importe quelle autre ville, réduite aux mêmes conditions, aurait capitulé. Il n'y avait plus d'eau, plus d'électricité, plus de charbon, plus de nourriture, par des hivers où le thermomètre descendait à quarante degrés !

— Il paraît, ajouta Juliette, qu'on ne trouvait même plus de linceul pour ensevelir les morts. Faute d'outils pour creuser la terre gelée, on les déposait dans les parcs...

— A moins de les garder chez soi, murmura Nicolas.

— En 1870, reprit Rachid, les Allemands ont encerclé Paris. La Ville Lumière n'a pas tenu plus de cinq mois. On enseigne aux écoliers français, comme un exemple inouï de dévouement à la patrie, que les habitants commençaient à manger les rats !

« J'ai visité le cimetière, où reposent les victimes civiles du siège. Mais on ne dit pas siège, en Russie, je crois...

— On dit blocus, répondit Nicolas, bien que Rachid eût posé la question à Alice. Le blocus de Leningrad.

— Blocus, c'est cela. Un mot plus énergique, non ? Un mot qui interdit l'espoir. Deux syllabes dures, fermées. Aucune issue possible. Dans ce cimetière, personne n'a de tombe individuelle. On a entassé les morts sous des pelouses communes, de grands carrés de gazon notés par un millésime : 1941,1942, 1943,1944. Sur les côtés, accrochées aux troncs d'une forêt de bouleaux, pendent des photographies jaunies, dans des ovales émaillés. Nul n'a su me dire si ces portraits correspondent à l'emplacement réel des corps. »

Les jeunes gens, intimidés, avaient écouté en silence. Nicolas semblait bouleversé.

« Mon grand-père, finit-il par dire, est enterré dans ce cimetière. Vous avez peut-être vu son portrait, que ma mère a accroché à un de ces bouleaux. Elle a choisi un tronc au hasard, pour attacher l'âme du défunt à un arbre. »

Rachid ne parut nullement touché par l'émotion du jeune homme.

« Pendant le blocus, enchaîna-t-il sans le regarder, le ballet du Kirov continuait à s'entraîner tous les jours. Il fallait traverser la ville sous les obus allemands, enjamber des cadavres encore chauds dont on découpait les fesses pour les faire cuire sur des lattes arrachées aux bancs publics.

— Je t'en prie ! murmura Juliette.

— Je ne fais que citer les souvenirs de Galina Vichnevskaia.

— Ces jeunes gens n'auront aucune envie d'entendre reparler de ces horreurs !

— Un critique de danse ne limite pas son horizon aux pirouettes et aux entrechats ! Personne ne doit se faire des idées fausses à mon sujet !

— Ne t'énerve pas, Rachid !

— Comment juger d'un danseur, d'une danseuse, si j'ignore la réalité sociale dans laquelle ils ont grandi ? Noureev est peut-être le résultat des neuf cent mille morts de Leningrad. Et aujourd'hui ? Le critique du *Soir* qui a chipoté sur le fouetté de Zelenski dans *La Belle* sait-il qu'une étoile du Mariinski gagne moins qu'un mineur du Don ? Combien vous payait-on, mademoiselle, chez Boris Eifmann ?

— Six cents roubles, monsieur.

— Six cents roubles, six cents francs, Juliette, et la vie, en Russie, est presque aussi chère qu'en France !

— D'accord, Rachid, mais ne t'énerve pas.

— Je m'énerve, parce qu'en France la danse est toujours associée à des idées de luxe, de frivolité... Un de mes amis, qui enseignait à l'université de

Rennes, avait publié un roman, chose très mal vue dans le milieu des professeurs, pour qui il n'y a de bon écrivain que mort. Et, comme ce roman avait eu l'impudence de remporter un prix littéraire, le président convoqua Frédéric pour lui dire, en présence de collègues réunis pour l'occasion et constitués en une sorte de tribunal, que l'Université n'avait pas à entretenir de danseuse... Le crétin ! Comme si le métier de danseuse n'était pas le plus difficile du monde ! »

Juliette, sans répondre, tendit une vodka à son mari. Il avait besoin de se défouler. Elle connaissait ce besoin, elle l'acceptait. Par cette sortie un peu comique (la nullité intellectuelle de l'université bretonne étant le secret de Polichinelle, pourquoi s'en indigner encore ?), il signalait que le calme dans lequel baignait leur vie conjugale n'était qu'une bonace précaire. Sa conversion au mariage l'obligeait à de continuels efforts sur lui-même. Elle était sûre qu'il l'aimait : ce qui ne voulait pas dire, elle le savait aussi, que cet amour ne lui coûtait pas des sacrifices.

Il vida d'un trait le petit verre, s'étrangla, toussa, rit de sa maladresse, manière de s'excuser de son incartade, puis, poursuivant son idée, il demanda à Alice :

« Où faites-vous votre classe du matin ? »

Elle rougit.

« Ma classe... balbutia-t-elle. Je m'entraîne seule, pour le moment. M. Petitjean est en tournée... A part lui, nous ne connaissons personne...

— Oh là là ! Juliette, s'écria-t-il, cette jeune fille travaille sans professeur. Elle ne peut pas continuer comme cela ! »

Il avait l'habitude d'associer Juliette à ses activités professionnelles.

« Téléphone donc à Simon, ou à Colette, dit Juliette, assez fière de montrer qu'il prenait son avis. Je suis sûre qu'ils l'admettront dans leur classe.

— Ils me craignent trop pour me refuser un service », fit Rachid cyniquement.

Il appela Simon, qui enseignait à l'Opéra de Paris, et, sur-le-champ, la jeune Russe fut admise. Elle n'avait qu'à se présenter rue Scribe.

« Allez-y dès demain matin, mademoiselle Alice. Ne perdez pas un jour de plus. »

Ce *mademoiselle Alice* la remplit de confusion. Elle marmonna un vague remerciement, rougit de nouveau. Cette gaucherie plut à Juliette : une fille aussi simplette n'irait pas la supplanter, auprès de son caustique mari. Elle portait d'ailleurs des nippes trop miteuses, pour qu'une experte de la mode, qui avait habitué Rachid à la voir toujours élégante, et misait sur ce raffinement pour étayer leur mariage, pût craindre une comparaison avec cette petite émigrée.

Je ne compris pas, en voyant le sourire satisfait de Juliette, que son esprit courait déjà ailleurs, à évaluer un danger autrement périlleux.

« Laissez-moi votre adresse, dit Rachid à Alice.

— Heu... C'est que... En vérité, monsieur, nous n'avons pas d'adresse fixe, répondit Nicolas.

— Pas d'adresse fixe, mademoiselle Alice ?

— Nous sommes à l'hôtel... Nous pouvons en changer... C'est selon nos moyens...

— Je vois... Juliette, ne trouves-tu pas qu'ils devraient louer un appartement ? Dans une chambre d'hôtel, je suis sûr qu'il n'y a jamais de miroir suffisant.

— Il n'y a pas de table non plus dans une chambre d'hôtel, dit sèchement Juliette. Ce jeune homme, qui est venu pour écrire une thèse, est aussi handicapé que son amie. »

Ce ton abrupt nous glaça. Juliette, plus fine que moi, se demandait, en voyant son mari aux petits soins pour Alice, s'il ne cherchait pas à la tromper, et, ce qui semblait bien plus grave à la jeune femme, s'il n'essayait pas de se tromper lui-même, en manifestant si peu d'intérêt pour Nicolas. Entre Aliocha

Karamazov, son héros de roman favori, et le jeune Pétersbourgeois qui lui tombait du ciel, une certaine ressemblance n'était-elle pas manifeste ? Pas une fois, néanmoins, il n'avait adressé la parole au garçon, pas une fois il ne s'était tourné vers celui dont la beauté, l'éclat étaient pour tous un sujet d'étonnement. Les quelques coups d'œil jetés vers le fauteuil où le Russe étalait ses longues jambes avaient glissé si vite, qu'une autre, prenant ce dédain pour de l'indifférence, se serait laissé tromper. Juliette, toujours sur le qui-vive, pensa qu'il se forçait à ne pas dévisager avec plus d'insistance Nicolas.

« A-t-on jamais vu qu'il y ait dans les petits hôtels un bureau pour écrire ? reprit-elle. Demande-le-lui, s'il arrive à travailler dans ces conditions. »

Elle voulait obliger son mari à se tourner vers le jeune homme.

« En effet, balbutia Rachid, surpris par ce ton. Je pense que vous aussi avez besoin d'être chez vous, dans un appartement... Avec tous vos livres à déballer...

— Tu peux le tutoyer, dit Juliette. Il pourrait être l'aîné de tes enfants... le grand frère d'Amin et de Valériane... N'est-ce pas, Nicolas, que mon mari peut vous tutoyer ? »

Nicolas, qui ne comprenait rien, ni à la froideur de Rachid, ni à l'agacement soupçonneux de Juliette, acquiesça d'un signe de tête.

« Un appartement, nous avons cherché à en louer un, monsieur. Mais chaque fois on nous a demandé de verser une caution égale à deux mois de loyer. Nous ne pourrons jamais ramasser la somme nécessaire. Même quand l'argent de ma bourse arrivera... En outre, pour des locataires étrangers, ils veulent qu'une personne se porte garante... Alors, vous comprenez...

— Ah ! Ah ! Il nous demande d'être leurs garants, dit Juliette, d'une voix faussée par l'aigreur.

— Mais non, madame... De toute façon, nous n'aurons jamais les moyens... »

Juliette ramassa les verres, les posa sur la table roulante, et appela sa fille pour qu'elle les emportât dans la cuisine. Les enfants sortirent de leur chambre. On entendit tressauter, sur les tommettes inégales du long couloir qui menait à l'autre bout de l'appartement, la table qu'ils poussaient en courant.

« Ecoutez, dit soudain Rachid, comme s'il se jetait à l'eau. J'ai une idée. Il se trouve au cinquième un deux-pièces à louer... Oh ! ce n'est pas très fameux, on y monte par l'escalier de service, et vous ne serez pas seuls sous les toits. Des Mexicains occupent l'étage, et, depuis peu, une famille d'Albanais. Mais au moins, mademoiselle, ce sont des gens qui aiment le bruit. Personne ne vous demandera de baisser le son quand vous écouterez vos cassettes. Et vous, Nicolas...

— Toi, dis-lui donc toi.

— Toi, Nicolas », reprit Rachid en rougissant sous le regard de sa femme.

Il se ressaisit.

« Pour ce qui est de la caution, je m'arrangerai avec le propriétaire, qui est un de mes amis.

— Un de tes amis ? Depuis quand ? Depuis quand ce malotru, ce bélître de Ravenelle est-il un de tes amis ? »

Juliette, que l'inquiétude rendait de plus en plus nerveuse, pressa Rachid de questions, auxquelles il n'opposa que des réponses évasives, en alléguant des relations au journal. Pour s'en tirer, il déclara qu'il s'était peut-être avancé, car il croyait se souvenir, maintenant, que l'appartement en question était déjà promis au cousin de province d'un confrère. Juliette ne fut pas dupe. Elle voyait déjà les deux jeunes gens installés au cinquième, et Rachid, sous prétexte de conseiller Alice, ne se gênant pas pour entrer chez Nicolas et regarder par-dessus son épaule, joue contre joue, ce qu'il écrivait. « Il est retombé », se dit-elle, en repassant chaque instant de la rencontre. Le malheur était entré dans leur couple, elle le sut dès ce moment. Rachid avait à peine regardé le jeune homme : signe de la contrainte qu'il s'imposait. Il vouvoyait un garçon qui avait l'âge d'être son fils, comme s'il voulait mettre une distance entre eux. Pourquoi se retrancher derrière un garde-fou, sinon parce qu'on a peur du danger ? Et quel aveu, enfin, quand ce *toi, Nicolas,* si long à venir, arraché à si grand-peine de ses lèvres, il n'avait pu le prononcer qu'en devenant cramoisi, tel un voleur pris sur le fait !

Alice, qui n'entendait malice à cette scène, attribua la bienveillance de Rachid aux certificats qu'elle lui avait présentés. Le maître de ballet du Kirov et Boris Eifmann, c'étaient, l'un toujours et l'autre depuis peu, des signatures en France. Elle s'imaginait déjà dans l'appartement du cinquième, occupant sous les toits le fameux « nid » auquel elle avait tant rêvé. En attendant, il fallait rentrer au *Lion d'or,* passer devant le comptoir et répondre au signe de tête du taulier.

XVIII

Jusqu'à présent, elle ne s'en était guère aperçue, ou n'y avait pris garde. Nicolas, à peine de retour dans leur chambre, ouvrait toutes grandes les sources de lumière : la lampe du plafonnier, le tube de néon au-dessus du lavabo, l'ampoule entre les deux lits — luxe du deux étoiles, il y avait non seulement deux lits au *Lion d'or,* mais une ampoule de chevet entre les deux. L'éclairage, cru, trop cru, fouillait chaque recoin de la chambre. Même pour dormir, Nicolas n'éteignait pas. Il aimait la lumière, il voulait que tout fût clair et brillant autour de lui. Alice, désormais, fuyait la lumière. La lumière la scrutait, la creusait, la retournait dans chaque repli de sa chair meurtrie, mettant à nu sa honte, sa douleur. Et la nuit, quand elle ne dormait pas, ce sentiment redoublait d'intensité. Elle eût voulu se cacher, disparaître au fond des ténèbres ; mais l'inconscient Nicolas continuait à allumer toutes les lampes. Elle n'osait pas éteindre, même quand il dormait.

Dès qu'ils rentraient à l'hôtel, il ouvrait aussi les robinets du lavabo, et laissait l'eau couler, l'eau chaude comme l'eau froide. Il mettait un bon quart d'heure, chaque soir, à faire sa toilette. Pour se brosser les dents, il s'approchait de la fenêtre. Pendant qu'il regardait dans la rue, l'eau se déversait à flots et gargouillait dans le siphon. Ce bruit de source, de ruisseau, de fontaine, qu'elle associait autrefois à la pureté, à l'innocence, la mettait à présent au supplice. Il éveillait en elle le remords et l'angoisse. Elle eût voulu revenir à l'époque où elle n'était pas souillée.

En se rappelant que l'eau, l'eau chaude comme l'eau froide, est gratuite à Saint-Pétersbourg, elle crut tenir le moyen de raisonner Nicolas. L'eau n'est pas gratuite à Paris, surtout l'eau chaude, ne la gaspille pas, fut-elle sur le point de lui dire. Mais elle se ravisa, car il l'eût traitée de petite-bourgeoise, de fille d'Israël, toujours à faire des comptes et à penser argent. Autre différence avec Saint-Pétersbourg : l'eau chaude est fournie à Paris, non pas en quantité illimitée, comme en Russie, où le chauffage urbain de ce pays délabré l'envoie dans toutes les maisons avec une munificence impériale, mais par un ballon électrique d'une capacité ridiculement faible. Alice se garda d'en faire la remarque à Nicolas : elle n'eût réussi qu'à l'irriter, par cette allusion à la « petitesse » française.

Une nuit, pendant qu'il dormait, elle se releva pour fermer les robinets. Elle n'arrivait pas à trouver le sommeil. Le bruit de l'eau qui coulait, monotone, insistant, prolongeait son insomnie. Du lavabo, avant de tourner la poignée, elle regarda le dormeur. Emmailloté dans son drap, avec quelle innocence il souriait ! Son haleine tranquille, entre deux inspirations, écartait ses lèvres à intervalles réguliers. Elle n'acheva pas son geste, laissa l'eau et la lumière se répandre. Nicolas n'appartenait pas tout à fait à ce monde. Ce n'était pas à elle, l'Alice « de courte vue », la petite Juive, de priver son beau compagnon du ruissellement dont il avait besoin pour accompagner son rêve intérieur. Tant pis pour elle si elle était insomniaque. Elle se reprocha, comme une faute supplémentaire, l'impossibilité de s'immerger dans ce Léthé provisoire où les natures fortes se retrempent.

Pourtant, elle faillit se fâcher, le jour où la communication téléphonique avec Saint-Pétersbourg dura bien plus des cinq minutes qu'il lui avait promis de ne pas excéder. Il appelait sa mère une fois par semaine, le plus souvent d'une cabine publique. Pour équilibrer leur budget, elle renonçait ce soir-là à acheter le gâteau dont le sucre était nécessaire à ses muscles. Nicolas au début respecta leur pacte ; puis, soit qu'il eût oublié le prix du téléphone entre la France et la Russie, soit que le flot de paroles qu'il échangeait avec sa mère lui fût aussi indispensable que l'eau et la lumière, le temps des conversations s'allongea. De cinq minutes à dix, quelquefois douze minutes, comme elle ne pouvait s'empêcher de noter. Le jeune homme, peu à peu, reprenait ses habitudes pétersbourgeoises. Là-bas, le téléphone urbain est gratuit ; c'est un des seuls plaisirs auquel on peut s'adonner sans limites ; les Russes passent une partie de la nuit à bavarder au bout du fil. Si Nicolas rentrait tard d'un spectacle, il appelait sa mère à l'entracte ; s'il dormait chez un ami, l'effusion s'éternisait. Parfois jusqu'à deux heures du matin.

Lorsque Alice laissa échapper un début de mécontentement, il parlait depuis un quart d'heure, au téléphone mural fixé entre les deux lits. Se croyait-il en Russie ? Le compte des minutes était plus facile à observer, quand il appelait d'une cabine. Elle commença par toussoter ; puis elle se leva, marcha de long en large dans la chambre. Il continuait à parler, sans la regarder, sans même la voir. Elle s'arrêta de marcher, pour le regarder, lui. Les paroles s'échappaient si gaiement de sa bouche, ses yeux riaient avec un tel bonheur, il était absorbé dans une si merveilleuse communion de sentiments et de pensées, qu'elle s'en voulut de son propre agacement.

Qui est-elle, pour se mêler d'interrompre ce fleuve de jubilation, qui coule du fils à la mère, de la mère au fils ? Mais lui, de son côté, qui est-il, pour ignorer aussi complètement celle qui se damne pour lui ?

N'est-il pas temps qu'elle se rebiffe ? (« Révolter », le mot ne lui viendrait même pas à l'esprit.)

Pas directement. Elle n'oserait jamais. Elle ne lui dira rien. Il faut user d'un détour. Le convaincre, par exemple, qu'ils devraient changer d'hôtel. Revenir à ceux de leurs débuts. Un de ces meublés à une seule étoile, si nombreux dans le quartier. Elle voit des groupes de Hongrois, de Tchèques, descendre d'autobus poussiéreux et traîner des valises en carton jusqu'au seuil de garnis dont les chambres ne sont sûrement pas équipées de téléphone. Les Russes eux-mêmes commencent à débarquer — des Russes rien moins que « nouveaux », à Pigalle, des Russes pauvres, à qui leur entreprise ne verse plus leur salaire. Elle les dédommage par des billets d'avion et des bons d'hébergement empruntés à des agences en faillite.

Alice ne suit pas longtemps son projet. Elle baisse la tête, résignée. S'il plaît ainsi à Nicolas, qu'il gaspille en chimères leur maigre pécule. Qu'il use toute son énergie, tout son enthousiasme à parler, à raconter Paris, à bercer d'illusions celle qui l'imagine seigneur et roi dans cette ville dont le grand Pouchkine lui-même n'a pu que rêver. La brutale échéance du samedi, le moyen de l'honorer ne regardent qu'Alice. Quand le douzième coup de minuit, à travers le plancher trop mince, aura sonné au carillon de l'hôtel, elle se coulera hors de leur chambre, où il dormira déjà d'un sommeil profond, pour entrer, deux portes plus loin, dans la chambre de M. Paul. Complaisance qui va lui aliéner notre sympathie ? Il ne convient pas plus de condamner Alice pour la docilité qui la pousse à payer en nature la note hebdomadaire du *Lion d'or,* que de l'exalter pour son « sacrifice », comme si elle était une nouvelle Sonia. La réalité est plus simple : Alice est d'abord une Russe. La morale russe se moque de notre morale, de même que le dévouement à la russe ne connaît ni mesure ni limites.

Quatre motifs, à l'exclusion du plaisir personnel, la déterminent à coucher avec M. Paul.

1. L'acceptation du destin. *Soudba,* le mot clef. Peut-on désobéir à ce qui est écrit ? A quoi bon déménager ? Où qu'ils aillent, la fin de semaine arrivera toujours aussi ponctuelle, toujours avec la même fatalité. La chambre ne coûterait-elle que cent francs, il faudra la payer chaque samedi. Et elle, pour le coup, à subir les volontés d'un deuxième, d'un troisième — de combien d'autres encore ? — choirait au rang de p... *Kourva,* elle ne pourrait plus récuser l'anathème. Déjà que la visite à M. Paul tombe le jour du repos juif, du sabbat... M. Paul, au moins, elle le connaît, elle s'est en quelque sorte habituée à ce qu'il lui demande. La honte de la première fois commence à s'estomper. Tout doucement. Il n'est pas si méchant, au fond. Il met une chemise, maintenant, au lieu de son affreux tricot de corps rouge à bretelles. Il a même changé, pour lui faire plaisir, son parfum de Coty au muguet pour une marque moins vulgaire.

2. Le sentiment de rester, au-dedans d'elle-même, intacte. Intacte et pure, sous les suçons, les tripotages de M. Paul — il les appelle *mimis,* ce salaud ! Elle ne *sent* même plus sa barbe, quand la pointe qui le fait ressembler à un bouc fourrage dans son cou — pas seulement dans son cou. La pilosité agressive, odieux symbole de celui qu'elle devrait haïr, ne la *touche* tout simplement plus. Quelque service qu'il la force à lui rendre, elle reste hors de son atteinte, dans un empyrée mystérieux, éternellement limpide au-dessus des nuages.

3. L'idée — absurde en apparence, mais qui découle de cette capacité de résistance intérieure au mal — que ni l'argent ni le sexe ne peuvent la dégrader, alors que la dixième partie de ce qu'elle endure abîmerait Nicolas. Alice trouve parfaitement naturel que son compagnon, sans se demander qui paye et comment, se soit habitué au confort du deux-étoiles.

Il lui laisse, chaque semaine, le soin de régler l'addition. Remarque-t-il seulement ses éclipses nocturnes ? Et maintenant, tandis qu'il téléphone à deux mille kilomètres de Paris, se soucie-t-il de savoir où elle prendra l'argent ? Mais lui, l'argent lui salirait les mains, comme le sexe lui ôterait l'innocence. Forte de ce credo, Alice ne se dit pas que Nicolas l'exploite. Tandis qu'il vaque dans son ciel, avec ses mots rares et ses idées ailées comme les chimères scythes de l'Ermitage, à elle de se dépêtrer comme elle peut du trivial. Nature des choses ou fatalité des rôles. *Soudba* inéluctable.

4. L'adoration timorée, asexuée (de gré ou de force), qu'elle porte à Nicolas. Le taxer de légèreté ? L'accuser d'égoïsme ? Tais-toi, petite sotte ! se dit-elle, en regardant une nouvelle fois le feu follet qui danse dans les yeux du garçon. Il parle, il parle, il écoute, il se remet à parler, penché sur l'appareil comme Maxim Vengerov sur son violon, absorbé dans la même volonté de fusion, éperdu de la même extase. De Paris au golfe de Finlande, l'espace n'est pas assez vaste pour contenir les vibrations d'allégresse qui volent d'un bout à l'autre de l'Europe. Il rassure sa mère, il la conforte dans la foi qu'elle a mise dans l'avenir de son garçon, et elle, au bout du fil, les yeux clos pour mieux savourer la vision des merveilles qui l'entourent du seul fait qu'il habite la Ville Lumière, boit les paroles de Nicolas. L'honnête Alice elle-même ne peut condamner pour mensonge le récit qu'il lui fait des splendeurs, des félicités où il nage, tant il est juste de reconnaître que les couleurs du rêve sont plus nécessaires, et parfois plus vraies, que celles de la réalité. La cité prestigieuse entre toutes, dont l'image, nourrie, caressée, exaltée sous le ciel bas de Saint-Pétersbourg aide Mme Maroussine à supporter la grisaille de son existence quotidienne, étincelle de mille feux dans le chétif appartement de Krasnosielski. Rachat d'une

vie de frustrations et de sacrifices par l'émerveillement d'un mirage.

Cet échange d'illusions est si beau, si grand, si énervant aussi, mais si beau ! les ondes d'extase amoureuse et de confiance réciproque se succèdent dans une si douce tempête ! Voici notre Alice toute penaude, à présent. Honteuse d'avoir cédé à des préoccupations mesquines — peut-être sous le coup de la fatigue après la première séance dans la classe de Simon —, elle renonce à compter les minutes et les sous.

XIX

Juliette ne s'était pas trompée : dès le premier coup d'œil, Rachid a aimé Nicolas. Mais cet amour, en a-t-elle compris la nature ? La nouveauté de cet amour, nouveauté radicale, absolue, peut-être sans exemple dans les temps modernes, en a-t-elle eu le moindre soupçon ? Loin d'être « retombé », comme elle le croyait, re-tombé, re-pris par ses désirs ensevelis dans le mariage, il avait découvert une autre façon d'aimer, inconnue de lui. Il l'avait découverte d'instinct, sans savoir où l'entraînerait une variété de sentiment si étrange, mais non moins certain qu'elle avait pris possession de son être, avec tant de force et de souveraineté qu'il était obligé de s'y soumettre. Il se sentait comme un homme qui a toujours vécu dans le brouillard et qui, le soleil ayant dissipé les vapeurs, voit tout à coup le monde sous un autre aspect.

Un jour, après une discussion avec sa femme, il se confia à moi.

« Nicolas est russe. Elle réagit comme s'il était italien ou algérien. Tu sais que mes goûts me portaient vers les garçons du Sud. Nicolas est russe, le plus russe des Russes. Toute sa personne respire la chasteté, l'indifférence au désir. Un sylphe ne serait pas plus intouchable. Je trouve aussi impossible de songer à coucher avec Nicolas, que de vouloir sculpter un rayon de lumière. Est-ce une raison pour ne pas l'aimer ? Pour ne pas l'aimer jusqu'à la passion, au contraire ?

« Ecoute, tu ne sais peut-être pas pourquoi j'ai montré cette véhémence, naguère, dans mes polémiques contre la permissivité. Cela t'ennuie-t-il que je te raconte un peu mon enfance, mon adolescence ? »

Curieux d'apprendre ce qu'il nous avait caché jusqu'à présent, je l'encourageai à me parler de cette époque. Bien que ses années de lycée eussent coïncidé avec la présidence du général de Gaulle, les problèmes politiques n'avaient pas tant marqué ce petit-fils d'émigrés algériens, que la clandestinité forcée de ses premières émotions.

« J'entends encore le bruit du parquet lorsque, du fond de l'appartement, ma mère remontait le couloir. J'étais enfermé dans ma chambre, à l'autre bout. Les planches craquaient sous ses pas. De plus en plus près. Dans une seconde, elle entrerait sans frapper. Je m'empressais de fourrer dans le tiroir de mon bureau le petit livre — de la collection Braun, je l'ai gardé — où je feuilletais les reproductions en noir et blanc de statues grecques. J'aurais pu, tu me diras, l'ouvrir à la page de la Vénus de Milo et, tranquillement, le laisser sur la table ? Non, j'étais sûr que l'Apollon du Belvédère, l'Hermès de Praxitèle ou l'Antinoüs de Naples allaient jaillir d'entre les pages, et, tout nus devant ma mère, proclamer à cette veuve, d'autant plus austère qu'elle était restée seule à m'élever, quelles contemplations occupaient son fils en cachette. M'auraient-elles procuré un plaisir si intense, si je n'avais su qu'il était illicite ? Aussi loin que je remonte dans mon enfance, je constate que rien ne m'a jamais ému, rien ne m'a semblé désirable, que je n'aie tenu pour interdit.

— Mais ensuite, Rachid, tu t'es bien rattrapé ! Dans les années qui ont suivi mai 68... Le FHAR... Les GLH... La campagne contre le code pénal... Pour un garçon timide et qui se sentait coupable, tu as été drôlement leste à prendre ta revanche !

— Je n'avais pas attendu si longtemps, Antoine ! Se sentir coupable ne veut pas dire renoncer au plaisir ! Bien avant de m'engager dans les luttes pour la libération, je satisfaisais pleinement mes penchants. Le contraire eût été d'un lâche et d'un sot. Dès l'âge de dix-huit ans, j'ai commencé à vivre. Vivre, entends-tu ? Avec une intensité, une violence que les nouvelles générations ne connaîtront jamais plus. L'ordre établi, il fallait le narguer ; l'opinion, la braver ; les lois, passer outre. Ma propre conscience, la violer ! L'éducation que j'avais reçue, de cette mère puritaine dont la seule lecture était le Coran, ne me préparait pas à des jouissances paisibles. Délices et joies du défi... du risque... de l'insécurité... Aucune rencontre ne peut être banale, aucune aventure semblable aux autres, quand au bonheur physique s'ajoute le stimulant de la transgression... En rébellion contre la société et en faute contre moi-même, quelles voluptés ne goûtais-je pas... Les mœurs clandestines, assorties au danger permanent, qui ont été le lot de ma génération, non seulement je m'en accommodais, mais je ne les aurais pas échangées contre celles d'Athènes au temps de Périclès. »

Nous nous trouvions, non pas au salon où les Aboulker me recevaient quand Juliette était à la maison, mais dans le bureau de Rachid. Une sorte de secrétaire à rideau de bois occupait le seul espace disponible entre les étagères remplies de livres et de disques. Il ouvrit le tiroir de son bureau, y prit une petite clef plate, l'introduisit dans la serrure du secrétaire et fit tomber le rideau. L'intérieur se divisait en compartiments, où il rangeait, à l'entendre, d'anciennes photographies qu'il m'indiqua d'un air vague, sans s'offrir à me les montrer. Le fameux petit Braun de reproductions grecques voisinait avec une boîte de porcelaine rapportée de Russie. Il actionna un ressort, et, sur une tablette qui jaillit du meuble, j'aperçus, couché dans une boîte sans couvercle, un pistolet automatique, de ceux qui sont en service dans l'armée. La crosse et le canon en étaient minutieusement astiqués.

« Un colt ! Chez toi ! m'exclamai-je, non moins stupéfait de le savoir en possession d'une arme à feu, que de constater avec quel soin il l'entretenait.

— Tu sais, notre vie était vraiment dangereuse. De petites canailles, qui n'avaient pas nos goûts, feignaient de les partager, pour s'introduire chez nous et nous voler impunément. Rien de plus improbable qu'aucun de nous portât plainte. Un homme en rupture de ban n'a pas envie d'attirer l'attention de la justice. Ce pistolet, je l'ai acheté après le meurtre d'un de mes amis. Le type qu'il avait ramené dans son appartement arracha la tringle d'un rideau et lui fendit le crâne.

— Pourquoi ne t'en débarrasses-tu pas ?

— Si je le garde, c'est en mémoire de cette époque où nous étions à la merci du premier voyou.

— Les temps ont changé, heureusement !

— Heureusement ? Je n'en suis pas si sûr... Pour le changement, c'est indéniable. Plus qu'un changement, une révolution ! Jusqu'au Pacs, cette année... Non seulement nous sommes libres, mais notre image est devenue publique. Journaux, films, bars, mode, publicité, nous disposons de tous les moyens pour nous faire connaître. On s'est habitué à nous, des quartiers entiers de Paris nous appartiennent, nous voilà presque à parité. Faut-il crier victoire pour autant ? A peine les premiers succès remportés, je me suis posé la question. Tout en tenant ma place dans le combat, je me demandais si le militant ne commettait pas une sottise. Hélas ! la réponse ne fait plus de doute, aujourd'hui. En atteignant notre but, nous nous sommes privés du meilleur. Avoir sous la main les satisfactions auxquelles on n'accédait autrefois qu'à force de ruse, de courage, de défi, de peur, n'est-ce pas renoncer aux plus puissants stimulants du désir ? Disposer sans effort ni danger de ce qu'on n'obtenait qu'en tremblant, quelle duperie, Antoine !

« Je ne vais pas te refaire l'histoire de nos luttes. Tu sais quel rôle j'y ai joué. Vaste leurre, en fin de compte ! Nous avons été floués. Quand toute ta vie affective a été fondée sur la transgression, l'effondrement des tabous te laisse idiot. Tu n'es plus rien, tout à coup. Tu te sens nul. Pourquoi, alors, ne pas chercher à... comment dire ? à réintégrer une vie plus... plus normale ? »

Il reposa le colt dans sa boîte, repoussa la tablette, releva le rideau du secrétaire.

« Une vie, précisa-t-il, où le pistolet ne soit plus qu'une relique du passé ? »

Il retourna à son bureau, rouvrit le tiroir où il avait pris la clef, remit la clef dans le fond, referma le tiroir. Tant de soin contrastait avec le désordre des papiers et des livres. Il fallait que le souvenir de cet ami assassiné fût bien vif, pour lui inspirer une telle minutie. Plus tard, après le drame, je me suis dit qu'un pressentiment, plus perfide que le diable, lui avait conseillé ces précautions. Il me fit sortir de son bureau et m'emmena dans le salon.

« J'ai commencé à regarder d'un œil différent les couples de mes amis mariés. De quel droit pouvais-je les accuser de mener une vie fade ? Critiquer le confort moral où leur bonheur s'épanouit ? En quoi ma conduite, après le bouleversement des mœurs, était-elle devenue moins habitudinaire, moins banale que la leur ? Je faisais ce qui me plaisait, avec qui je voulais, sans risque. J'aurais pu me mettre en ménage, personne n'y eût trouvé à redire. Je ressemblais à tout le monde, il me fallait bien le reconnaître. Dans un monde de verre, j'étais de verre moi aussi, je n'étais plus de cristal.

— Tu regrettais donc ton action ?

— Non, je ne la regrettais pas. L'intégration est une nécessité politique, une victoire de la démocratie, la réparation d'un déni de justice millénaire. La vie privée de chacun n'appartient qu'à lui, et je me réjouis qu'en France, à présent, on puisse se montrer comme on est. De mon action et de celle de mes camarades de combat, quatre ou cinq millions de mes semblables bénéficient. Seulement, il ne faut pas se cacher qu'un progrès civique entraîne toujours une déperdition de qualité individuelle, une chute de vitalité, un affaiblissement de saveur, un recul d'énergie. Le résultat inévitable de l'intégration, c'est le conformisme. Impossible, dans un régime de tolérance et d'équité universelles, de continuer à se sentir différent. Je me faisais l'effet d'un voleur, à qui la société eût remis l'ensemble de ses crimes. Il pensait vivre en hors-la-loi, dans l'excitation du danger, et voilà qu'on le félicite et qu'on lui délivre un certificat de bonnes mœurs.

— Tu t'es donc marié.

— Je me suis marié. Pourquoi, moi aussi, du grand nombre, puisque désormais j'en faisais partie, ne pas adopter les habitudes, les avantages, la possibilité d'avoir une vie régulière, pignon sur rue, des enfants ? A condition, bien entendu, d'éviter la facilité, l'embourgeoisement, le train-train. Juliette n'est pas n'importe qui. Tu la connais : belle, autoritaire, indépendante, passionnée sous une apparence de froideur. Elle avait tout pour plaire à celui qui, loin de vouloir se "ranger", comme la malveillance en a répandu le bruit, ne cherchait au contraire qu'à retrouver le risque. Les émotions et l'insécurité de ma jeunesse, Juliette me les rendait. J'affrontais un nouveau danger, en me mesurant à une femme de cette trempe. Notre mariage n'irait pas tout seul, c'était facile à prévoir. Nous n'avions pas signé un pacte à vie, mais un engagement provisoire, révocable à tout moment. La partie, entre nous, ne serait jamais gagnée. Me lancer dans une aventure de ce genre, n'était-ce pas beaucoup plus neuf, plus audacieux, plus aléatoire, que de traîner dans le Marais ?

— Tu n'étais pas obligé de l'épouser !

— Resté très jeune orphelin de mon père, je voulais des enfants, la vie de famille dont j'avais été frustré.

— Et elle, Rachid ?

— De son côté aussi, Juliette jouait gros. Elle relevait un défi en m'épousant. Sachant tout de mon passé, elle se doutait que j'en gardais des séquelles. Cette idée l'encourageait, l'excitait. La vois-tu collée à un *straight*, à un type sans histoire ? C'est un animal de race, il lui faut la lutte, l'inquiétude d'une situation précaire, le stimulant du danger. Toute femme est un peu infirmière. Même la plus intelligente rêve de rencontrer un homme qui lui permette d'exercer ses talents de secouriste. Amendé, réformé, converti, je restais néanmoins un cas. Mon passé pouvait me reprendre. Ecarter cette menace, telle était sa mission. Elle avait quelqu'un à "sauver". Aux regards qu'elle me jette, lors de soirées entre amis, aux questions qu'elle me pose, si je rentre tard d'une répétition à l'Opéra, je me rends compte qu'elle demeure sur ses gardes. Elle ne sera jamais tout à fait rassurée, bien que je lui aie été constamment fidèle.

— Vos deux enfants sont un gage de durée.

— Qui serait suffisant, si Juliette n'était qu'une mère, une femme d'intérieur, ce que les Allemands appellent *Hausfrau*. Je l'aime, parce qu'avec elle rien n'est jamais acquis. Cesserais-je, pour une raison ou une autre, de lui plaire, elle pourrait s'en aller, me planter là en emmenant les enfants. Elle en a les moyens. Loin d'être un contrat pour la vie, notre mariage est une invention de chaque jour.

— Est-ce pour plaire à Juliette que tu es aussi vache avec les danseurs ?

— Vache ? Non, Antoine, je m'efforce seulement d'être intègre. Juliette ne me pardonnerait aucune complaisance. Je trouve au plus haut point stimulant de me dire, en écrivant un article : aura-t-il son agrément ? Notre couple est solide parce qu'il n'a d'autre assise que notre envie d'être ensemble. Nous devons chaque jour maintenir vivantes nos raisons de rester mariés. Une femme exigeante est le meilleur antidote au relâchement des mœurs et à l'ennui d'une société permissive. »

Cette apologie de la vie conjugale ne me laissa qu'à moitié convaincu. Malgré la franchise de Rachid, je gardais au fond de moi un doute.

« Soit, dis-je après un silence. Mais si tu étais d'entière bonne foi, tu avouerais que ce mariage te convient pour un autre motif. Indépendamment du caractère de Juliette et de la nature spéciale de votre couple, reconnais que l'état d'époux t'arrange bien — t'arrange d'autant mieux que tu n'as pas choisi une cruche, mais la femme la plus éveillée de Paris. Tu sais qu'elle te demande des comptes, et tu ne voudrais pas qu'elle cesse de t'en demander. Plus elle se montre exigeante, plus tu y trouves ton profit. Quelle chance pour toi, au fond, que de vivre, si je puis m'exprimer ainsi, sous contrôle permanent !

— Explique-toi mieux.

— Cette excitation de la vie clandestine, cette présence constante du danger, dont tu avais la nostalgie, eh bien, grâce à Juliette, à la présence de Juliette, à la surveillance continuelle de Juliette... »

Il me coupa sèchement.

« Je ne sais ce que tu veux dire.

— C'est bien simple. En Juliette, tu as retrouvé la loi. Quelle était l'arrière-pensée, plus ou moins explicite, de tes polémiques contre la permissivité ? Sans les extraordinaires stimulants que constituaient pour lui les difficultés, les dangers, l'angoisse d'une condition précaire, la vie de l'homosexuel était devenue, selon toi, aussi plate que la vie du bourgeois. Faute de contraintes, d'obstacles, les tabous ayant été balayés un à un depuis mai 68, il n'avait plus goût à être différent. Eh bien, la loi, les contraintes, les obstacles, Juliette te les a rendus. Tu cesses à nouveau d'être libre. La société te le permet, d'être libre, mais Juliette te le défend. Elle n'a pas les yeux dans sa poche, ce n'est pas une femme à être trompée aisément. Et tout de suite jalouse, avec ça. D'ailleurs tu l'aimes, tu l'estimes, tu la respectes : autant de freins pour toi, c'est-à-dire autant d'aiguillons. Quoi que tu entreprennes, tu n'auras plus tes coudées franches. Voilà le risque réintroduit dans ton existence, voilà l'interdit planté à nouveau devant toi. Comme autrefois dans ta chambre, quand ta mère s'apprêtait à entrer, tu peux défaillir de crainte et de plaisir, en entendant le pas de Juliette s'approcher de ton bureau... Sauf que, si je ne m'abuse, elle ne trouverait pas, sous la pile de tes dossiers, l'image d'Antinoüs... mais la photo que tu as prise l'autre jour de Nicolas ! »

Il avait pâli affreusement. Au nom de Nicolas, le sang lui reflua à la face. Il me saisit par le collet.

« Arrête ! Je te défends de parler comme cela ! Je te défends de mêler Nicolas aux souvenirs de ma vie passée ! Nicolas n'a rien à voir avec aucun des garçons que j'ai aimés. Mon amour pour Nicolas est d'une tout autre nature que les... les saletés que tu imagines. Nicolas est russe, russe, comprends-tu ? »

La violence de son apostrophe m'effraya. Il me secouait, les yeux injectés.

« Calme-toi, Rachid. En quoi t'ai-je offensé ?

— Tu as offensé la Russie. Juliette m'exaspère, avec ses soupçons qui n'ont pas le sens commun. Qui l'ont trop, au contraire. Jamais personne intelligente n'a réagi de manière aussi conventionnelle. Elle ne veut pas comprendre qu'un garçon russe n'a aucun rapport avec un garçon français ou algérien. Nicolas n'est pas un objet de désir. Je l'abîmerais en le touchant. La neige, la neige, me disait-il, ne tombe donc jamais à Paris ? La saison qui purifie tout en Russie, vous ne l'avez pas en France ? Noël sans neige, c'était pour lui inconcevable. Et ensuite, comme le printemps l'a déçu ! Les premiers beaux jours, il ne les a pas accueillis avec la stupide joie qui est de mise en Occident, ni les platitudes lyriques sur le renouveau de la nature. Mais comme une maladie, une fièvre mauvaise, la corruption et la dissolution de l'univers. Chaque pays, Antoine, a un climat moral qui correspond à son climat physique. Oh ! je n'ai pas besoin de Juliette pour sentir, entre Nicolas et moi, une barrière infranchissable ! Les règles de l'amour courtois, qui empêchaient Dante d'adresser la parole à Béatrice et le paralysaient en présence de la jeune fille, au point qu'il n'osait même pas la saluer dans la rue, me tiennent à distance du jeune Russe plus sûrement qu'aucune surveillance d'épouse ou jalousie de cerbère.

— Quel type étrange tu fais, Rachid ! C'est vrai que tu as failli entrer dans les ordres, autrefois.

— Les quelques mois que j'ai passés au monastère m'ont beaucoup appris. Dans la religion, le plus précieux ne peut être atteint. Ni le tabernacle sur l'autel, ni le ciboire dans le tabernacle, ni l'hostie dans le ciboire. Voilà en quoi le cloître diffère le plus du monde. Serais-tu capable d'éprouver, dans le manque, dans l'impossibilité de rejoindre ce que tu aimes, la plénitude du sentiment amoureux ? Non, n'est-ce pas ? Toi et tes semblables, Antoine, vous perdez une dimension essentielle de l'amour. Une femme, même mariée, n'est jamais hors de portée. La nature de votre désir le porte à vouloir être satisfait. Ce qu'il y a de beau avec Nicolas, c'est qu'il me pousse au mouvement contraire : à garder la distance, à me tenir à l'écart, à rester au loin. En somme, l'amour pur, dissocié de la possession. Le corps de la femme attire toujours l'idée de l'utile : comment faire pour *aboutir,* notion affreuse inscrite dans la différence des sexes.

« La beauté de Nicolas est de l'autre côté d'une clôture, comme le saint sacrement sur l'autel. Ce qui dérobe l'Eucharistie au contact la grandit dans le cœur. »

Sur le palier, avant de me serrer la main, il me dit encore :

« Je m'inquiète pour Juliette. Je ne voudrais pas qu'elle souffre, et pour rien. Nicolas n'est pas tout à fait de ce monde. Dis-le à Juliette, si tu en as l'occasion. Je t'en prie, Antoine. Dis-lui que je ne lui ôte rien en aimant Nicolas. Elle croit que... Dieu sait ce qu'elle croit ! Mais non, ne lui dis rien, elle penserait que j'ai peur. Chercher à se justifier, c'est déjà s'avouer coupable. »

XX

Maladresse ? Provocation ? Désir inconscient d'arriver à une crise ?

« Ces deux pauvres Russes... dit un soir Rachid. Je crois avoir trouvé le moyen de les dépanner. »

Ce « pauvres » parut de trop à Juliette. Sous le couvert de l'apitoiement, que mijotait son mari ? Elle se redressa, inquiète.

« Pour s'installer, pour avoir un chez-eux, ils ont besoin d'une mise initiale de neuf mille francs.

— Ils l'ont trouvé, leur appartement ?

— Mais celui du cinquième, voyons !

— Je voulais te le faire dire.

— N'est-ce pas une bonne chose, qu'ils puissent compter sur nous, en cas de...

— Ah ! Tu en es déjà là ! A leur dire de compter sur nous ?

— Juliette ! Tu connais la race des propriétaires... Deux jeunes étrangers sans défense... Essaie de comprendre leur situation. Ils n'ont aucun parent à qui s'adresser. La Russie est à trois mille kilomètres.

— N'exagère pas. A deux mille.

— Mets-toi à leur place... S'il leur arrivait le moindre...

— Tu serais là.

— Mais toi aussi, Juliette, tu serais là ! Je ne combine rien dans ton dos. Tu aurais pu toi-même prendre cette initiative, j'en suis sûr. Ils sont sympathiques, ils sont courageux...

— Au fait, mon ami. Cet appartement du cinquième ne nous appartient pas, que je sache. Et neuf mille francs, ni toi ni moi, pour le moment...

— Il y aurait un moyen... Ce voyage au Mexique... l'été prochain... »

Juliette pâlit. Elle regarda fixement son mari.

« Bon, dit Rachid, je me tais. Ne changeons rien à nos plans. Laissons-les se dépatouiller dans des hôtels minables. Crois-tu qu'ils mangent à leur faim ?

— Pourquoi ne sont-ils pas restés en Russie ?

— Tu es donc aveugle, Juliette ? Tu ne veux rien voir ? Alice est juive, l'antisémitisme des Russes l'a chassée de son pays. L'antisémitisme, mais aussi le dénuement matériel, les conditions de travail impossibles. Six cents roubles par mois... Danser avec des chaussons usés jusqu'à la corde... Tant que le papier journal ne perce pas à travers les déchirures du satin, il faut les faire durer ! Songe que nos danseuses de l'Opéra en changent chaque semaine ! Lorsqu'ils ont décidé de venir ici, Alice et Nicolas comptaient sur l'accueil des Français... La vieille amitié franco-russe... Ils ont découvert un pays encore bien plus riche que ce qu'ils pensaient, des magasins regorgeant de victuailles, une population qui ne manque de rien. Crois-tu que le bien-être dont nous jouissons ne nous impose pas des devoirs ? Veux-tu qu'ils nous jugent égoïstes, repliés sur nous-mêmes ? Les Français passent déjà si souvent pour mesquins, sans générosité...

— Trop facile à dire, Rachid. L'Occident donne des milliards à la Russie. Où passe l'argent que nous leur versons et qu'ils ne nous rendront jamais ? Tant pis pour eux s'ils tolèrent d'être gouvernés par des gangsters. Aide-toi, le ciel t'aidera.

— Avec tes proverbes français, tu ne comprendras jamais rien ! La mère de Nicolas gagne huit cents roubles par mois, l'équivalent de huit cents francs, dans un pays où, faut-il te le répéter, la vie devient presque aussi chère que chez nous. »

Juliette haussa les épaules.

« S'ils étaient français, le gouvernement leur donnerait les moyens de terminer leurs études et ensuite leur assurerait un emploi à hauteur de leur mérite. Mais ils sont nés russes, ils portent en eux cette fatalité d'appartenir à une nation aux immenses ressources morales et spirituelles, mais si malmenée par l'Histoire, plongée dans un tel chaos... S'expatrier à trois mille kilomètres de chez soi, alors qu'on ne peut compter sur aucun envoi d'argent, aucun coup de pouce de la famille, il faut un sacré courage pour s'y décider. Et quand le destin nous offre l'occasion de les aider un peu, tu ferais la grimace ? Ce voyage au Mexique, nous le renverrons à une autre année. Pour nous, une année ou une autre, n'est-ce pas indifférent ? Serions-nous assez égoïstes pour préférer le plaisir d'un mois de vacances à... »

Il se troubla, sous le regard toujours fixe de sa femme.

« Pour des étudiants italiens ou anglais qui seraient dans la même situation, je te dirais : d'accord, ils ont d'autres moyens de se débrouiller, à leurs parents de faire le nécessaire. Nicolas et Alice sont russes, Juliette, nous sommes les seuls à pouvoir leur procurer un minimum de sécurité. Les seuls, tout simplement, à pouvoir leur permettre de finir leurs études. Alice doit se perfectionner en danse moderne, le point faible là-bas. Ils commencent à peine à monter les ballets de Stravinski ! Dans un pays que Diaghilev, Nijinski, Bakst, Benois avaient porté à l'avant-garde de tous les arts ! »

Mais Juliette, au lieu de se dérider et de rire avec son mari de la sottise communiste, remarqua d'un ton froid :

« Tu ne me parles que d'Alice, alors que tu ne penses qu'à Nicolas. »

Pourquoi Juliette finit-elle par céder ? Personnellement, le sort de la Russie et des Russes lui était indifférent. Ses intérêts la tournaient du côté de Milan, de New York, pas de Moscou ni de Saint-Pétersbourg, qui n'avaient jamais été et ne seraient jamais des capitales de la mode. La capitulation d'une femme aussi fière resterait pour moi une énigme, si un motif secret ne l'y avait poussée. Le plan dont l'exécution déclencherait le drame, je ne puis croire qu'il ne commençât pas, déjà, à mûrir dans sa tête.

Il ne faut pas négliger non plus le goût tout féminin de meubler un appartement. Là où Rachid se passionnait pour la Russie, Juliette s'emballa pour un emménagement. Après s'être occupée elle-même du bail, elle présida à l'installation du deux-pièces. Des chaises, des tables inutiles encombraient leur salon et leur salle à manger. Elle les fit transporter au cinquième. Le lit de camp de leur fils servirait à Alice. Nicolas coucherait sur un matelas.

Rachid, pendant ce temps, se contentait de demander des nouvelles, sans monter une seule fois là-haut. Les Russes empruntant l'escalier de service, rares étaient les rencontres entre les occupants respectifs des deux appartements. La porte de la cuisine, au deuxième, donnait bien sur l'escalier de service ; mais les jeunes gens n'avaient pas l'usage de cette porte, condamnée depuis longtemps. Rachid ne songea ni à leur remettre une clef, ni à débloquer l'entrebâilleur coincé par la rouille.

Il proposa une ou deux fois à Juliette de les inviter à déjeuner, pendant la période où, la cuisine du haut n'étant pas encore prête, ils mangeaient sur le pouce de la mortadelle et des sardines en boîte. Puis, il cessa de les inviter. De toute manière, les enfants étant demi-pensionnaires au lycée Jacques-Decour, rien de plus frugal que le déjeuner chez les Aboulker : deux œufs à la coque, un yoghourt aux céréales, un doigt de vin. On le prenait en vitesse, entre deux occupations, deux rendez-vous. Les Russes descendaient de leur pigeonnier par l'escalier de service puis remontaient les deux étages par le grand escalier.

Nicolas, à son habitude, se bourrait de pain et ne buvait que de l'eau. Il pouvait avaler une demi-baguette. Cette boulimie de pain faisait rire les époux. Ils se retrouvaient unis dans le souvenir attendri de leurs efforts pour ôter cette manie à leurs enfants — quand Amin et Valériane avaient cinq ou six ans. Nicolas en avait vingt ! Les jeunes gens partis, ils commentaient ce décalage entre l'âge russe et l'âge occidental de la nourriture, et Rachid disait à Juliette : « Tu vois, c'est cela, la Russie, une éternelle enfance de pain et d'eau fraîche », et Juliette, pour une fois, trouvait émouvant un pays où les parents, sans se presser de faire grandir leurs enfants, les laissent, s'ils n'ont pas envie d'en changer, à leurs habitudes puériles et anti-diététiques.

La jeune femme commençait à se sentir rassurée. La vie du haut restait indépendante de la vie du bas, la vie du bas ne cherchait pas à s'annexer la vie du haut. Chacun vivait pour son compte. Son mari avait peut-être été de bonne foi, en présentant le sacrifice des neuf mille francs comme un projet désintéressé.

Rue Victor-Massé, les appartements de cinq pièces en ont deux sur la cour. Chez les Aboulker, l'une servait de chambre à coucher au couple, l'autre de bureau à Rachid. Pour accéder à la chambre, il fallait traverser le bureau. Le deux-pièces des Russes occupait une partie de l'aile en retour. Les deux fenêtres du petit logement mansardé donnaient sur la même cour que la chambre et le bureau du grand appartement.

Un soir, avant le dîner, ayant à prendre un châle dans l'armoire de la chambre à coucher, Juliette traversa le bureau. Rachid ne l'entendit pas entrer. Il se tenait contre la fenêtre, et, les yeux levés, regardait dans la cour. Juliette passa sur la pointe des pieds.

Il était plongé dans une contemplation si profonde, que cette précaution eût été inutile. Juliette fut à deux doigts de lui demander ce qui l'absorbait au point de délaisser la rédaction d'un article à expédier le lendemain matin. Elle se ravisa, poursuivit son chemin en silence.

Mais à peine dans la chambre, courut à la fenêtre. Au cinquième, dans l'aile en retour, elle vit le profil de Nicolas qui se découpait dans la lumière. L'appartement des Russes, sommairement meublé, n'avait ni rideaux aux fenêtres ni voiles de tulle aux carreaux. La lampe près de laquelle était assis Nicolas éclairait en plein les traits délicats de son visage. Le jeune homme, installé devant une petite table, rédigeait son mémoire. Si Alice, pendant ce temps, répétait dans la pièce à côté quelques figures de danse, on ne pouvait que le conjecturer. La pudique jeune fille, pour ne pas être observée du dehors, travaillait dans l'obscurité.

Juliette rentra dans le bureau, trouva son mari absorbé dans l'article, comme s'il n'avait pas quitté son fauteuil. Il leva la tête et lui demanda si c'était bien le châle d'Armani. Elle se garda de lui poser aucune question, peur de l'entendre mentir. Craignant de s'être trompée, elle décida, le lendemain, de vérifier ses soupçons. Elle s'enveloppa d'un manteau et descendit dans la cour. Rachid, debout contre la fenêtre, fixait le carré de lumière au cinquième. La même scène recommença tous les soirs. Juliette, dissimulée sous le capuchon de son manteau, reculait dans l'angle le plus obscur de la cour. Elle voyait Rachid, à son poste derrière la fenêtre, contempler Nicolas. Quant au studieux étudiant, il peinait sur les méchantes feuilles quadrillées de son cahier russe, sans se douter qu'un regard ardent était posé sur lui, ni qu'un témoin de cette convoitise silencieuse se rongeait dans le froid de la nuit.

XXI

(De temps en temps, Nicolas me montrait ce cahier. Un jour, il oublia qu'il y avait intercalé quelques réflexions personnelles sur sa vie à Paris.)

L'appartement serait parfait, s'il était équipé d'un téléphone, et si nos voisins albanais étaient mieux élevés. Ils sont en effet bruyants, comme nous en avait prévenus M. Aboulker, et en plus de cela sans-gêne, querelleurs et d'une propreté douteuse ; mais la force du préjugé est telle, que, si je fais part de cette observation aux étudiants avec lesquels j'ai pu me lier à l'université, ils me tombent dessus, bien que je m'en tienne à la stricte évidence, et m'accusent d'être « pro-serbe ». Pro-serbe : comme si j'avais porté un jugement politique en condamnant des gens pour leur grossièreté ! Ils feraient mieux de se demander si l'amitié traditionnelle des Russes pour les Serbes ne repose pas sur une appréciation positive de leurs qualités humaines.

La France continue pourtant à me plaire énormément. Ce serait le pays idéal, sans la pointe d'avarice qui se glisse partout, j'en fais chaque jour l'expérience. Le gérant de Shopi, magasin qui écoule en une semaine pour plusieurs millions de francs de marchandises, m'a fait toute une histoire, parce qu'il me manquait vingt centimes pour payer mes yaourts. Je vois à la caisse de pauvres vieilles femmes fouiller au fond de leur porte-monnaie à la recherche d'une piécette qui équivaut à quelques-uns de nos kopecks. L'exemple vient d'ailleurs de haut. Les facilités que l'administration accorde d'une main, elle les reprend de l'autre. Les bureaux de poste ferment juste avant l'entrée en vigueur de l'horaire de nuit, pendant lequel les PTT abaissent le tarif des communications.

Mon travail avance de façon satisfaisante, grâce à M. Aboulker, qui a la bonté de s'intéresser à mon mémoire. Il m'a appris un détail que j'ignorais, et qui explique pourquoi, loin d'être pour lui un inconnu, Paul Ier lui est un personnage presque aussi familier qu'à moi. Différent de Catherine II, qui détestait la musique, ce prince se montrait grand amateur de ballets. Il a même inventé, comme Louis XIV, un type d'entrechat, adopté ensuite par les chorégraphes ! Comme je m'étonnais que le fils s'éloignât tellement du goût de sa mère, M. Aboulker m'a dit en souriant que mes méthodes de recherche auraient besoin d'être sérieusement rajeunies.

Bien que je ne le suive pas sur tous les points, il m'oblige à remettre en question, non seulement mes principes de travail, mais ce qu'il appelle les vices de l'école soviétique. A l'entendre, celle-ci avait la religion exclusive du fait, le culte scrupuleux des archives — du moins pour tous les sujets où elle ne prenait pas ses ordres directement du Kremlin. Je resterais, d'après M. Aboulker, prisonnier de cette école, qui, à force de se vouloir « scientifique », en ne tenant compte que de ce qui est dûment établi, sur des preuves rigoureuses, se révèle incapable de pénétrer la complexité psychologique d'un être humain. L'historien doit montrer plus d'imagination, plus d'audace, surtout lorsqu'il aborde un sujet aussi mystérieux que la vie et la mort de Paul Ier.

C'est vraiment une grande chance pour moi que M. Aboulker me témoigne une telle bienveillance. J'ai remarqué qu'il profite toujours du moment où Mme Aboulker est sortie, pour me faire signe par la fenêtre. Je crois qu'elle n'aime pas que je le distraie du livre qu'il prépare sur le ballet à la cour de Versailles. Pour cette raison, au lieu de m'attarder, j'abrège mes visites et, malgré le profit que j'en retire, me hâte de remonter dans mon perchoir. Grimper cinq étages par le petit escalier serait moins désagréable, si les marches n'étaient jonchées de papiers sales et de mégots qu'y jettent les Albanais.

Cela dit, nous sommes souvent en désaccord. Voici un exemple de nos petites discussions. (Penser à demander à ma mère de m'envoyer, par la poste normale, ce n'est pas si urgent, mon *Don Quichotte* russe. La traduction française que M. Aboulker m'a prêtée est écrite dans une langue archaïque trop difficile pour moi. J'ai besoin de relire ce livre, pour vérifier — mais j'en doute — si l'interprétation que m'en a donnée M. Aboulker présente un commencement de vérité.) A Gatchina, j'avais visité le château de Paul Ier. Et admiré, dans la salle du trône, les deux tapisseries des Gobelins, inspirées du roman de Cervantès, et données en cadeau par Louis XVI au comte du Nord, lors du séjour de celui-ci à Paris. J'ai raconté cet épisode à M. Aboulker, qui l'a trouvé on ne peut plus curieux. « Vraiment ? Tu ne me racontes pas une blague russe ? » Il a saisi cette occasion pour m'exposer son point de vue sur l'illustre héros espagnol, une opinion si réductrice, que je m'en veux de ne pas l'avoir combattue plus énergiquement.

« Ces deux tapisseries, me dit-il, étaient un présent du roi de France ? Voilà un fait. Paul les a choisies pour décorer Gatchina ? Voilà un autre fait, aussi bien établi que le premier. Ce qu'il faut m'expliquer, Nicolas, parce que ce n'est pas un fait, et que tu ne trouveras jamais de preuves, ni des intentions de Louis XVI quand il offrit ces gobelins, ni des sentiments de Paul lorsqu'il les reçut, ce que j'ai peine à comprendre, c'est : 1° pourquoi Louis XVI a fait hommage à son hôte précisément de ces deux tapisseries ; 2° pourquoi Paul les a retenues pour en orner la salle du trône de son château préféré. N'était-ce pas une drôle d'idée, que de tendre comme miroir au jeune prince le Chevalier à la triste figure ? Et un acte encore plus bizarre de soumission, que d'accepter de se reconnaître dans ce chimérique héros ? Accorde-moi qu'il y avait d'autres modèles, dans l'histoire du monde, plus glorieux, plus flatteurs, plus conformes à l'idée qu'un roi de France aurait dû se faire d'un futur tsar et à celle qu'un futur tsar aurait dû se faire de lui-même. »

Interloqué par cette objection, qui avait l'air de comporter un jugement négatif sur le personnage de Don Quichotte, ainsi qu'une réserve, non dénuée de soupçon, sur les mobiles du cadeau, je répondis comme je pus — et bien maladroitement, je l'avoue.

« Je ne vois nul mystère à cela, monsieur. Cervantès est un classique universel, à ranger entre Balzac et Tolstoï. *Don Quichotte* compte au nombre des plus grands chefs-d'œuvre de l'humanité.

— Oh là là ! Tu es encore plus emberlificoté que je ne croyais dans les poncifs de l'école soviétique ! Un classique universel ! Un chef-d'œuvre de l'humanité ! Lénine haranguant des paysans analphabètes n'aurait pas déclamé moins pompeusement. Est-ce qu'appeler *monsieur* un ami qui te veut du bien fait partie du même code emphatique ? »

Il ne s'arrêta de railler, qu'en me voyant sortir de ma poche mon calepin et mon crayon.

« Que notes-tu ?

— *Emberlificoté.* Un mot vraiment magnifique !

— En France, dans les écoles de journalisme, on déconseille d'utiliser des mots trop longs. Pas plus de trois syllabes, s'il vous plaît ! Le lecteur s'y perd, autrement. Il n'arrive pas à retenir. Un mot qu'il ne mémorise pas rate son effet. L'autre jour, on m'a fait changer *roboratif* pour *fortifiant.* »

Roboratif : un des plus beaux mots de la langue française. Cette remarque m'a chagriné.

« Revenons à nos moutons », ai-je repris, non sans

craindre que cette expression, que j'aime beaucoup pour sa tournure familière (la France était une nation de paysans), ne fût tombée elle aussi en désuétude.

M. Aboulker, au contraire, m'a félicité pour ma connaissance des vieux proverbes. Nous avons ensuite poursuivi l'entretien.

« Essaye de te représenter, m'a-t-il dit, le face-à-face de Louis XVI et de son hôte. Dans quels endroits de Paris celui-ci s'était-il rendu ? Sur quels intérêts s'était portée son attention ? Il avait demandé à visiter la manufacture de Sèvres, les fabriques d'ébénisterie, les ateliers de reliure, les boutiques des ferronniers, les collections de peinture et de sculpture. Passionné d'art, il achetait des tableaux de grands maîtres — ce qui lui permettrait, par-dessus le marché, de prouver à sa mère qu'elle n'avait pas tout raflé en faisant main basse sur les quatre cents toiles de Pierre Crozat. Joseph Haydn, de Vienne, avait envoyé à Paul six quatuors, qu'il lui avait dédiés sous le nom de "quatuors russes". Ce jeune homme si raffiné, si amateur de belles choses, était pourtant destiné à monter sur le trône d'une des plus puissantes nations du monde.

« Il ne se peut pas que Louis XVI n'ait pas eu quelque arrière-pensée, en remettant ces deux tapisseries à celui qui avait une réputation de rêveur, de songe-creux, plus apte à savourer la prose de Jean-Jacques Rousseau, à goûter la suave musique des instruments à cordes, à dénicher des statues et des meubles pour ses résidences de Pavlovsk et de Gatchina, qu'à diriger un empire grand comme trente-cinq fois la France. Ce cadeau, à tout le moins, avait la valeur d'un conseil, d'une mise en garde. Ne vous laissez pas manœuvrer par votre mère, qui, elle, ne manque pas d'un solide bon sens, et pratique un réalisme terre-à-terre, à l'allemande. Mon ministre Vergennes en sait quelque chose ! Oui, Nicolas, je pense qu'en offrant ces tapisseries au futur tsar, en lui mettant sous les yeux la plaisante caricature de Cervantès, le roi lançait en quelque sorte un contre-feu dans la politique étrangère de Catherine II. Les questions polonaise et turque, en particulier, opposaient les deux pays. Je compte sur vous, disait Louis XVI au jeune comte du Nord, pour ne pas être un don Quichotte ni rester à planer dans vos nuages, pendant que votre mère met en péril l'équilibre européen. »

Ces propos m'ont grandement étonné. Traiter de caricature le héros de Cervantès ! Nier la grandeur, la dimension métaphysique de Don Quichotte ! En Russie, ai-je répondu à M. Aboulker, nous le percevons comme un personnage entièrement « positif ». Il a souri, car je venais d'employer, à mon insu, un autre terme de la critique soviétique.

« C'est même un lieu commun chez nos professeurs, ai-je ajouté, que de nous donner à comparer le chevalier errant de Cervantès et le prince Muichkine de Dostoïevski. Dans l'opinion des braves gens qui ne regardent pas plus loin que le bout de leur nez, le premier passe pour un fou et le second pour un idiot. Mais il ne faut pas être bien futé pour comprendre qu'ils sont dépositaires l'un et l'autre d'une sagesse supérieure, et que cette sagesse, si elle veut garder toute sa force et sa splendeur, doit rester invisible aux yeux des mortels, exactement comme Dieu s'enveloppe de nuées pour rester dans sa gloire. »

Ce fut au tour de M. Aboulker de se montrer surpris.

« Voilà bien une vision russe de Don Quichotte ! s'écria-t-il. En France, nous pensons que Cervantès s'est borné à faire un portrait satirique du chevalier errant, sans avoir la moindre intention de l'exalter en sous-main, ni de l'investir, à l'intention des initiés, d'une quelconque mission supérieure. »

Je me sentais trop intimidé, devant un homme aussi intelligent et cultivé que M. Aboulker, pour répliquer avec la fermeté nécessaire. Dans la solitude de ma chambre, j'ose le dire enfin : si fort que j'aime la France et les Français, comme m'apparaissent vite leurs limites ! Et comme la Russie peut être sûre, malgré ses malheurs présents, malgré les chiens qui nous gouvernent, de garder longtemps sa primauté spirituelle ! Don Quichotte, qualifié d'écervelé, de pantin, quand il incarne le sel de la terre !

Cette discussion passionnante aurait pu continuer longtemps, si le téléphone n'avait sonné. Mme Aboulker annonçait à son mari qu'ayant chargé dans la voiture plusieurs mètres de velours, elle se préparait à quitter l'atelier. Qu'il voulût bien ouvrir la porte cochère et se tenir prêt à monter le ballot. Je proposai aussitôt à M. Aboulker de l'aider. Il accepta, mais faute de pouvoir faire autrement, me sembla-t-il, tant sa mine était contrariée. Peut-être craignait-il que sa femme ne lui reprochât d'avoir « perdu » son après-midi avec « le petit Russe ». Elle n'aime guère les Russes. Pour le bon sens pratique et le réalisme en affaires, elle serait plutôt du côté de Catherine II et des Allemands. Elle nous reproche de nous payer de chimères, à l'instar de Boris Eltsine, qu'elle accuse, reprenant en cela ce que serinent ici les médias, de mendier l'aide du Fonds monétaire international, au lieu de mettre ses compatriotes au travail. (Nous savons, nous, n'est-ce pas ? qu'il y a des griefs autrement graves à retenir contre lui.) C'est une vraie femme française, qui ne supporte pas l'inactivité, ni chez elle ni chez les autres. Je ne l'ai jamais vue s'asseoir inoccupée dans un fauteuil, ni regarder par la fenêtre plus longtemps que la minute nécessaire pour décider comment s'habiller avant de sortir. Sans parler de Don Quichotte, même le prince Muichkine doit lui paraître une sorte d'extra-terrestre, d'hurluberlu, à prendre aussi peu au sérieux que les clowns des farces de Labiche ou de Courteline !

Le déchargement de la voiture s'est pourtant très bien passé. Elle n'a manifesté aucun signe de mécontentement. Au début, elle a paru surprise de me trouver avec son mari dans la cour, puis, après avoir ouvert le coffre, elle a posé sur mes bras un énorme rouleau d'étoffe, vraiment très lourd, que j'ai dû porter tout seul jusqu'à l'ascenseur. Je ne sais pourquoi, M. Aboulker, bien qu'il me vît chanceler sous le poids, ne songea nullement à me venir en aide. Et tant mieux, si j'ai pu leur prouver qu'un Russe ne vit pas seulement « dans les nuages », pour reprendre l'expression de M. Aboulker, ni avec ses billevesées, comme le croit sa femme, mais se montre capable de passer avec succès une épreuve pratique. Ai-je gagné, aux yeux de Mme Aboulker, mon brevet d'« Allemand » ? En tout cas, elle m'a remercié de m'être révélé un déménageur aussi efficace, en prélevant d'une caisse de bordeaux qu'elle avait reçue d'un de ses fournisseurs une bouteille qu'elle m'a offerte en cadeau.

J'attends avec impatience dimanche prochain, pour courir rue du Louvre, seul bureau de poste ouvert le dimanche, quand les communications sont moins chères. Je deviens, moi aussi, à ce qu'il semble, un peu français, un peu allemand, adepte de la Realpolitik, comme dit M. Aboulker !

De quel côté il faut le ranger, lui, c'est difficile à savoir. Pendant que je lui parlais, j'avais souvent l'impression qu'il pensait à autre chose. Il me regardait, mais, comment dirais-je ? je n'étais pas sûr qu'il me voyait. Il avait l'air de fixer un point derrière moi, comme si tout à coup il était parti dans la lune. Avec cela, pourtant, une grande précision dans les arguments.

XXII

Dessinatrice de mode, Juliette était à son affaire avec les tissus. A la voir soupeser, palper, retourner la soie, le satin, Rachid se disait (étrange aveu, si j'y pense, de ses propres limites conjugales) qu'elle dérivait sur le maniement des étoffes une partie de sa sensualité. Il ne fut pas étonné quand il la trouva, un soir, dans la salle à manger, déballant la fameuse pièce de velours, qui se révéla d'un beau rouge. Penchée sur la table à rallonges, elle se mit ensuite à tailler de grands rectangles, avec ses ciseaux de couturière.

« Le miroir que tu as acheté à Alice, dit-elle à son mari, elle ne s'en sert pas. Craignant, sans doute, qu'on ne l'observe par la fenêtre, elle continue à travailler dans le noir. Puisqu'une danseuse, selon toi, a besoin de se regarder pendant qu'elle répète, j'ai pensé qu'il n'y avait qu'une solution. Nous allons poser des rideaux aux fenêtres du cinquième. Tu as raison, cette petite a tant de courage ! »

Les époux échangèrent un regard. Rachid ne souleva aucune objection. Juliette ne disait qu'une partie de la vérité, il le savait. Elle lut dans les yeux de son mari qu'il avait compris qu'elle dissimulait. Pourquoi restait-il si placide ? Pourquoi acceptait-il sans broncher les rideaux ? Elle acheva sa besogne en silence, pendant que Rachid sortait du buffet la grosse bouteille à bouchon carré et remplissait deux verres de cet amaretto italien avec lequel ils finissaient souvent leur soirée. Ce fut une des dernières fois, sans doute, qu'ils auraient eu l'occasion de s'expliquer.

Après avoir ourlé les rideaux, ajouté en bas un galon, Juliette entreprit de les doubler d'une solide toile de coton. « Pour qu'ils soient vraiment hermétiques. » Cette fois encore, Rachid inclina la tête en signe d'approbation. Quand Juliette eut cousu les anneaux, et le concierge mis les tringles aux fenêtres du cinquième, toute la famille Aboulker monta pour poser les rideaux. Juliette tomba de l'escabeau en voulant elle-même passer les anneaux dans les tringles. Grâce à la présence d'esprit de Nicolas, qui tendit les bras pour amortir la chute, elle en fut quitte pour une légère entorse. L'incident les amusa tous, mais, lorsque Juliette, qu'on avait portée sur le matelas dans la chambre de Nicolas, voulut remercier le jeune homme, il avait disparu.

Alice profita désormais du miroir, qui, taillé sur les indications de Rachid, occupait en entier un des murs de sa chambre. Le plan secret de Juliette, cependant, fut déjoué. N'étant jamais allée à Saint-Pétersbourg ni à Moscou, elle ignorait ce que Rachid savait. En Russie, il n'y a jamais de rideaux aux fenêtres. Aucun volet non plus. On ne songe pas à intercepter la lumière dans un pays qui la dispense si chichement. S'enfermer entre quatre murs est déjà une souffrance pour beaucoup de Russes. Le peintre Repine, dit-on, n'a jamais dormi dans une chambre à coucher. Il passait la nuit sur un balcon, sur une terrasse, à tout âge — il vécut jusqu'à quatre-vingt-six ans —, toujours dehors, même par trente degrés sous zéro.

Pendant le festival des nuits blanches, à Saint-Pétersbourg, Rachid n'avait pas réussi à dormir. Il logeait dans un des premiers hôtels de la ville. Ce palace n'en était pas moins dépourvu de rideaux. A minuit, à deux heures du matin, une clarté blême qui ne faisait pas d'ombre mais la remplissait d'une splendeur froide inondait la chambre, et Rachid se retournait dans son lit sans trouver le sommeil. Il avait d'abord pesté contre ce qui lui semblait un nouveau témoignage de l'incurie et de l'imprévoyance russes. Puis il convint qu'il est peut-être plus beau de rester en communication avec la nature et de s'incliner devant ce qu'elle décide, que de s'en isoler par un écran artificiel.

Les deux pans de velours confectionnés par Juliette restèrent repliés de chaque côté de la fenêtre de Nicolas. Le jeune homme ne songea pas à se servir du rideau. Ni le premier soir, ni aucun de ceux qui suivirent. A croire qu'il n'avait même pas remarqué qu'on avait posé une tringle au-dessus du linteau, et cousu aux anneaux une lourde étoffe couleur sang.

XXIII

L'amour courtois est-il possible en l'an 2000 ?

Avec la régularité et le sérieux du croyant qui s'acquitte d'un rituel, Rachid se postait le soir près de sa fenêtre. Aucune lampe ne brûlait dans le bureau. Il restait debout, dans l'obscurité, à regarder Nicolas. Qu'attendait-il de ces contemplations ? Rien. Elles avaient en elles-mêmes leur terme et leur fin. Il ne voulait rien de plus. Il n'espérait rien au-delà. Il ne pensait même pas qu'il pût y avoir quelque chose de plus beau que de se tenir, dans l'ombre, devant Nicolas éclairé.

Culte muet, ravissement immobile, dont Nicolas n'avait pas le moindre soupçon. Jamais Rachid ne songea à lui faire part de ce qu'il ressentait. Le secret était un élément essentiel de son amour. Il fallait que non seulement les autres fussent tenus dans l'ignorance de cet amour, mais que celui qui en était l'objet n'en sût rien. Lorsque, une fois ou deux par semaine, Nicolas passait un moment chez Rachid, leur conversation roulait, on l'a vu, sur des sujets parfaitement extérieurs : le mémoire de Nicolas sur Paul Ier, le voyage en France du comte et de la comtesse du Nord, le ballet à la cour de Versailles. A entendre discuter Rachid et Nicolas, nul ne se fût douté que l'un inspirait à l'autre une dévotion aussi singulière.

Paradoxe de l'amour courtois : tout en accaparant les forces de l'âme, il laisse une grande latitude à celui qu'il domine. Rachid eût-il « désiré », comme on dit, le jeune homme, l'effort de le circonvenir eût employé une grande part de son temps. Pour Juliette, qui croyait Rachid retombé sous la domination de son « vice » (si libérale qu'elle fût, elle ne pouvait s'empêcher de penser autrement), il occupait à parfaire une stratégie de séduction les loisirs que son métier lui laissait. Les stations nocturnes près de la fenêtre, elle les interprétait comme des pauses dans la chasse. Pendant qu'il levait les yeux vers la chambre du haut, son mari devait faire le point, calculer s'il avait avancé ou reculé, modifier ses plans selon les progrès obtenus ou les échecs subis. Rien n'était plus éloigné de la vérité. Debout à la fenêtre, Rachid ne calculait rien, ne pensait pas. Il regardait, il contemplait. Moments de totale plénitude, où l'âme, vidée d'elle-même, adhère entièrement au dieu qu'elle s'est choisi.

Extase, ex-stase : sortie de soi-même, expérience analogue à la transe des mystiques. Nul besoin d'évoquer ce qui arriva entre Dante et Béatrice, pour admettre qu'elle peut bouleverser la vie de n'importe quel humain. Aussi lointain et fixe qu'une étoile, point lumineux hors de portée dans la hauteur du firmament, le jeune homme n'était pas une proie pour Rachid, mais une figure de l'absolu. Faute de comprendre cela, Juliette s'étonnait de voir son mari rédiger tranquillement, comme si de rien n'était, des articles, des notices pour un dictionnaire, un chapitre de son livre. Il n'avait pas changé ses habitudes. Sa seconde vie, sa *vita nuova,* ne commençait que le soir. Jusqu'à l'heure où Nicolas s'asseyait près de sa lampe, Rachid menait l'existence qu'il avait toujours menée, écrivant, sortant, recevant des amis, le tout sans aucun rapport avec l'étudiant du cinquième.

Comme il se cache bien ! se disait Juliette. Quel pouvoir de dissimulation !

Pour préciser le caractère de Rachid, je reviens à la disposition des lieux. Après avoir indiqué à Nicolas de descendre, le plus simple pour l'occupant du deuxième eût été de gagner la cuisine, au fond du couloir, ouvrir la porte de service, et attendre là. Dans l'esprit de Juliette, il ne faisait aucun doute que Nicolas entrât par la cuisine. Le surlendemain du jour où il l'avait aidée à décharger la voiture, elle trouva dans le salon le classeur qu'il y avait oublié. C'est donc, pensa-t-elle, qu'il descendait parfois en son absence, invité par son mari. Elle ne dit rien, feignit de n'avoir pas vu le classeur, crainte de mettre Rachid sur ses gardes. Au lieu d'appeler à lui le jeune homme, il eût peut-être choisi de le retrouver au cinquième. En bas, elle n'avait rien à craindre. Elle connaissait trop bien la droiture de son mari : il ne la tromperait jamais, dans leur propre appartement.

Or, Rachid, une fois transmis le signal convenu, n'allait pas plus loin que l'antichambre, contiguë à son bureau. Nicolas, on s'en souvient, n'avait pas la clef de la porte de service. Il aurait suffi à Juliette de constater que l'entrebâilleur, resté coincé par la rouille, n'était pas en état de fonctionner. Obnubilée par ses soupçons, elle ne prit même pas la peine de chercher à les démentir par cette preuve irréfutable.

Le jeune homme descendait jusqu'au rez-de-chaussée par le petit escalier (non sans écarter du pied les détritus qui jonchaient les marches, résultat de la location des chambres du cinquième aux ennemis héréditaires des Serbes), traversait la cour, longeait les poubelles, regrimpait au deuxième par le grand escalier, sonnait enfin à la porte. En l'obligeant à ce détour, Rachid soulignait qu'il n'y avait pas de mensonge dans leur relation, pas de complot mesquin dans le dos de sa femme, pas de cachotteries minables comme dans les affaires d'adultère. Le Nicolas qui venait voir Rachid pour examiner avec lui certains points du mémoire n'était pas le même que le Nicolas contemplé par Rachid d'un étage à l'autre de la cour. L'entrée de service proscrite jouait le même rôle, dans l'amour de Rachid, que l'épée nue posée, entre Tristan et Iseut, au milieu de leur lit. L'amour courtois, qui est dissocié du désir, utilisait ce passage condamné comme le signe matériel du veto. Porte impossible à ouvrir, symbole de l'interdiction.

Tristan et Iseut, Dante et Béatrice, les mystiques : fort bien, mais c'est encore le Moyen Age, l'époque où, les relations sexuelles étant défendues en dehors du mariage, les amoureux se consolaient de cette prohibition par une philosophie du sacrifice. Mais aujourd'hui ? Si l'on n'est ni stupide, ni lâche, ni impuissant, quel champ reste-t-il à l'amour courtois ? Rachid lui-même n'était pas sans se poser mille questions sur son aventure. Quoi ! voilà un jeune homme qui me plaît, et avec qui je ne chercherais pas à coucher ? Il y avait des jours où l'extrême ingénuité de Nicolas, sa candeur pour ainsi dire polaire, agaçait l'homme du Sud. Il avait envie de courir au cinquième et de secouer le blanc-bec, plus blanc que bec. Est-il possible, à un garçon aussi bien fait de sa personne, d'ignorer l'effet qu'il produit ? Dans la rue, on se retourne sur lui : ne le voit-il pas ? Où a-t-il donc les yeux ? Toujours à planer, du haut de ses longues jambes, au-dessus des regards, ne se rend-il compte de rien ? Dégagé, impassible, ignorant les convoitises qu'il suscite, est-il aussi étranger à la terre qu'il voudrait le faire croire ? Cette indifférence, il la feint peut-être ? Pour jouir de l'excitation qu'il soulève ? Pour l'allumer, lui, Rachid, en tout cas ! Et lui tourner la tête ! Et le dominer encore plus complètement !

Ces soupçons ne duraient pas longtemps. Très vite, ils faisaient honte à celui qui avait osé mettre en doute l'innocence de son prince. Accuser de duplicité un ingénu aussi patenté ! Calomnier une réplique aussi parfaite d'Aliocha ! D'abord, il ne savait pas, il ne pouvait pas savoir, quelle avait été la vie de Rachid avant le mariage. Ensuite, il venait de Russie, pays de neige et de chasteté, enfoncé par les communistes dans un long hiver puritain. Presque sûrement, il était lui-même vierge. Et de Tchaïkovski, d'Eisenstein, de Lemechev, que lui avait-on appris ? Que l'un était un compositeur *célèbre,* l'autre un cinéaste *de génie,* le troisième un ténor *sans rival.* Tous dignes d'être des *artistes du peuple,* selon la logomachie officielle. La critique marxiste figeait dans cette emphase convenue la biographie des grands hommes.

Russe, Nicolas était russe, russe jusqu'au bout des ongles, jusqu'à la pointe des cheveux, c'était un spécimen éclatant, un chef-d'œuvre de russitude, la fine fleur dans le genre, Rachid en revenait toujours là. L'amour courtois, avec tout autre qu'un Russe, eût été ridicule. Dans la dévotion de Rachid pour Nicolas, il entrait la conscience que la Russie exerce une suprématie morale sur le reste du monde. Leur force d'âme exceptionnelle, les Russes ne la prouvaient-ils pas une fois de plus en ce moment ? La faillite de leur économie, la banqueroute de leur Etat faisaient ressortir avec un nouvel éclat leur courage. On ne payait plus qu'une partie des salaires, ou l'on ne les payait plus du tout. Est-ce que les gens s'en affectaient ? Depuis la dévaluation, ils avaient perdu un tiers de leur pouvoir d'achat. Songeaient-ils à s'en plaindre ? Les bourses des étudiants ne leur étaient plus versées : allaient-ils récriminer pour autant ? Chacun plaçait plus haut ses rêves, ses ambitions, que dans le « niveau de vie », cette platitude idéologique de l'Occident. Au théâtre, à l'opéra, dans les salles de concert, dans les librairies, on notait l'affluence habituelle, comme si tout le monde mangeait à sa faim. Pas plus que les assiégés de Leningrad n'avaient capitulé face aux Allemands, les naufragés du rouble n'abdiquaient devant l'évidence du désastre. Ce peuple possédait l'hégémonie spirituelle. L'amour courtois de Rachid débordait la personne de Nicolas. Si Rachid aimait sans but le jeune homme, et puisait dans cet éloignement une sorte de régénération intérieure, un magnifique sentiment de plénitude, c'était par besoin de reconnaissance et en manière d'hommage à l'énergie, à l'endurance, à l'héroïsme du peuple russe.

(Nous, narrateur et ami de Rachid, pouvons nous demander si, à force de ne voir Nicolas qu'à travers le prisme lyrique de la Russie, Rachid s'intéressait vraiment à la personnalité du jeune homme.)

Un souvenir de son voyage à Moscou, vers la fin des années 80, l'avait marqué à vie. Il sortait du Bolchoï, après une représentation de *Boris Godounov*. Longue queue devant les vestiaires, pour reprendre les pelisses, les bonnets de fourrure, les galoches. Une partie du public traversa la place des Théâtres, contourna le Musée d'Histoire et se déversa sur la place Rouge. En route vers le Rossia, monstrueux hôtel de six mille chambres réservé aux étrangers, qui dresse au bord de la Moskva sur l'emplacement de plusieurs églises rasées sous Khrouchtchev un gigantesque quadrilatère de béton, Rachid se mêla aux spectateurs qui habitaient de l'autre côté des ponts et se hâtaient dans la nuit.

Malgré l'heure tardive, malgré les vapeurs qui montaient du fleuve, ils s'arrêtaient au milieu de la place Rouge, fascinés par cet amalgame sans pareil d'histoire, de religion et de crime. La gerbe multicolore des neuf clochers de la cathédrale Saint-Basile-le-Bienheureux fuse à côté du rempart et des tours crénelées qui ceinturent le Kremlin. Sous leurs carreaux de faïence polychrome, qui miroitaient aux rayons de la lune, les neuf coupoles jetaient leur allégresse bariolée comme un feu d'artifice devant la forteresse silencieuse. Neuf bulbes, chacun d'une forme et d'une couleur différentes, les uns côtelés comme des melons, d'autres taillés à facettes comme des écorces d'ananas, d'autres encore imbriqués en écailles de poisson, ou gaufrés comme des rayons de miel. Derrière la muraille du Kremlin, pas une lumière ne brillait aux fenêtres des palais, que tant de complots et d'empoisonnements, depuis les despotes du Moyen Age jusqu'aux autocrates soviétiques, tant de forfaits et de meurtres avaient ensanglantés.

Tout à coup, les passants refluèrent. On se mit à courir vers un coin de l'esplanade éclairé d'un seul réverbère. Rachid suivit la foule. Un camelot avait déposé par terre une caisse de carton. Il en tirait de petits sachets de plastique, allongés et transparents. Rachid s'approcha encore. C'étaient des harengs saurs, que le camelot vendait un par un, pour quelques dizaines d'anciens roubles. La queue s'était reformée, aussi disciplinée que quelques instants plus tôt au théâtre. Ces hommes et ces femmes, que venaient d'ébranler jusqu'au fond de l'âme les péripéties abominables de l'ancienne Russie des boyards et des moines, piétinaient dans la boue pour emporter un poisson sec. Ils avaient donc faim, ou quelqu'un de leur famille, resté à la maison, comptait qu'ils rapporteraient, après le spectacle, dénichée dans un lariok ou ramassée à même le trottoir, un peu de nourriture. L'achat conclu, ils s'en allaient en file indienne, traversaient l'espace vide, longeaient les murailles rouges qui retentissaient encore des cris sauvages du tsar infanticide, disparaissaient enfin vers le fleuve, en balançant au bout de leur bras le hareng qui luisait. Moins d'un quart d'heure suffit à vider la caisse. Le marchand s'éclipsa derrière l'angle du Goum, et, sur la place de nouveau déserte, resta seulement dans le halo du projecteur la sentinelle de garde devant le mausolée de Lénine.

Le décor mystérieux de la place Rouge imprima pour toujours dans l'esprit de Rachid l'étrangeté de cette scène. La silhouette fantastique de ces spectres s'évanouissant dans l'ombre avec leur minuscule emplette lui avait plus appris sur la Russie que vingt articles dans son journal. Quel mépris de ce qui est seulement utile ! Quel renversement insensé des priorités ! On allait d'abord à l'opéra, avant de se soucier du ravitaillement. On ne songeait aux nécessités matérielles, qu'après s'être gorgé de tragédie et de beauté. Il se rappela le hareng qui pendait à la main, gantée de pécari, d'une élégante en manteau de zibeline. L'imposant mur d'enceinte et l'austère majesté du Kremlin, le flamboiement baroque et l'exubérance bigarrée de Saint-Basile mettaient sur ce détail de la vie quotidienne le sceau d'une vérité éternelle. Vision impérissable, sans laquelle il n'eût peut-être pas, dix ans plus tard, reporté sur un étudiant pétersbourgeois échoué dans son immeuble les émotions qu'il avait ressenties cette nuit-là.

La stupeur silencieuse qui ramenait chaque soir Rachid à sa fenêtre isolait le jeune Russe dans une auréole de lumière. Il regardait vers la chambre du haut, et, moins que jamais, il ne se fût permis d'abréger, en fournissant une clef de la porte de service au garçon, la distance qui le séparait de Nicolas.

XXIV

Tout se sait, à Paris. Tout se sait vite, mal, contrefait. On y est friand de *nouveautés,* et ces nouveautés, invariablement, prennent l'aspect de commérages aux dépens d'une personne en vue. Le plaisir du commérage consiste à rabaisser cette personne ; à interpréter dans le sens le moins généreux ce qui est arrivé de nouveau dans sa vie. Les motifs qu'on lui prête sont toujours égoïstes, mesquins, voire bas. L'imagination du ragot ne prend jamais son vol, ne s'élève jamais jusqu'à se figurer qu'on peut agir par idéal. Elle se traîne à ras de terre, elle ramène tout au dénominateur le plus vil. Elle se sert de deux clefs pour entrer dans un cœur humain, le sexe et l'argent, et croit qu'au moyen de ces clefs, ou d'une seule quelquefois, elle s'appropriera son secret. (On voit que celui qui écrit ce récit n'est pas sans avoir subi l'influence de Nicolas.) Entendez cette rumeur qui monte : les commères ont repéré une nouvelle proie. Elles se jettent dessus et vont s'ingénier à détruire quelque chose d'incompatible avec l'air vicié de Paris.

D'où prit naissance le bruit ? Comment se diffusa-t-il ? Juliette laissait à Rachid le soin de faire les courses — faute de temps, disait-elle, en réalité parce qu'elle ne trouvait ni agréable ni chic de se mêler à la foule dans un magasin d'alimentation. Rachid se plaisait au contraire à déambuler entre les étagères et à choisir les produits. Son goût allait aux boutiques des Arabes, ouvertes très tard, sept jours sur sept, sans horaire fixe, et les seules, le dimanche, dans les rues désertées, à mettre un peu d'animation. Nicolas, pour apprendre des mots créoles, ou par préjugé contre les Africains, préférait le Shopi de la rue Pigalle, dont les caissières, volubiles et chaleureuses Martiniquaises, ne lui rendaient jamais la monnaie sans quelque parole amicale. Il lui arrivait de croiser Rachid au milieu des rayons. Furent-ils aperçus ensemble par une connaissance du critique, dans ce quartier dont l'intelligentsia parisienne a été chassée après la disparition de la Nouvelle Athènes, mais qu'elle tente aujourd'hui de reconquérir sur la prostitution ? Nicolas aida-t-il Rachid à porter un panier de bouteilles ? Furent-ils surpris à rire de cet autre Nicolas, marchand de vins ?

Rachid accompagna une fois Nicolas chez un bouquiniste, en face de l'Institut, spécialisé en histoire russe. Une autre fois, rompant avec l'habitude d'aller seul aux spectacles de ballet, il emmena le jeune homme à l'Opéra Bastille. Quel fut le tremplin des racontars ? Il ne fallut pas plus de deux ou trois semaines pour que tout Paris eût une *nouveauté* à se mettre sous la dent. Et quelle nouveauté ! Quel os délectable à ronger ! Rachid *logeait* un jeune Russe !

Sous ce verbe en apparence anodin de *loger,* le commérage entassait une somme inouïe de petites vilenies, perfidies, infamies. Il était entendu, quand on se refilait de l'un à l'autre l'information : que Nicolas avait fait à Rachid le « coup » du charme slave ; que Rachid avait sauté sur l'occasion ; qu'on avait bien eu raison de juger son mariage un pur calcul d'hypocrisie. Raminagrobis, le maître matou, n'avait pas été long à jeter son manteau d'hermine pour sortir ses griffes et se transformer en Grippeminaud. Quant à Juliette, quelle sotte, d'avoir cru qu'on peut faire un bouc de quelqu'un qui est né bique ! Elle récoltait ce qu'elle méritait, cette prétentieuse, en se faisant planter des cornes par un imberbe de Sibérie.

Médisances, calomnies, infamies, qui aboutirent à cette sentence, répétée de café en café, de théâtre en théâtre, de salle de rédaction en salle de rédaction : *Rachid plaque Juliette pour Nicolas.*

Il n'y avait pas le sens commun dans ce bobard, et chacun pouvait vérifier que Rachid n'avait pas quitté Juliette, qu'ils sortaient ensemble aussi souvent que par le passé, alors qu'on n'avait vu qu'une seule fois Rachid avec Nicolas. Preuve supplémentaire de ce que nous avançons, dirent les commères. S'il croit cacher son jeu, il a trouvé plus malin que lui ! On ne nous la fait pas, à nous ! On ne la leur fait jamais, aux commères : elles savent tout, mais tout de travers.

Par exemple, la disposition des deux appartements fut connue dans ses plus petits détails, comme si les commères étaient allées consulter chez le syndic le plan de l'immeuble. On sut que l'escalier qui montait au cinquième desservait la cuisine du grand appartement. A cette vérité se greffa aussitôt une contre-vérité : Rachid avait donné une clef de la porte de service à Nicolas, pour que le garçon le rejoignît pendant les absences de Juliette. Principal avantage de cette combinaison : il pouvait déguerpir quand elle rentrait. Styliste indépendante, Juliette travaillait à son compte, sans être assujettie à un horaire. Libre de ses mouvements, il lui arrivait de quitter l'atelier à l'improviste, de revenir sans crier gare. Et Nicolas, alors, ni vu ni connu, de s'éclipser par une porte pendant qu'elle ouvrait l'autre, comme dans les comédies de boulevard.

Deux contre-vérités, plutôt qu'une. Les jeunes gens, comme on sait, n'avaient pas accès à la cuisine, et Rachid, eût-il porté à Nicolas les sentiments qu'on lui prêtait, n'eût pas bafoué Juliette, en utilisant pour l'épouse et pour l'amant le même lit. Deux contre-vérités, dont une ignominie. Mais puisque Rachid avait une *affaire* avec Nicolas, comment supposer qu'il n'utilisât pas le moyen le plus simple pour faciliter leurs coucheries ?

Chose curieuse, les langues si promptes à souiller le foyer conjugal respectaient l'innocence du cinquième étage. D'Alice, on ne colportait que du bien. Rachid ne montait pas au cinquième, domaine de la danseuse, qu'on trouvait un peu bête, mais sérieuse, appliquée. Pour elle, aucune *affaire* : trop simplette, trop nigaude pour regarder plus loin que le bout de ses chaussons. Elle devait être, bien sûr, la petite amie de Nicolas. Pauvre ingénue ! Il la dupait, elle aussi, en lui faisant croire qu'il la *sautait* par amour. Quelle innocence ! Les commères en étaient presque attendries.

L'hypothèse d'une liaison avec Alice, je l'avais moi-même envisagée. La vue de ces deux jeunes gens, si simples, d'un visage si ouvert, d'une allure si charmante, y eût conduit l'esprit le mieux intentionné. En les voyant blottis là-haut comme deux chats de gouttière, je m'étais demandé si cette promiscuité sous les toits n'avait pas changé leurs rapports. Il me suffit de sonder discrètement Nicolas, pour m'assurer que les facilités mises à sa disposition par l'époque, sans compter cette chance extraordinaire de partager le même nid et d'y habiter seuls, ne le dissuadaient ni de ses idées russes ni de son devoir de chasteté.

En supposant cette romance, les commères ne laissaient nullement parler leur bon cœur : au contraire, elles insinuaient une malignité de plus. Nicolas, selon elles, changeait de personnage, de mœurs et de sexe, en passant du cinquième au deuxième. Jeune ambitieux instruit des moyens nécessaires pour réussir à Paris, ce n'était pas un type à se contenter d'une idylle ! A d'autres, le romantisme des mansardes ! Il avait bien autre chose en tête, que de respirer la fleur bleue d'une amourette désintéressée ! Il *descendait* donc chez

Rachid — et ce verbe, image parfaite de l'abaissement, parabole de la chute, indiquait bien ce qu'il allait faire *en bas.* A quel prix se vendait-il ? Ce détail importait peu aux commères. Là où elles jubilaient, c'est en se disant : Rachid a sous la main son *minet.*

XXV

Ces commères avaient un chef d'orchestre, un haut-parleur, mieux vaudrait dire une trompette, Henri Sauterot, créature exagérée, tata affichée, ravie de passer pour folle. Il ne parlait de lui qu'au féminin, minaudait, jabotait, faisait rire, cachant le désespoir d'une solitude incurable sous des dehors de clown. « Plus Charlus, tu meurs », disait-il, englobant dans la même raillerie sa corpulence de chapon, sa démarche de vieille tante, et le ridicule d'un tic de langage adopté par le Tout-Paris.

Critique de danse, il écrivait dans un quotidien de droite, où il monnayait son talent, incontestable, en facéties de pitre, sauf que ces facéties offensaient, parfois même attentaient à l'honneur. Il se fût attiré des procès, s'il n'avait inspiré plus de pitié que d'indignation.

Agé d'une soixantaine d'années, il appartenait à cette génération d'arcadiens qui avait précédé celle de Rachid, gens qui avaient dû se cacher, raser les murs, se contenter à la sauvette, grappiller à la va-vite des bribes de plaisir. Le monde s'était transformé du tout au tout, mais, de cet apprentissage dévalorisant, Henri avait gardé un solide mépris de lui-même. Maintenant qu'il aurait pu vivre au grand jour avec la personne de son choix, il continuait à préférer les rendez-vous louches, les bars interlopes, les buissons suspects, quitte à se faire voler, rosser, amocher. Une nuit, au bois de Boulogne, on l'avait attaché tout nu à un arbre ; incident qu'il s'était empressé de colporter, comme un exploit. Aux soirées de ballet, on le voyait apparaître avec un œil au beurre noir. « Henriette s'est fait encore tabasser ! » Il riait de ses déboires. Impitoyable envers lui-même, il tirait de cette sorte de courage le droit d'être féroce avec les autres.

On s'amusait de ses rosseries, sans penser qu'elles pouvaient blesser, ulcérer ces artistes particulièrement fragiles que sont les danseurs. Il écrivait bien, aurait pu écrire mieux. Gorgée d'exagérations comme le reste de sa personne, sa prose amphigourique détonnait dans la presse. Il drapait ses articles dans des rideaux Grand Siècle, pour donner plus de saugrenu à ses pitreries. Il appelait *tendres lévites* les élèves de l'école de danse, *mignons chérubins* les jeunes coryphées, *Mam'selle Terpsichore* la directrice de la danse, disait d'un jeté volé de Leroy : *c'est à mourir*, des tours en l'air d'Isabelle Gilot : *j'en aurais pâmé.*

J'avais peur pour Alice. Jusqu'à présent, je m'étais arrangé pour qu'il n'assistât à aucun des spectacles de banlieue où j'avais réussi à la caser. Mais enfin, il avait entendu prononcer son nom, Prikrasnaia, et pouvait très bien, un de ces jours, vaticiner dans son canard qu'on essayait de nous fourguer, sous un sobriquet flamboyant, une petite née à Pontoise, et qui s'appelait en réalité Dutronc. A force de chercher comment l'amadouer, il me sembla avoir trouvé le moyen, qu'on apprendra plus loin.

Pour moi, c'était toujours une épreuve, que d'être assis, au théâtre, à côté ou non loin d'Henri Sauterot, mésaventure fréquente, les places de presse étant groupées dans la même rangée de fauteuils. Il ne se gênait pas pour parler fort pendant les pauses, et même, en plein spectacle, ricaner s'il jugeait une figure exécutée de travers. Pour sauter plus haut devant lui, qui le lorgnait du premier rang, Lionel

Malaire, étoile de l'Opéra, s'était fait une entorse. Il avait fallu baisser le rideau. Comme toute la profession, je m'étais senti coupable, bien que la fatuité du danseur ait eu sa part dans l'accident.

Si je m'inquiétais d'être placé près d'Henri, que devait être ce voisinage pour Rachid ? Henri asticotait Rachid, le tarabustait d'allusions à son passé, l'appelait *ma chérie* devant tout le monde, le harcelait de souvenirs fort désagréables pour mon ami, et d'un ordre parfois si intime que celui-ci en rougissait. Les piques d'Henri contre Rachid pouvaient dépasser la mesure, comme s'il lui en voulait personnellement d'avoir changé de vie. A l'entendre, il s'était « régalé » du mariage de Rachid, il en avait même « bu du petit-lait », mais la louange ne tardait pas à virer au sarcasme. « Un chef-d'œuvre, ce conjungo ! » Entrer dans la peau du bourgeois, se coller un masque de *respectueuse,* pour donner plus de piquant à ses galipettes avec les jouvenceaux !

On se demandait si les deux hommes n'en viendraient pas aux mains. Je m'arrangeais, dans la mesure du possible, pour leur éviter de se trouver nez à nez aux entractes. Projet plus facile à exécuter à l'Opéra Bastille, où les immenses dégagements, la morne blancheur et la cohue de trois mille personnes permettent une liberté de manœuvres interdite dans le dédale du vieil Opéra. Plus d'une fois, au palais Garnier, on frisa le scandale. Velours rouges et moulures dorées : le décor tout craché de *Tosca.* Sur l'air de *Mario ! Mario !*, le gros pitre poursuivait Rachid de déclarations enflammées. C'était encore pis lorsque, le saisissant par la taille, il feignait de le complimenter. « Utiliser pour ses socratiques culbutes le Dunlopillo conjugal, ça, il faut le faire ! Chapeau, la mignonne ! Elle est vraiment fortiche ! » beuglait-il sous les nymphes dévêtues du foyer.

De quoi se faire gifler par Juliette, si Juliette s'était trouvée là. Mais Juliette ne venait jamais à un spectacle de danse, elle n'accompagnait son mari ni à l'Opéra Bastille ni au palais Garnier. Elle avait décidé de lui laisser ce domaine. On ne peut pas tout enlever d'un coup à un homme, ses habitudes et ses fantasmes. Il lui avait fait le sacrifice de ses habitudes, elle l'autorisait à garder ses fantasmes. Le mariage ? Des concessions réciproques. Celle-ci ne lui coûtait rien, et même lui profitait. Si les virevoltes d'éphèbes suffisaient à Rachid, tout le bénéfice en était pour elle, qui retrouvait après le spectacle un mari de bonne humeur, satisfait, détendu. Seulement (et qui ne l'aurait approuvée ?), elle n'avait aucune envie d'être assise à côté de lui, pendant qu'il braquait ses jumelles sur le sexe des danseurs moulé dans le collant.

Nicolas ne connaissait pas encore le palais Garnier. Rachid, un soir, l'y emmena. Ils descendirent à pied la rue Pigalle et passèrent devant l'église de la Trinité, biscornue et surchargée, que Nicolas compara à un de ces gâteaux baroques auxquels, dans les pâtisseries un peu sophistiquées, j'essayais d'initier le jeune homme. Comme tous les Russes, il renâclait à la séduction des douceurs. Je ne voulais pas que, ayant commencé à lire Proust, il crût que la madeleine, sèche, bourrative et insipide agglomération de farine et d'œuf, représente le fin du fin de la gastronomie sucrière.

De la Trinité, ils gagnèrent l'Opéra par la rue de la Chaussée-d'Antin. On avait du mal à imaginer, entre les bazars de chaussures et les commerces de bijoux bon marché qui la bordaient de deux rangs de vitrines aux articles clinquants, que ce quartier, du temps de Rossini et de Balzac, réunissait le gratin de la société parisienne. Nicolas examina à la devanture d'une horlogerie les montres à quartz et à bracelet de caoutchouc. Rachid résista à l'envie de lui en acheter une pour trente francs.

Le grand escalier de marbre épata le jeune Russe.

« Au Mariinski, nous n'avons rien de semblable ; pas même une entrée digne de ce nom. La salle est de plain-pied avec la rue. Le vestibule qui l'en sépare, comment dirais-je ? ne paie pas de mine.

— Pour une fois, commenta Rachid en riant, que la république de Jules Ferry bat en faste l'empire des tsars !

— En revanche — vous m'avez bien expliqué pourquoi "par contre" est incorrect —, en revanche, je suis choqué que les Françaises, même pour se rendre à l'Opéra, oublient qu'elles sont des femmes. »

Elles étaient toutes en pantalon, si c'est cela que Nicolas voulait dire. Il regarda plus attentivement dans la foule, compta deux jupes et trois robes. Les doigts d'une main lui avaient suffi.

Henri, en les voyant entrer dans la salle, se leva de son fauteuil et leur fit une révérence comique, en pointant le derrière et en s'inclinant avec des ronds de bras. Quand ils eurent gagné leurs places, il dit à l'oreille de Rachid, mais assez fort pour être entendu de vingt personnes alentour : « Ah ! ma jolie, j'en apprends de belles ! On se paye une passion ! Le grand style ! Le tralala cosaque ! Avec balalaïka, trepak et signe de croix à l'envers ! » Tout en parlant, Henri dévisageait avec insistance Nicolas. Entre deux exclamations, il passait sa langue sur ses lèvres. Rachid se retint, je le vis au tremblement de ses mains, pour ne pas souffleter Henri.

Et Nicolas, que devenait Nicolas dans cette scène ? Etranger à l'agitation qu'il soulevait sur son passage, il regardait le plafond. Les créatures bleues et roses qui tournoyaient au fond de la coupole lui rappelaient les illustrations qu'il feuilletait tout enfant chez sa grand-mère, dans les montagnes reculées de l'Oural.

« Ce n'est pas le plafond d'origine, dit Rachid, heureux de trouver une diversion. Il y avait autrefois des nymphes et des bosquets, style Troisième République. Un décor pompier de femmes nues et de fêtes champêtres, du même acabit que les peintures du foyer et que le reste de l'édifice. Tu n'aimes pas les romans de Malraux. Auteur infatué, m'as-tu dit, style boursouflé. Tout à fait d'accord, sauf que le ministre a été encore plus mauvais que l'écrivain. C'est une de ses nombreuses sottises, que d'avoir dépareillé un ensemble aussi complet. Nous tenions là un témoignage, qui était resté intact, du goût et des aspirations d'une époque. Le nouveau plafond est magnifique, je l'aime beaucoup, mais il ne va pas ici. Aurait-on l'idée d'installer des statues de Botero sous les colonnes du Parthénon ? Ou de remplacer la rosace de la cathédrale de Strasbourg par un vitrail cubiste ? »

Henri, qui avait écouté sans rien dire, hocha la tête, goguenard.

« Voyez-moi ça ! On l'éduque, son Tatar ! Ah ! mais c'est Pygmalion sculptant son Ganymède ! »

On rit autour de lui. Nicolas resta impassible, soit parce qu'il possédait la faculté de ne pas entendre ce qui est petit et bas, soit qu'il jugeât inutile de prendre en considération un homme assez ignare en mythologie grecque pour confondre Ganymède et Galatée, et croire que la statue façonnée par Pygmalion était le jeune homme de Troie.

(« De Troie ? me dirait le juge d'instruction. Votre Russe s'intéressait donc de si près à l'échanson de Jupiter, qu'il s'était renseigné sur le lieu de sa naissance ? Je n'en veux retirer aucune preuve nouvelle à sa charge, mais reconnaissez que... »)

« Qui a peint cela ? demanda Nicolas à Rachid. On dirait des motifs populaires russes, à part la présence des violons.

— Chagall, un de tes compatriotes. »

Nicolas continua de regarder le plafond. Puis il dit : « Un Juif », et ajouta, sur le même ton placide : « Les anges chrétiens et les anges juifs jouent toujours du violon. En Russie, ils se contentent de chanter. L'Eglise orthodoxe estime que la matière dont est fait un instrument de musique, quel qu'il soit, violon ou orgue, harpe ou trompette, matière forcément profane, souillerait la louange qu'ils rendent à Dieu. »

Rachid fit asseoir Nicolas du côté opposé à celui où se tenait Henri. Le rideau se leva sur *La Bayadère*. Henri essaya à l'entracte de relancer Rachid. Dans le foyer, en voulant exécuter sur ses talons ce qu'il croyait être une danse russe, il faillit s'étaler. Aucune des insinuations, aucune des pointes n'atteignait Nicolas. Cette capacité phénoménale de s'abstraire d'une réalité désagréable parut à Rachid un enchantement supplémentaire.

XXVI

Insensiblement, Nicolas se préparait à l'épreuve.

Dans une pizzeria bon marché près de l'Etoile, mais assez chère quand même pour leur donner l'impression de faire un extra, il avait commandé 250 grammes de vin, selon l'usage russe, ce qui avait fait rire la serveuse. Elle redevint maussade, quand il la pria d'apporter une carafe d'eau du robinet.

Il finissait avec Alice de partager une *margherita* à la tomate, lorsqu'une marchande ambulante se présenta entre les tables. Elle tenait dans son poing, chacune entortillée dans du papier d'argent, des roses, des tulipes, des pivoines et des marguerites. Sans se laisser décourager par les refus, elle proposait ses fleurs, de préférence aux couples. Modeste, obstinée, touchante, dans sa veste élimée bordée d'un mince col de chèvre. Quelque jeune émigrée de leur pays, pensèrent-ils. En Russie, il est impossible que l'homme qui emmène une femme au restaurant ne lui offre pas une fleur, si l'occasion s'en présente. Elle se sentirait offensée, et penserait qu'il n'est qu'un goujat. Nicolas guettait le moment où la petite marchande trouverait un client. Mais aucun ne semblait remarquer sa présence, ou, si l'un des convives l'apercevait, il détournait la tête. Elle recommençait plus loin, tendait ses fleurs en silence.

Nicolas choisit une marguerite pour la donner à Alice. Ils échangèrent quelques mots. Etudiante à la

Sorbonne, la jeune fille travaillait pour un fleuriste du parc Monceau. Elle leur confia que ce métier lui rapportait à peine de quoi vivre. « C'est très rarement qu'ils m'en achètent. » Elle ne se plaignait pas, n'accusait personne, constatait seulement une fatalité supplémentaire dans sa vie.

Lorsqu'elle se fut éloignée, Nicolas, qui avait paru gêné en l'écoutant, tenta de justifier l'attitude de ses voisins.

« La femme, ici, n'est plus un objet pour l'homme, les deux sexes se considérant comme égaux et partageant sur un pied d'égalité les droits et les devoirs. Dans ces conditions, il n'y a plus aucune raison pour que l'homme fasse des cadeaux à la femme, et encore moins pour que ce cadeau prenne l'aspect frivole d'une fleur. Tu peux juger de deux manières diverses un tel changement dans les mœurs : soit que tu regrettes ce que nous continuons, nous, en Russie, à perpétuer sous le nom de galanterie ; soit que, à l'instar des Français, tu taxes de simagrée obsolète le présent d'une babiole parfumée. J'ai lu un article dans *Libé,* à propos des hommes qui ne tiennent plus la porte devant une femme. La journaliste se félicitait qu'un sexe ne se sente plus autorisé à dominer l'autre, en échange de quelques affectations de politesse.

— Mais toi, Nicolas, il est impossible que tu sois d'accord avec ce point de vue ! » s'écria Alice. Elle se rappelait les propos qu'il avait tenus à Belfort, devant le lion, et à Montbéliard, devant les lions de Peugeot. La « chevalerie » française, où donc s'était-elle réfugiée, si aucun des convives qui mastiquaient leur pizza autour d'eux, le menton dégoulinant de sauce tomate, ne se décidait à sortir quelques francs de son porte-monnaie, pour venir en aide à une pauvre étrangère ? On accepte à Paris que certaines personnes ne mangent pas à leur faim ?

Ils descendirent les Champs-Elysées. Nicolas adorait se mêler aux gens. Sa jeunesse, sa curiosité ignoraient *la douce passion de fuir la multitude* — ce qui ne l'empêchait pas d'apprécier le beau vers de Molière et de le faire apprendre par cœur à Alice, mais pour le simple plaisir, se disait-elle, de l'entendre trébucher sur la maudite « diérèse ».

Les Champs-Elysées, ce jour-là, étaient noirs de monde. Cette foule épaisse où l'on ne se fraye pas sans mal un chemin, Nicolas l'appelait *cohue-bohue*. Ma foi, jamais néologisme ne fut mieux inventé. Je suis sûr qu'il croyait avoir trouvé ce terme dans le dictionnaire, tant le sentiment de la langue était juste en lui. *Cohue-bohue :* il se jetait dedans, suivi à grand-peine par sa compagne. La volupté du mot lui donnait des ailes — et Alice, pour une fois, devant l'événement proprement miraculeux dont peu après elle fut témoin, n'eut pas à se reprocher d'avoir pensé par cliché.

Les piétons qui venaient en sens inverse les heurtaient, les bousculaient, sans ralentir ni s'excuser. La jeune fille ne réussissait pas toujours à les éviter. « Vive la galanterie », se dit-elle, après avoir manqué d'être jetée à terre par un gros type en cuir qui ne s'excusa même pas. « Si tu me donnais ton bras... », murmura-t-elle, mais trop bas pour que Nicolas entendît.

D'un pas égal, il avançait tranquillement. La foule s'ouvrait devant lui, il passait au travers, sans que personne le touchât. « Moi, je n'ai vraiment pas de chance », pensa Alice, qui venait d'être cognée à nouveau. Mais ce qu'elle vit tout à coup la laissa stupéfaite. Un groupe de six jeunes gens qui se tenaient par le bras leur barrait le passage. Nicolas, sans même prendre d'élan, sauta par-dessus les six têtes et retomba de l'autre côté. Hop ! En moins de temps qu'il ne faut pour le dire, il avait franchi l'obstacle et s'était retrouvé sur ses pieds. Il continua de descendre l'avenue, en longues foulées régulières, comme s'il n'avait pas accompli un exploit. Un exploit ? Un véritable prodige, oui, venait de se produire en plein milieu de Paris, quelque chose de fabuleux, dont personne, autour d’eux, ne semblait s’être aperçu.

Alice se frotta les yeux. Un léger malaise l’avertit qu’elle aurait pu avaler, sans être rassasiée, l’autre moitié de la pizza.

« C’est une hallucination, se dit-elle. Je vais m’acheter un croissant. »

Elle courut pour rattraper Nicolas et lui demander de l’attendre. Une femme encombrée de paquets remontait l’avenue. Elle et Nicolas se trouvant sur la même trajectoire, il fallait nécessairement que l’un des deux s’écartât. La femme continua de s’avancer, Nicolas ne dévia pas d’un centimètre. Il passa à travers la femme, sans l’atteindre, sans la toucher. Fantasme ou réalité ? Nicolas s’était glissé dans le corps de la femme et avait rejailli de l’autre côté, comme s’il était devenu eau ou lumière.

« Voyons, c’est impossible, se dit encore Alice. Eau ou lumière, suis-je folle ? Il faut que je mange pour que ce mauvais rêve se dissipe. »

Mais au lieu d’entrer dans la briocherie du coin de la rue de Berry, elle ne put s’empêcher de suivre Nicolas (qui ne s’occupait plus d’elle) et de l’observer, tandis que, souriant, désinvolte, se mêlant, se fondant dans la *cohue-bohue* qui lui faisait barrage, il la traversait et reparaissait plus loin.

Alice voulut croire qu’il contournait les piétons. N’était-il pas assez souple, assez adroit, pour les esquiver au dernier moment ? Technique apprise peut-être en Russie, où les gens, plutôt que de dévier si peu que ce soit de leur itinéraire, se rentrent dedans avec brutalité. Dans la marée humaine de la perspective Nevski, il faut jouer des coudes pour ne pas être écrasé, comme un grain de caviar au fond d’une cuiller. Car si la galanterie, Nicolas disait vrai, appartient au fonds de la tradition russe, les communistes ont tout fait pour purger la nouvelle société d’un vice déclaré bourgeois. Et l’on ne peut nier que soixante-dix ans d'exhortations à la grossièreté aient transformé les caractères.

Pourtant non, Nicolas n'esquivait pas au dernier moment les piétons. Il passait au travers. Il avait un don qui le mettait au-dessus de la nature, elle dut en convenir. La propriété de devenir transparent au contact de la foule, d'absorber les obstacles qui se dressaient devant lui.

XXVII

Henri Sauterot avait un point faible, que nous étions quelques-uns à connaître : une cystite (inflammation de la vessie) chronique, par moments aiguë, qui le fouaillait alors, l'obligeant d'uriner à répétition. A l'opéra, les attachées de presse lui réservaient toujours une place en bordure d'une allée : sans déranger personne, il courait aux WC. Nécessité mortifiante, qui n'avait pas peu contribué, je pense, à le rendre si teigne. Il riait, bien sûr, de cette maladie, et ne se gênait pas pour dire, en montrant, élimé par de fréquents déboutonnages, le devant de son pantalon : « C'est qu'*elle* a servi trop souvent ! » N'empêche que c'était un rire jaune. D'être vu par une salle de snobs et de potiniers se faufiler, plié en deux, vers les toilettes, aigrissait son humeur. Les sourires qui escortaient ses sorties précipitées, il s'en vengeait par un éreintement du spectacle.

Aussi cherchait-on à l'amener, pour qu'il jugeât avec plus d'équité les danseurs, aux classes des différentes compagnies. Ces paisibles, matinales, informelles séances de travail lui plaisaient. Personne ne s'occupait de lui, ni le professeur, occupé par ses élèves, ni les danseurs, qui ne s'intéressent qu'à eux-mêmes. Ils gardent les yeux fixés sur les glaces qui recouvrent les murs, étudiant les poses qui mettent leur plastique en valeur. Henri s'asseyait dans un coin, derrière le piano, s'éclipsait, revenait. Ni vu ni connu. J'avais fait le plan, pour faciliter les débuts d'Alice, de la présenter à Henri après la classe de Simon Gilbert.

Simon, au dernier étage de l'Opéra de Paris, dirigeait une classe de garçons. Il y accueillait parfois des filles. Sur la prière de Rachid, il y avait admis Alice. Par les baies vitrées, on aperçoit de gigantesques lyres, qui ornent les toits du palais Garnier. Là-haut, sous les combles, les danseurs s'entretiennent par un exercice quotidien. Je n'ai jamais assisté sans émotion aux diverses phases de leur entraînement. Les classes me procurent un plaisir plus intense qu'un ballet abouti. Il n'est aucun véritable amateur, à mon avis, qui ne préfère, aux évolutions d'une troupe sur la scène, le réveil musculaire, l'échauffement progressif, l'assouplissement des articulations, tout ce qui prépare, dans une pièce nue décorée seulement de miroirs, à l'éclosion physique du danseur.

Bien avant l'heure fixée pour le début du cours, ils arrivent, un par un, sans ordre, au hasard, fagotés n'importe comment, jambes nues ou enveloppées. Salopette, blouse, tricot, lainages informes, chacun a une manière particulière de se mettre à l'aise. Pour commencer, ils se couchent par terre, à même le plancher. Ils s'y étendent, s'y étirent, à la recherche des limites de leur corps. Certains restent immobiles, à l'écoute. D'autres bougent un bras, une jambe, se retournent sur le ventre. Celui-ci se penche en avant pour saisir son pied. Celle-là pivote sur son buste. Mouvements très lents. Aucune brusquerie. Arabesque des bras. Rotation du cou. Comme les rouages d'une machine compliquée, chaque muscle entre à son tour en action. Ils prennent possession de leur corps, avec une minutie appliquée. Si l'on ne savait qu'ils se livrent, par cette alternance méticuleuse de torsions, de flexions, d'extensions, à un exercice purement mécanique, on croirait que, adeptes d'une religion mystérieuse, ils obéissent à des rites prescrits.

Quadrilles ou coryphées, sujets ou étoiles, qu'ils aient dix-huit ou trente-cinq ans, qu'ils soient inconnus ou célèbres, débutants ou à l'apogée de leur carrière, rien ne les distingue, aucun n'a de préséance sur l'autre. La classe est obligatoire, chaque jour, pour tous, pendant une heure et demie. Le premier qui arrive choisit sa place. Alors que, pour le ballet lui-même, les rôles sont distribués selon une hiérarchie rigoureuse et quelquefois injustifiée, la classe du matin est la démocratie de la danse. Il s'en dégage une fraîcheur, une simplicité charmantes. Même Henri Sauterot en était touché.

Simon Gilbert, d'un pas vif, entra. Ancien premier danseur, il avait gardé la souplesse et la rondeur du métier. Adoré de sa classe, il déguisait sous des manières avenantes une nécessaire autorité de caporal. Il voyait tout, repérait la position défectueuse, le geste erroné, interpellait l'élève en faute, qu'il tutoyait, fille ou garçon. Alice lui avait tout de suite plu, pour des raisons complexes, où je démêle : la fierté d'enseigner à une élève de la prestigieuse école russe ; la docilité de la jeune fille, toujours tremblante de ne pas faire assez bien ; le souvenir de Rudolf Noureev et du rôle décisif qu'il avait joué à l'Opéra de Paris. Après mai 68, on pouvait craindre que la danse moderne, plus libre, d'un apprentissage plus facile, ne supplantât en Occident la danse académique. Ceux qui ne juraient que par l'avant-garde n'étaient souvent que des paresseux, enchantés de discréditer la nécessité de l'effort. Par sa beauté, son éclat, son charisme, le transfuge du Kirov avait imposé le retour à la technique de Perrot et de Petipa, à l'art de Balanchine et de Lifar, préservant le répertoire, rétablissant la confiance des abonnés, sauvant les professeurs du chômage.

Simon appréciait aussi que le vocabulaire de la danse fût sans secret pour Alice. Il tirait de ce constat un sujet d'orgueil. Les mots de la danse, tous français depuis Louis XIV, avaient essaimé par le monde : qu'ils se fussent fixés, en Russie, avec une précision et une force si extraordinaires qu'ils avaient résisté à soixante-dix ans de communisme, lui causait une satisfaction sans bornes, bien qu'il ne fût pas, dans les autres domaines, le moins du monde chauvin. En entendant cette jeune Russe trébucher encore dans mainte tournure française et dire un *taxiste*, une *frianderie*, mais être au tu et à toi avec *piqué, emboîté, pirouette, arabesque, sissonne, fouetté, ballonné, glissade, développé*, etc., il exultait, comme si, dans la traditionnelle rivalité entre les deux écoles de danse française et russe, l'Opéra de Paris avait marqué un point. Danser dans leur langue, n'était-ce pas rendre hommage à la patrie du chanoine Thoinot Arbeau et du père jésuite Ménestrier, qui avaient fixé les règles théoriques du ballet, avant que le grand Jean Georges Noverre, de Paris, ne les mît à exécution ? Le lexique codifié à la cour de Versailles restait, en l'an 2000, l'idiome universel de la chorégraphie.

A l'entrée de Simon, tous s'étaient levés et dirigés vers les barres. Aux premiers accords du piano, le cours débuta. « Pointé. » « Fermé. » « Plié. » « Demi-plié. » « Demi-rond de jambe. » « Quatre suivis. » « Battement. » « En avant. » « En arrière. » « Battement d'horloge. » « Fondu. » « Coupé. » « Frappé. » Les injonctions se succédaient, calmes, précises, autoritaires. Accrochés d'une main à la barre, pour alléger le travail des muscles, les élèves subissaient sans broncher une discipline de soldats. On découvrait, dans ces exercices élémentaires, la grammaire de la danse, le jeu subtil des articulations, l'emboîtage fin de toutes les parties du corps, le déploiement graduel de ses infinies possibilités. « Jambe tendue pour le rond de jambe, Sylvie. » « La colonne vertébrale, Laurent. La colonne vertébrale, c'est ton fil à plomb ! » « On part en quatrième position, s'il vous plaît ! »

Qui n'a pas assisté à une classe ne peut imaginer quelle patience, quel courage, quelle persévérance il faut, quelle soumission d'esclave à des règles de fer, pour donner l'illusion, ensuite, de la facilité. C'est un spectacle nonpareil, qu'un développé sans à-coups, ce jaillissement de la jambe à la verticale, minutieusement préparé et lâché soudain. Laborieuse initiation à la grâce, étude scolaire du geste qu'on croirait spontané. Echapper à la condition humaine est le but utopique de la danse, le rêve et la récompense de cette routine exténuante. Il faut répéter cent fois la même distorsion du muscle, pour obtenir qu'elle paraisse naturelle. Le bond est le résultat d'une détente calculée au dixième de seconde près, la légèreté aérienne une victoire millimétrée sur la pesanteur. Sans un entretien scrupuleux de cette horlogerie délicate, le corps retenu par son poids se soulèverait de terre mais ne prendrait pas son envol.

Après les barres, Simon ordonna de passer à la seconde phase de l'entraînement, dite *milieu*. Les barres mobiles qu'on avait installées sur le plateau furent emportées, et, au centre du plancher resté vide, dans le rectangle délimité par une ligne tracée à la craie, la virtuosité des danseurs se donna libre cours. N'ayant plus d'appui qu'en eux-mêmes, privés de tout support, ils prennent possession de l'espace, qu'ils doivent apprendre à maîtriser. Pas simples, enchaînements, girations, sauts, batteries, entrechats, tours en l'air, pirouettes, tout se précipite, en une synchrone et merveilleuse allégresse. Le plus beau moment arrive lorsque, quatre par quatre, pour occuper sans se gêner la surface disponible, les danseurs s'élancent du fond de la salle et exécutent, en couvrant la diagonale, les grands sauts battus, de choc ou croisés, appelés cabrioles. Aussitôt qu'une vague a passé, une autre déferle, une troisième après la deuxième, et ainsi de suite, sans interruption. Ils bondissent en avant, jettent de côté leurs jambes, croisent en l'air, plusieurs fois de suite, leurs pieds, battent dans une symétrie parfaite, se reçoivent sur les pointes, rebondissent au sol, sans donner le sentiment qu'ils retombent.

Même un danseur qui n'a pas un physique exceptionnel se transfigure dans la minute du saut. Alice, à qui ses jambes courtes et son absence de cou interdisaient les rôles romantiques, n'en devenait pas moins une princesse Aurora, quand elle s'élevait de terre et restait, grâce à la vélocité du battement, suspendue.

Etant en surnombre, elle s'élança la dernière, seule, sur le plateau vide, objet de la curiosité générale. Chacun voulait voir ce qu'on savait faire, dans son fameux Kirov — si fameux que le nom de ce chef communiste était resté au corps de ballet, bien que le théâtre, rebaptisé en même temps que Saint-Pétersbourg, eût repris le nom impérial de Mariinski. La *petite Russe* se jeta en avant, avec une impétuosité qui emporta son chignon. Ses cheveux blonds roulèrent sur ses épaules, l'entourant d'un nuage lumineux. Outre la rapidité, chacun de ses mouvements montrait une sûreté, une précision, un abattage d'autant plus frappants qu'elle n'avait pu, Simon l'avait fait savoir, s'entraîner correctement depuis son départ de Russie. Elle traversa en diagonale la salle. Cantonnée dans le même nombre de mètres carrés que ses camarades, il semblait qu'elle occupât d'un bout à l'autre la grande pièce. Ses gestes ne restaient pas circonscrits dans un champ délimité. En trois cabrioles, elle eut rempli l'espace, repoussé les murs, débordé l'aire de danse, bien au-delà de la frontière tracée à la craie sur le plancher. Les lyres de bronze tendues sur les toits frémissaient dans leurs cordes et bruissaient de ses bonds. L'air entier vibrait et trépidait à l'unisson. Les pas étaient en harmonie avec la projection du corps, parfaits les enchaînements, exemplaires les batteries de choc, exceptionnelles les batteries de croisement, le port des bras supérieur au standard européen. Lorsque, pour finir, elle fléchit en retombant sur sa jambe gauche demi-pliée, la droite maintenue à hauteur, on eût dit qu'elle revenait d'un autre monde, dont elle rapportait avec elle l'impondérable, volatile légèreté.

Ses camarades français l'applaudirent. Nicolas eût été fier du succès de sa compagne. N'ayant aucune envie de se retrouver nez à nez avec Henri Sauterot, dont son instinct ne lui avait rien dit de bon, il n'était pas venu. Je le regrette, et m'en veux de ne l'avoir pas invité avec plus d'insistance à se joindre à nous. En connaissant mieux le personnage, il ne se fût peut-être pas, ensuite, laissé piéger si facilement. Il est vrai que Nicolas, quand mes craintes se révélèrent fondées, mit en œuvre une parade infaillible. S'il fut surpris par le traquenard où l'attira Henri, le jeune Russe le déjoua par ses dons.

Sur les pointes, Alice avait moins convaincu. Simon, gagné par l'énergie de la jeune étrangère, chercha à la défendre. Une danseuse, en Russie, expliqua-t-il à la classe, ne dispose que d'une paire de chaussons, qu'elle doit garder pour une durée indéterminée, dans l'attente d'un renouvellement improbable. En plus, quelle mauvaise qualité ! Même la colle, même le papier journal laissent à désirer. « Les élèves du Kirov n'ont pas, comme vous, mesdemoiselles, en ultime recours, un Repetto rue de la Paix. Y en aurait-il un à Saint-Pétersbourg, où prendraient-elles, à six ou sept cents francs par mois, les moyens de s'y fournir ? »

La classe prit fin sur quelques conseils au sujet des bras et du dégagement de la poitrine. Cette partie du corps, un peu négligée dans l'enseignement français, on la surveille de près en Russie. Je m'étais assuré à plusieurs reprises que Sauterot avait apprécié la technique de ma jeune protégée. Pour le mettre plus sûrement dans notre camp, je l'emmenai boire un verre avec nous, au Café de la Paix voisin.

XXVIII

Alice demanda un coca-cola, moi un monaco. Elle ne connaissait pas ce breuvage. « Bière, limonade et grenadine, lui dis-je. Tu ne veux pas essayer ? — Va pour le monaco. » Henri, qui était pourtant le contraire d'un abstème et plus d'une fois avait défrayé la chronique par des scandales d'ivrogne — ce qu'il appelait « s'imbiber glorieusement » —, me surprit par son choix.

« Pour moi, une grande bouteille d'eau minérale. »

De l'index, il m'indiquait sa vessie. Lors de chaque crise, il devait boire aussi souvent qu'il pissait. Cinq fois, au moins, pendant notre entretien, il se leva, descendit précipitamment aux toilettes. J'en profitais pour rassurer Alice. Elle craignait d'avoir fait mauvaise impression. Le célèbre critique n'avait pas daigné se prononcer. Aucun commentaire, ni blâme, ni compliment. Pas un mot, rien, à croire qu'il ne l'avait pas remarquée.

« Signe on ne peut plus favorable, disais-je à Alice. Henri Sauterot n'aime qu'une chose : éreinter. Il n'est bon que dans la rosserie, et il le sait. Emettre sur quelqu'un une appréciation positive le gêne, le désoriente. Admirer l'horripile. Il lui est physiquement impossible, je crois, de dire : vous êtes excellente, *brava la piccola Russa !* »

La conversation se traînait. Faute de trouver à mordre, Henri regardait autour de lui, l'œil éteint, lorsqu'il eut l'idée de demander à Alice si elle avait quelque engagement en vue. Au nom de Rudolf Petitjean, il se déchaîna. En un instant — comme pour confirmer à la jeune fille ce que je venais de lui dire —, il eut recouvré son brio.

« C'est une nullité, ma petite. Ne faites pas ça. Antoine, comment oses-tu la fourguer à ce braquemart ramolli ? Sans Javiot qui le soutient, parce qu'il y a un créneau à occuper (braquemart ? créneau ? Alice ouvrait de grands yeux), il n'aurait même pas un point de chute à Paris. Voulez-vous que je vous explique, barzoï de mes deux, comment ça fonctionne, dans l'administration publique ? L'Europe centrale et orientale, ce merdier, est à Javiot. Parny tient l'Europe occidentale et l'Amérique. Les bons trucs, les tournées de prestige, quoi. Ranoux tient l'Asie. Tokyo, ce n'est pas mal non plus, en attendant Pékin et Shanghai, quand les chinetoques se mettront pour de bon à batifoler. Maintenant, suivez-moi bien. Parny approche de la retraite. Ranoux guigne sa succession, Javiot passerait alors à l'Asie. Mais seulement s'il a fait ses preuves. Et c'est quoi, les preuves, pour le ministère ? C'est de pouvoir dire : j'ai envoyé en tel endroit telle troupe, j'ai rempli le Palatium de Split, le Vigadó de Budapest, la salle des sports de Tbilissi. On ne va pas vérifier quel endroit ni quelle troupe. Et hop ! le tour est joué. Je ne vais pas vous apprendre, ma poulette, qu'à l'est du quinzième méridien on patauge dans le caca. Javiot n'a accepté l'Europe centrale et orientale, que dans l'espoir d'avoir bientôt la plus juteuse Asie. Personne ne veut aller dans vos trous, aucune troupe digne de ce nom, tout est déglingué dans vos bleds, il n'y a même pas de tringles mobiles pour les projecteurs. Quant aux décors, n'en parlons pas, même à Romorantin on se tordrait de rire, on s'en taperait le derrière par terre. Excusez-moi », dit-il en filant aux toilettes.

Qu'est-ce que tous ces noms propres ? me disait

Alice, pendant qu'il dégringolait lourdement par l'escalier en colimaçon. La pauvre fille, tout abasourdie, ne comprenait qu'un mot sur deux, mais son bon sens ne la trompait pas. Entendre parler sur ce ton de la Russie ! Elle me demanda s'il plaisantait. Les installations matérielles ont beau être là-bas défectueuses (mais pas tant que ça, il exagère !), on y aime le ballet avec cent fois plus de conviction, de sincérité qu'en Occident, et on y danse (mais cette objection, elle osa à peine la formuler, crainte de paraître se pousser en avant) largement aussi bien qu'à Paris.

« Donc, reprit Henri, qui avait avalé en se rasseyant trois verres de Badoit, votre Petitjean a beau être le dernier des ringards, on lui compte comme un mérite de s'être transbahuté à Varsovie, à Saint-Pétersbourg, à Trifouillis-sur-Volga, avec sa troupe de nigauds qui ne savent même pas lever la jambe à l'équerre. Pour le récompenser, on lui file une salle à Noisy, sec ou pas sec, à une heure de métro. Et voilà notre Javiot qui se frotte les mains, tout content. Il fait valoir comme un succès international les applaudissements récoltés au pôle Nord chez des moujiks sous-alimentés. Ranoux n'aurait cure de le démentir, il soutient Javiot pour que Javiot le soutienne quand le poste de Parny sera vacant. Parny, lui, il s'en fout, il calcule si les pots-de-vin accumulés lui suffiront à l'achat d'une villa en meulière à Cabourg, qu'il appelle Balbec, pour faire chic. »

Alice, de stupeur, restait muette. « Quoi, c'est cela, en France, la danse ? » Dans son effarement, elle enfonçait tout de travers les épingles et n'arrivait pas à refaire son chignon.

« Connais-tu Saint-Pétersbourg ? demandai-je à Henri. Es-tu allé là-bas ?

— Merci bien ! Pour manger du chou à tous les repas, coloré à la betterave ! Pour me faire arnaquer chaque fois que je prendrai un taxi ! Du reste, à part la débine générale — il paraît qu'ils coupent l'eau chaude, y compris dans les bons hôtels —, ce n'est même pas une ville russe. Aller faire du tourisme là-bas ? Me trimbaler avec mon Guide Bleu pour voir de mauvaises copies italiennes ? Ce bon marquis Astolphe de Custine a remis les pendules à l'heure et cloué le bec aux gogos. Quelle sottise, que de transporter des temples grecs et romains dans une plaine sans relief ! Aligner des portiques et des colonnades dans un marécage plat comme cette table, quelle absurdité ! Il fallait au contraire la rompre, cette barbe de toundra, par une architecture verticale de tours, de flèches, de clochers. Ce bon marquis Astolphe... », répéta-t-il, en m'adressant un clin d'œil entendu.

L'auteur de *La Russie en 1839*, par ailleurs si intelligent, aurait lâché sur les splendides édifices de la capitale impériale des âneries encore pires, qu'Henri les eût admises sans discussion. « Ce bon marquis » avait osé être, il y a presque deux siècles, tout grand seigneur et ami de Chateaubriand qu'il était, une folle téméraire et sublime. Comme Henri, et pour des raisons analogues, il s'était fait déshabiller et rosser dans un bois près de Paris. Par des soldats, en plus, le veinard ! Henri n'avait jamais eu cette chance.

« Non, décidément, tu m'apporterais ton petit Nicolas couché tout nu sur un tapis volant, que je le laisserais repartir seul dans son trou-sur-Neva. Albert Paul, tu sais ? continua-t-il en me nommant un de nos confrères, on lui a piqué son portefeuille, pendant qu'il regardait, à deux heures du matin, le nez en l'air, comme un imbécile, les ponts se lever. Il avait mis sa sacoche sur le parapet, et hop ! filoutés les dollars. Ton envolée lyrique sur le Cavalier de bronze, ton trémolo sur les nuits blanches, tes attendrissements sur l'âme slave, tu peux te les mettre où je pense !

— Alice, dis-je, on lui a arraché son porte-monnaie, à la station Pigalle. Et pas à deux heures du matin, mais en plein jour, à midi. »

Henri haussa les épaules. « Un Polonais, sans

doute, un Roumain », bougonna-t-il. Il commanda une autre bouteille, et ordonna, pour Alice et pour moi, une nouvelle tournée. Puis il dit : « Excusez-moi », et disparut dans les sous-sols.

« Tu as aimé le monaco ? » demandai-je à Alice.

Elle vida son premier verre jusqu'à la dernière goutte du liquide rose, puis s'essuya les lèvres, avant qu'Henri ne reparût.

« Ma mignonne, ce qu'il y a de plus mauvais dans la troupe de Petitjean, c'est le choix des garçons. Remarquez, mon bijou, que la crise est générale. On trouve des filles pour apprendre à danser, on ne trouve plus de garçons. L'examen d'entrée à l'école de danse de l'Opéra de Paris attirait naguère six cents candidats. Six cents petits couillus, à se bousculer chaque année au portillon ! Le chiffre est tombé à soixante. C'est vraiment dommage qu'il vous manque le zob, pifounette. (Heureusement, Alice ne comprit pas ce qu'il voulait dire.) Avec un zob, trésor, votre carrière était faite. Il n'y a plus de garçons, à cause du sida. Les danseurs se recrutent dans les milieux petits-bourgeois, et les familles, que Belzébuth les patafiole, ne veulent pas envoyer leurs angelots à l'abattoir. Voyez-moi ça ! Gros-Jean comme devant, la Henriette ! Bredouille, la reine des nuits ! Le métier est devenu bien dur, Antoine ! La danse en elle-même, tu sais, je m'y intéresse, mais enfin, si on me supprime les à-côtés, si on m'enlève mes chérubins, si je ne peux plus les chochotter dans les loges, si ma baladeuse de main est mise au chômage, bernique ! je rends mon tablier... »

Tout à coup, Henri aperçut à la terrasse une de ses amies, femme du monde qu'il emmenait souvent à l'Opéra. Il se leva et prit congé — non sans avoir payé les consommations, les siennes et les nôtres. Snob et pétri de défauts exaspérants, il avait le geste large et se serait ruiné plutôt que de sembler pingre.

« Il n'avait pas l'air content, dit Alice. J'ai peur de lui avoir déplu.

— Mais non, c'est sa façon d'être, je t'ai déjà prévenue. S'il ne trouve pas à débiner, il s'ennuie. A propos, quelles nouvelles de Rudolf Petitjean ?

— Aucune.

— Tu as en tout cas la cote auprès de M. Gilbert ! Finis ton monaco, et je t'emmène voir quelque chose qui va t'intéresser. »

A cent mètres de là, rue de la Paix, la vitrine de Repetto expose la gamme complète de tous les articles de danse possibles. J'avais oublié, malheureusement, que devant chaque article, le prix est affiché. Tutu long romantique : 625 francs. Tutu court en satin : 310. Justaucorps de velours : 265. L'équipement le plus simple équivalait déjà à deux fois le salaire russe d'Alice ! Diadème : 290.

« Par bonheur, me dit-elle, j'ai mon *kokochnik.* »

Quant aux ballerines, elle fut encore plus effarée, en découvrant qu'elles valent de 600 à 700 francs, selon le modèle. Effarée, mais sans amertume. *Brava piccola Russa !*

XXIX

Rue Victor-Massé, les choses, suivant leur cours, glissaient vers un avenir incertain.

Objet de contemplation distante pour Rachid, cause de nervosité grandissante pour Juliette, Nicolas, devenu le point de mire du couple, mais toujours aussi réservé dans ses allées et venues, ne faisait rien pour aggraver la situation. Il l'envenimait malgré lui. Juliette trouvait au jeune homme, maintenant que les bruits qui couraient dans Paris l'avaient atteinte à son tour, un *air de ne pas y toucher,* comme elle disait, bien agaçant. Il faisait exprès, selon elle, de ne pas tirer son rideau et de rester exposé, pendant des heures, à la muette adoration de son platonique soupirant. Elle eût presque souhaité, pensait-elle quelquefois, que Rachid la trompât pour de bon, au lieu d'ouvrir de grands yeux sur l'Aliocha du cinquième et de rêvasser à un amour impossible. Puis, elle se reprenait, se traitait de sotte et se punissait, par un redoublement d'attentions, de prévenances, d'avoir calomnié son mari.

Ces fluctuations du doute, du soupçon installaient dans l'appartement des Aboulker un climat d'insécurité et de malaise. Il semblait que les conditions atmosphériques qui préparent un orage fussent réunies. Cette situation trouble courait vers un dénouement.

Nicolas lui-même, eût-on dit, cédait à une inquiétude, dont la cause n'avait pourtant rien à voir avec la sourde excitation du deuxième. Accès de nostalgie russe ? Signe, malgré la candeur de ses sentiments pour la France, d'un commencement de désillusion ? Antidote aux difficultés de son travail ? Il y eut du nouveau dans la vie du jeune homme, bien que le changement fût restreint et n'affectât en rien le reste de ses habitudes.

C'est à cette époque que, sur mon conseil, il lut *La Nausée,* un des rares textes français qui mentionne Paul Ier. Funeste recommandation ! Nicolas a peu à peu abandonné ses recherches, je me demande même s'il ne les a pas laissées en plan. A mon avis, plus que le manque de documents nouveaux ou qu'un problème de méthode, le fait que Sartre se soit intéressé à son héros aura dégoûté le jeune homme. Antoine Roquentin, le triste bonhomme du roman, prépare une étude sur M. de Rollebon, un des assassins du tsar. Pareille référence a dû faire sur Nicolas l'effet d'un révulsif. N'importe quel autre écrivain qui eût traité de ce sujet lui aurait servi de stimulant. Mais celui-là, non ! « Compagnon de route » qui a visité l'URSS sans chercher à pénétrer la réalité soviétique, de peur d'avoir à en dénoncer l'abomination, Sartre ne peut inspirer que de l'aversion à un Russe d'aujourd'hui. Tout ce que ce faussaire a touché lui semble englué dans un mélange visqueux de mélasse existentialiste, de compromission politique et de mauvaise foi publicitaire.

Pour cette raison ou pour une autre, Nicolas put faire croire qu'il commençait à se dégourdir. Initiative en apparence anodine, mais qui contribua à tendre ses relations avec Rachid et Juliette, il se mit à *boire de la bière.* Je mets ces mots en italique, pour prévenir le lecteur d'une coutume spécifiquement russe, sans rapport avec l'ivrognerie au vin française, ni la beuverie allemande à la bière, ni même la soûlerie internationale entre étudiants. *Boire de la bière,* en Russie, signifie acheter à plusieurs des bouteilles et aller, de préférence dans un square public, les vider en bavardant. L'hiver, on s'entasse comme on peut, chez l'un ou chez l'autre, dans l'unique pièce où l'air, saturé de fumée, devient vite irrespirable. Qu'on sorte de ces rencontres un peu gai, cela arrive. Le but, pourtant, n'est pas de s'obscurcir la conscience, mais d'absorber ce qu'il faut d'alcool pour libérer en soi les sources enfouies de la parole et tenir, trois, quatre, cinq heures durant, toute la nuit dans les grandes occasions, de ces discussions interminables dont les romans de Dostoïevski fournissent tant d'exemples.

Une bière entre toutes favorise ce rituel, la Baltika russe, fabriquée à Saint-Pétersbourg, qu'on vend en bouteilles de verre de trente-trois centilitres. Il en existe neuf variétés, chacune se reconnaissant par un numéro d'ordre, selon le degré de plus en plus élevé d'alcool, et par une étiquette de couleur différente. La N° 9, étiquette rouge, 8,5 degrés, beaucoup trop forte, est une hérésie moderne, une spéculation commerciale apparue avec les temps nouveaux, une ridicule tentative de rivaliser avec la vodka. La vodka, elle, sert à abrutir, elle ne sert qu'à cela, on ne la boit que dans ce but, elle coûte d'ailleurs moins cher (quinze roubles le demi-litre) que la meilleur marché des bières : opium des poivrots, quand la bière est le nectar des philosophes. Il faut la choisir légère pour rester léger. La Baltika de couleur bleue, N° 3, à teneur moyenne et dans sa robe d'azur foncé, avait la préférence de Nicolas, ainsi que de la plupart des étudiants.

Il se rendit au Bon Marché, dont l'Epicerie Royale, lui avait-on dit, vendait toutes les bières du monde. Toutes les autres, peut-être, mais non la Baltika, la bière russe, ni la N° 3 ni aucune des neuf Baltika possibles. Est-ce bien là, songeait-il, une politique digne de la France ? Il repéra, pour consigner leurs noms dans son calepin, la « Mort subite » wallonne (ah ! celle-là, jamais ! *boire de la bière* consistant justement à intensifier en soi le sentiment de son existence), la Gueuse lambic, la Kriek flamande à la cerise, la Bécasse à la framboise, la Desperados à la tequila, la Corona, également mexicaine, qu'on absorbe à travers une rondelle de citron plantée sur le bord de la cruche, la Weissbier munichoise, bière « blanche » qui mousse à peine, la Pilsen de Bohême, l'Anchor Steam Beer de San Francisco, la Tisker du Kenya, la Lapin Kulta de Laponie, la Zapporo japonaise, la Tsingtao chinoise, la Kangaroo australienne. Toutes les espèces, de tous les continents, hormis la variété dont cent millions de Russes font leur ordinaire.

Nicolas fut ulcéré. Il avait emmené Alice avec lui. La première mensualité de sa bourse lui était enfin parvenue, et, malgré les timides appels à la prudence de sa compagne, il avait décidé de donner une fête pour son anniversaire. En plus de ses invités personnels, étudiants français d'histoire croisés à la bibliothèque, filles au pair russes rencontrées à la cantine du conservatoire Rachmaninov, habitués de la piscine du lycée Jacques-Decour, où il allait nager le dimanche en compagnie d'Amin et de Valériane, Nicolas avait convié, pour faire plaisir à Alice, quelques élèves de Simon Gilbert.

Alice poussait le caddie. Elle le vit entasser pêle-mêle les canettes en fer des bières japonaise, australienne, canadienne, et les bouteilles en verre des autres marques, puis retirer du caddie et remettre sur les rayons les canettes et ne garder que les bières en bouteille, belges ou allemandes la plupart, ainsi que la Corona. Il balbutia une vague réponse à la question de la jeune fille. Savait-il lui-même pourquoi il agissait ainsi ? En Russie, on restitue les bouteilles vides pour récupérer quelques kopecks. A ceux qui ont beaucoup bu, dépensé en bulles des dizaines de roubles, cet usage donne l'illusion qu'ils n'ont pas dilapidé tout leur argent. Alice se garda bien de dire à Nicolas qu'en France on ne consigne pas les bouteilles de verre. C'eût été souligner qu'il tenait de sa mère un peu de cet esprit de prévoyance et d'économie qu'il critiquait chez sa compagne.

Sous le porche de l'immeuble, Juliette et Rachid croisèrent les deux Russes qui rentraient avec leur provision de bouteilles. A quelques jours de là, Juliette se heurta, dans la cour, à une troupe de garçons et de filles passablement éméchés, qui avaient dévalé par l'escalier de service. Elle reconnut Nicolas, qui n'était pas le moins excité. Un soir, Rachid constata que, rompant avec leurs habitudes, les jeunes locataires du cinquième, si discrets et silencieux jusque-là, avaient ouvert leurs fenêtres. On dansait là-haut, au son des cassettes du groupe Aquarium, l'ensemble russe préféré de Nicolas. Chansons de vrai poète, où circule une fraîche utopie de firmaments sans nuages et d'animaux hors du temps.

Une ville dorée monte vers le ciel bleu,
Et des bêtes d'une beauté rare s'y promènent.
L'une est comme un lion jaune, crinière de feu,
L'autre comme un veau bleu, aux yeux célestes.

Des mansardes éclairées par la lune, descendait dans la cour un joyeux brouhaha, mélangé à l'entrechoquement des bouteilles. On les voyait boire au goulot, à la russe. La pomme d'Adam de Nicolas saillait à chaque gorgée.

Nicolas commença aussi à fumer. Il n'avait jamais essayé auparavant. A sa décharge, nous dirons qu'il ne céda nullement au désir d'imiter ses camarades. C'est son goût de la langue française, des astuces et des ficelles de la langue française, qui lui joua ce tour. Sur les paquets de cigarettes, la loi oblige d'écrire : *Le tabac nuit gravement à la santé.* Les amis fumeurs de Nicolas se demandaient l'un à l'autre : « Tu me files une nuit grave ? »

Nicolas ne comprit pas tout de suite. Quand il se

fut fait expliquer le calembour, il s'extasia. On se moquait, et de la loi, et de la médecine, tout en jouant sur les mots. La dérision forgeait un néologisme. Du persiflage, on passait dans la même foulée à l'apocope. Génie de la France. Nicolas fut si enthousiasmé de cette découverte, qu'il se joignit aux fumeurs, pour la seule jouissance de répéter : quelle délicieuse nuit grave ! Il soufflait au plafond des nuages, bleus comme les veaux d'Aquarium, savourant le double plaisir de railler et de créer une image poétique. Ni Pouchkine ni Pasternak n'avaient pensé à *nuit grave*.

En réalité, le tabac écœurait Nicolas. Le bout de ses doigts devenait d'un vilain jaune, pas comme la crinière du lion. Il renonça aux cigarettes. A Saint-Pétersbourg, *boire de la bière* ne suppose pas qu'on fume en même temps. La plupart de ses camarades fumaient, mais par choix personnel. S'abstenir de fumer ne porte pas atteinte à la tradition, sacro-sainte pour un Russe.

Face au nouveau genre de leurs petits voisins, les deux époux ne réagirent pas de la même manière. Juliette vit dans le *besoin d'alcool* de Nicolas une conséquence et un dédommagement de la continence ; et elle s'irrita qu'un garçon de vingt ans, bien fait et vigoureux, au lieu d'accorder à son organisme les satisfactions indispensables, se contentât d'un dérivatif aussi inapproprié. Ne pouvait-il, le nigaud, se *dégoter* une fille (la nervosité rend vulgaire) parmi ses camarades ? Cette chasteté obstinée l'impatientait chaque jour un peu plus. Gracieux, ambigu, il restait dans le flou d'une virilité indécise.

Juliette n'avait pas tort de s'inquiéter : le type androgyne était ce qu'il y avait de plus attirant pour son mari. Arrivé à Paris en brosse, Nicolas avait changé de coiffure, pour ne pas ressembler aux boys américains. Ses cheveux, qu'il avait laissés pousser, lui tombaient maintenant aux épaules, noirs et brillants. Elle flairait le danger. Comment forcer l'adolescent à devenir un adulte ? Par quel moyen favoriser sa mue ? Elle imaginait dix solutions différentes, bien que le plan auquel elle finit par se rallier, qui la surprit elle-même par une audace et une insolence dont elle ne se croyait pas capable, fût encore loin de se présenter à son esprit.

Les sentiments de Rachid furent plus complexes. L'ignorance du chemin où il s'était engagé commençait à lui peser. Pouvait-il indéfiniment regarder, contempler, sans souhaiter un incident, n'importe lequel, qui le libérât de cette tension ? Dante n'avait aperçu que deux fois Béatrice, la jeune fille était morte à dix-huit ans. L'amour courtois donne à la mort la première place dans sa mythologie, il l'intronise au cœur de ses légendes. C'est la mort, et la mort seule, qui justifie et rend vraisemblable la transformation du désir en culte, la sublimation de l'amour physique en idolâtrie. Soif d'étreindre, instinct de posséder, vous laisseriez-vous mettre éternellement de côté, sans la mort ?

Nicolas était bien vivant. Aucun obstacle infranchissable, comme dans l'histoire de Tristan et d'Iseut, ne le séparait de Rachid. Rachid était le voisin de Nicolas, il se heurtait à lui sous le porche d'entrée, il le croisait dans la rue, il l'aidait à remplir son caddie chez Shopi, il le recevait chez lui, il le surprenait en état d'ébriété. Corps et chair de garçon.

Seulement, Rachid n'avait pas la même lucidité que Juliette. Il s'énervait de n'arriver à rien, de ne pouvoir se décider à aucun parti, sans comprendre (ou sans vouloir s'avouer) que, s'il continuait à écarter le seul moyen d'y mettre fin, il ne se dégagerait jamais de cette obsession silencieuse. Son amour du jeune Russe, faute d'appui matériel, était devenu peu à peu une religion. Comme toutes les religions, celle-ci s'était retirée au fond de son âme. Il lui fallait quelque chose au premier plan. Il sentait ce manque, il n'aurait su dire ce qui lui manquait.

Son esprit suivait de fausses pistes. Il crut avoir trouvé, dans l'allongement des journées, un motif suffisant de cette anxiété qui n'était pas encore de l'angoisse. Depuis le passage à l'heure d'été, la nuit tombait de plus en plus tard ; et bientôt vint l'époque où, les spectacles débutant en plein jour, Rachid devait sortir quand les lampes n'étaient pas encore allumées. Il ne voyait plus, découpée dans le rectangle de lumière, la silhouette gracile de l'étudiant penché sur sa table. Le dernier support de son amour, soutien déjà si fantomatique, lui était enlevé. Faute d'être magnifiée par cette apparition quotidienne, combien creuse, combien vaine lui paraissait sa journée !

La bévue qu'il commit un jour, en fin d'après-midi, par temps clair, accrut son irritation, sans lui en révéler la cause. Après avoir fixé pendant plusieurs minutes, de son poste d'observation habituel, la fenêtre du cinquième, il aperçut, derrière le carreau, une figure étrangère. La fenêtre s'ouvrit, Rachid reconnut la grosse fille de la concierge, qui occupait la mansarde à côté de la chambre de Nicolas. En tablier à carreaux, les cheveux entortillés dans un torchon, elle suspendait à des pinces sa lessive. Dans la rangée de fenêtres, Rachid s'était trompé. Il n'avait même pas remarqué le fil de fer, où se balançaient maintenant, soulevées par la brise, deux paires de socquettes lilas et une culotte rose.

Fantasmer sur l'antre d'une souillon, quelle méprise ridicule ! Il mesura soudain l'inanité de ses contemplations. Ravi par la ferveur, on peut prendre un objet pour un autre, béer dessus avec la même exaltation, se damner pour du vide.

XXX

La navigation sur la Neva et le lac Ladoga ne reprend qu'au mois de juin. De Saint-Pétersbourg, il faut une nuit de bateau pour atteindre l'archipel de Valaam, au milieu du lac. On s'embarque à huit heures du soir. Du soir ? Mais il n'y a plus de soir, il n'y a plus de nuit, ni de matin. Le bateau remonte lentement la Neva, longeant d'abord de vieilles usines rouillées, puis des villages aux maisons de bois.

Isolée au milieu de fondrières et de marécages, la prison de Schlüsselburg, noir et sinistre relais sur la route de Sibérie, dresse ses murailles au-dessus des sapins. Ceux que les tribunaux du tsar avaient condamnés à l'exil commençaient leur voyage dans les cachots de cette forteresse. Un homme que Paul Ier y avait fait enfermer, pour le seul motif qu'il ne s'était pas découvert sur le passage de l'empereur, y mourut après trois ans de détention.

Ces légendes nous poursuivaient encore, lorsque le bateau, laissant derrière lui les dernières touffes de roseaux et de plantes aquatiques, entra dans le lac et mit le cap sur le large. Bien qu'il fût minuit à ma montre — Nicolas, qui n'avait pas emporté la sienne, n'eut cure de vérifier l'heure une seule fois, au point que je n'osais plus regarder les aiguilles qu'à la dérobée —, nous voguions en pleine lumière. Une lumière étale, laiteuse, uniforme, différente de celle du jour en ce qu'elle ne portait aucune ombre et ne dessinait pas nos silhouettes sur le pont.

Du bastingage avant, je regardais, avec Nicolas, comment le soleil, arrivé au ras de l'eau, restait suspendu dans une clarté diaphane, qui dilatait l'espace. Derrière nous, la terre ferme avait disparu depuis longtemps. Nous avancions sur une étendue qui semblait sans limites, vaste comme la mer et calme comme un étang. Irisée de roses et de mauves, la surface du lac, sans une ride, chatoyait en teintes moelleuses jusqu'aux confins de l'horizon.

Peu à peu, au fil des heures parfaitement immobiles, la lumière devint plus solide, plus brillante. Le soleil se ramassa sur lui-même et découpa les premiers îlots. Valaam étincelait dans la gloire du matin, quand le bateau aborda dans l'île principale et débarqua sur la rive caillouteuse sa petite cargaison de touristes — tous russes, et tous plus ou moins ivres de vodka, de nuit blanche, de beauté surnaturelle et d'enchantement divin.

Seuls des moines et trois ou quatre familles de paysans habitent l'île. Etirée d'ouest en est, déchiquetée en criques et en promontoires, elle garde un aspect sauvage malgré la forêt de pins, de mélèzes, de bouleaux, qui la recouvre sur toute sa longueur. Quelques champs, cultivés avec soin dans les rares clairières, produisent du sarrasin et de l'orge. Des vaches errent en liberté sous les arbres. Pendant huit mois de l'année, Valaam reste coupé du monde par les glaces.

Nous avions peine à le croire, dans la violence de ce bref été. La vie se venge de l'interminable hiver par une folle explosion d'énergies. Les côtes méditerranéennes sont moins torrides que cette *ultima* Thulé chauffée à blanc. Le soleil semble avoir raccourci sa distance, et ses rayons frapper de plus près. La route, simple piste de terre, passe à travers une trouée. A peine cherchions-nous un refuge dans le sous-bois, que des myriades de moustiques, se jetant sur nos bras nus, nous en chassaient comme Adam et Eve du paradis. La peau blanche et fragile du jeune Russe aurait dû exciter leur fureur. J'avais pourtant leur prédilection. La beauté sans cesse renouvelée du paysage m'empêcha de ressentir trop vivement la démangeaison d'innombrables piqûres, pendant que Nicolas passait indemne au milieu de la nuée. Le ciel vira du bleu pâle à l'indigo profond ; le lac se para de teintes violettes ; le vent frisa les vagues d'une crête fuyante d'écume translucide. Scintillant à contre-jour à travers les branches des arbres immergées dans l'immensité de l'azur et de l'eau, les couleurs variaient d'une minute à l'autre et se fondaient dans un poudroiement lumineux.

Perchée sur une butte, fermée, à l'abandon, la chapelle Saint-Nicolas dresse sur des murs turquoise un bonnet d'eunuque argenté. Du balcon qui domine le lac, Nicolas plongea dans l'eau fraîche. Je pus constater qu'il n'avait pas plus de poils sur les jambes que sur les bras. Corps aussi blanc et lisse que celui d'un enfant. Il nagea autour d'un îlot et dérangea un banc de poissons qui glissaient sur les cailloux du fond, puis regrimpa, jusqu'au belvédère où je l'attendais, par les rochers abrupts hérissés de cytises jaunes en fleur. Quelle vigueur musculaire, quelle adresse dans ces membres fluets... Tout ruisselant de gouttelettes émeraude, il enjamba la barrière de troncs de bouleaux fendus par le gel et reprit ses habits qu'il avait laissés à ma garde. Bien que nous fussions absolument seuls à l'extrémité de ce promontoire — le reste du bateau avait préféré attendre l'heure du retour, fixée à sept heures du soir, sur les bancs d'une guinguette installée près du débarcadère —, il ne voulut pas ôter son caleçon pour le faire sécher. Il préféra se rhabiller encore mouillé, et nous nous remîmes en route par les sentiers poussiéreux. Moi, qui n'aime que les femmes, il m'avait ému, je l'avoue. Encore aujourd'hui, je me demande si la simple pudeur habituelle aux Russes lui avait déconseillé de se montrer tout nu, ou s'il se cachait par pressentiment des ravages qui pourraient résulter d'une conduite imprudente.

A plus d'une heure de marche de la chapelle Saint-Nicolas, le monastère de la Transfiguration pointa enfin devant nous, au-dessus d'une haie de sapins, les cinq croix de ses bulbes redorés à neuf. Nous arrivâmes au milieu de l'office, chanté par les moines les plus jeunes. Trente ans tout au plus, certains à leur première barbe. Et mis avec une évidente coquetterie, malgré leur vie retirée. D'octobre à mai, nul visiteur ne débarque à Valaam.

Après l'office, le plus jeune des chantres quitta l'église et reprit sa place sous le porche d'entrée. Préposé à la vente des icônes, des cierges et des fleurs, il recueillait aussi les aumônes. Nous ayant entendus échanger quelques mots en français, il engagea la conversation avec Nicolas. Joues creuses dans un visage émacié, pommettes hautes, cheveux de jais jusqu'aux épaules, petite moustache frisée. Quand il sut que nous allions regagner Paris, il se tourna vers une icône de la Trinité et se signa à trois reprises, en se prosternant chaque fois jusqu'au sol. Puis, dans sa provision de cierges, il en choisit un, mince et orange, de la taille et de la couleur d'un sucre d'orge, et nous pria, si nous voulions bien l'aider à remplir son vœu, d'aller pour lui au cimetière russe de Sainte-Geneviève-des-Bois. Là, sur la tombe d'Ivan Bounine, aurions-nous la bonté de planter et d'allumer ce cierge ? Médusé, je lui pris le cierge des mains, me contentant d'un signe de tête, sans penser à lui demander, par l'intermédiaire de Nicolas, quelle dévotion particulière pour un écrivain oublié depuis longtemps en France, inhumé à plus de deux mille kilomètres de sa patrie et auteur de romans d'amour incompatibles avec l'austérité du cloître, poussait un moine à peine sorti de l'enfance à nous confier cette mission.

XXXI

C'est Nicolas qui, un jour, à Paris, me rappela notre promesse. J'avais gardé le cierge, un peu tordu par le voyage du retour. Alice m'aida à le redresser. Je l'invitai à venir avec nous. Bon nombre des plus grands danseurs russes de ce siècle sont enterrés à Sainte-Geneviève-des-Bois. Il y avait longtemps, me dit-elle, qu'elle souhaitait déposer une fleur sur la tombe d'Olga Preobrajenskaia, *prima ballerina* des théâtres impériaux avant d'émigrer.

Rien de plus charmant que ce cimetière, planté d'arbres et de fleurs, véritable jardin à la russe, où les morts, couchés sous de simples dalles au milieu du gazon, ne sont commémorés par aucune photographie ni statue. Leur nom seul est gravé dans la pierre. Une croix orthodoxe à six bras, dressée à la tête de la sépulture, en fait tout l'ornement. D'une branche à l'autre virevoltent et chantent des centaines d'oiseaux.

Nous nous promenâmes longtemps dans les allées, entre les parterres de marguerites et les rosiers disposés en arceaux. Les grands noms de la Russie défilaient sous nos yeux : Demidov, Bagration (les descendants du général de *Guerre et Paix)*, Scherbatov, Obolenski, Lopoukhine, Wiazemski. La vieille aristocratie impériale était venue mourir à Paris. J'observais du coin de l'œil Nicolas. Que pense un jeune Russe, après soixante-dix ans de communisme ?

Approuve-t-il l'émigration ? Son cœur de patriote — l'amour de la terre natale est plus fort chez les Russes que chez tout autre peuple — peut-il l'approuver tout à fait ? J'avais demandé un jour à Nicolas pourquoi, à son avis, Chostakovitch ne s'était jamais décidé à quitter l'Union soviétique. Persécuté dans son pays, glorieux à l'étranger, il aurait pu suivre l'exemple de Rachmaninov ou de Stravinski. Peur de se couper de ses sources ? Indifférence à son destin personnel ? Désir mystique de sacrifice, commun à tant de ses compatriotes ? Nicolas ne se posait pas tant de questions. D'un seul mot, il trancha. « C'était un vrai Russe. »

Selon la règle du cimetière, un caveau, à Sainte-Geneviève-des-Bois, ne contient pas plus de trois corps. Nous lisions les inscriptions : « Prince et Princesse X », puis, sous ces noms illustres, un nom obscur, le nom d'une femme, qui ne pouvait être ni une fille ni une parente des deux époux. Pas même une ressortissante d'une autre famille noble. Qui donc, alors ? Alice s'informa auprès du gardien. La vieille nounou qui avait suivi dans l'émigration ses maîtres était enterrée avec eux. Une paysanne de leur village le plus souvent, à qui ils avaient réservé la place d'honneur dans leur tombe. Nicolas découvrait avec émotion, me sembla-t-il, un aspect de l'ancienne Russie. Je songeai que, pour les hautes classes françaises, une telle familiarité avec les domestiques serait inconcevable. Inégal on a vécu, inégal on demeurera pour l'éternité.

Çà et là, des chaînes délimitent des carrés où les tombes, égales et alignées symétriquement, arborent les aigles tsaristes. Plusieurs généraux de l'armée blanche, Alexeiev, Drosdov, Kornilov, reposent, dans ces enclos militaires, au milieu de leurs officiers. Nicolas ne broncha pas. Il ne voulait pas polémiquer, ou, moins décidé que pour Chostakovitch, ne savait quel parti prendre. Des Rouges, qui avaient repoussé l'intervention étrangère, ou des Blancs, qui avaient combattu les Soviets, qui a défendu le mieux la patrie ?

Haute et large, bien en vue, une stèle de marbre noir, presque choquante, nous indiqua la tombe de Serge Lifar. Alice s'aperçut que nous désapprouvions ce luxe. Elle était fière de cette distinction accordée à un prince de la danse, mais, devant notre mine, n'osa pas le montrer. Et, pour prouver à Nicolas qu'elle n'était pas si sotte, elle fut la première à blâmer l'ornement dont on a recouvert la sépulture de Rudolf Noureev : une imitation, en petits cubes de mosaïque multicolores, d'une sorte de tapis, ou de housse, avec des plis, des glands, de fausses cassures dans la pseudo-étoffe. Et quel affreux bariolage ! Un arc-en-ciel discordant de toutes les teintes du prisme accolées dans un tohu-bohu criard de rouges, de jaunes, de bleus, de verts, de violets accuse la vulgarité du monument.

Les Russes aiment les cimetières. Ils installent au bord des tombes un banc, où les parents du mort, mais le plus souvent de simples promeneurs, habitants du quartier ou passants d'occasion, viennent s'asseoir, lire des poèmes, trier les champignons qu'ils ont cueillis dans les allées humides.

Non loin de la sixième ligne, la rue de Saint-Pétersbourg où j'habitais, le cimetière délabré de l'île Basile occupe une forêt de pins, de chênes et de bouleaux. Souvent fendues ou éclatées, les tombes disparaissent sous le lierre et les ronces. Parmi les stèles dont les inscriptions effacées ne laissent plus apparaître sous les mousses qui les rongent que des hiéroglyphes, je n'ai jamais retrouvé le cippe dédié au grand Alexandre Blok. Lénine laissa mourir de faim ce poète, dont Nina Berberova, une des rares fidèles à oser lui rendre ce dernier hommage, raconte avoir suivi le convoi.

D'étranges vieilles femmes hantent cette nécropole à l'abandon, mais animée d'un va-et-vient continuel. D'un banc à l'autre, par-dessus les morts, elles se hèlent pour échanger des nouvelles, tout en se versant, de bouteilles enveloppées dans des chiffons de laine, un peu de thé dans des gobelets de fer-blanc. Puis, à un signal mystérieux, qui ne correspond ni à une heure fixe ni au son d'une cloche ni à aucun appel lancé de l'extérieur, elles se lèvent toutes ensemble et s'égaillent par les allées défoncées, sous les arbres retournés à l'état sauvage, dont les branches enchevêtrées accrochent leurs cheveux blancs.

Le cimetière sert le dimanche de terrain de jeux aux enfants et, tous les soirs, de retraite aux amoureux, qui profitent des bancs pour s'embrasser.

Près de la tombe de Noureev, je vis le banc traditionnel, sauf qu'il est de marbre noir, comme la dalle qui soutient le cénotaphe peinturluré.

Le gardien, qui nous avait accompagnés en clopinant, un Russe qui descendait peut-être d'une de ces nounous de la première émigration, surprit mon regard. Supposant — à juste titre — que je rêvais à la beauté de cette coutume toujours vivante dans son pays, qui transforme les rites funéraires en hymne à la jeunesse et à l'amour, il se mit en devoir de me détromper. Les admiratrices du danseur se retrouvaient sur ce banc, mais leur dévotion n'était rien moins que désintéressée. Elles arrivaient avec une espèce de mandrin métallique caché dans leur manche. Sous prétexte de se recueillir, elles guettaient l'instant où, munies de cet instrument, elles pourraient se mettre au travail. Il avait beaucoup de mal, nous dit-il, à les empêcher de desceller les petits cubes de marbre, qu'elles emportaient chez elles, pour enrichir leur collection de reliques. Nous pûmes constater, en effet, plusieurs trous dans la mosaïque. Une plaque entière manquait. La tombe était devenue l'attraction du cimetière. Elle occupait, nous confia encore le gardien, l'emplacement qui aurait dû servir à six corps : passe-droit tout à fait exceptionnel, le cimetière étant plein désormais, et aucune famille ne pouvant obtenir de nouvelle concession.

Un incident rapide, mais dont je garde une impression pénible, opposa Nicolas à Alice. La jeune fille se penchait vers la photographie de Noureev (la seule photographie de tout le cimetière) placée dans un médaillon, quand Nicolas l'apostropha brutalement : « Ce n'était pas un ange ! Ton prince charmant, il est mort du sida ! » Alice se redressa tremblante, et nous suivit, rouge de confusion.

Enfin, nous reconnûmes la tombe d'Ivan Bounine, aux fleurs rouges, plantées en rangées régulières, qui en parsèment le tertre. Elles sont nettoyées et arrosées avec soin, preuve que l'écrivain, malgré la concurrence du danseur, conserve des fidèles. Nous fichâmes dans la terre, au pied de la stèle, le cierge rapporté de Valaam. Reste de l'époque où il avait essayé de fumer, Nicolas gardait dans sa poche une boîte d'allumettes. La prière du jeune moine ne resta point inexaucée.

XXXII

Le tapis prétendument tatar qui dénature la tombe de Noureev, unique fausse note dans ce cimetière si harmonieux, et la niaise idolâtrie des midinettes (j'eus tout à coup envie de les défendre) fournirent, le soir même, rue Victor-Massé, aux Aboulker et à leurs quatre ou cinq invités, le principal sujet de conversation.

J'avais d'abord parlé de Valaam, évoqué la lente remontée de la Neva entre les rives boueuses, les maisons de bois éparpillées sous les arbres, le bateau vétuste aux cabines minuscules, le restaurant où chacun apporte sa bouteille de vodka pure ou d'alcool frelaté (les détails de la vie à bord amuseraient peut-être, me disais-je, ceux des convives que les beautés purement poétiques de la navigation laissaient froids), la nuit blanche sur le lac, la splendeur de l'archipel dans la lumière du matin, la coulée d'argent entre les branches, la marche à travers la forêt (mais sans parler des moustiques), la solitude du monastère au milieu des sapins. On m'écoutait avec l'indifférence polie de ceux qui entendent vanter les charmes d'un pays où ils sont bien décidés, par les difficultés du voyage, l'inconfort des installations hôtelières et les surprises de la cuisine, à ne jamais se rendre.

Le nom d'Ivan Bounine ne souleva guère d'écho. « Le plus grand styliste russe de notre siècle », murmura Nicolas. La France ayant décrété que ce titre appartient à Vladimir Nabokov, le jeune homme fut toisé d'un air dédaigneux par une spécialiste de la littérature slave, qui tient dans un important quotidien la rubrique des livres étrangers. Elle déclara que l'Académie suédoise, une fois de plus, avait attribué le prix Nobel de travers, en « ratant » celui qui le méritait. Bounine n'avait écrit que des histoires d'amour, où des sylphides en mousseline sous des ombrelles blanches se dérobent aux caresses de jouvenceaux transis. « C'est faux », me glissa Nicolas, scandalisé d'entendre un de ses écrivains préférés réduit à une fade resucée de Tchekhov.

L'histoire du cierge, que je plaçai ensuite, avec l'espoir de les intéresser aux ramifications insoupçonnées de la spiritualité russe, éveilla en effet la curiosité des convives. Les moines savent donc lire ? Le pope barbu et ignare : légende ou vérité ? (Qui, me demandai-je, dans cette tablée, à part Rachid, a lu une seule ligne de Bounine ?) On daigna s'étonner que ce monastère perdu au bout du monde possédât une bibliothèque, et plus encore que des écrits frivoles pussent y voisiner avec les textes pieux. Par quel moyen cette communauté, isolée de Saint-Pétersbourg pendant huit mois de l'année, maintenait-elle le contact non seulement avec la Russie mais avec l'Occident ?

Mes réponses, trop détaillées, ne tardèrent pas à lasser l'auditoire. Du cierge de Bounine, ils revinrent au tapis de Noureev. Les Parisiens étant plus enclins à la médisance qu'à l'admiration, le drap hideux jeté sur la tombe du danseur parut un sujet plus attrayant que l'hommage lointain d'un moine à un écrivain oublié. Cet orientalisme de pacotille, on en chercha les responsables. La famille ? Des admirateurs français ? On n'allait quand même pas soupçonner l'Opéra de Paris ! Un M. de Villiers, membre de la distinguée AROP, se récria.

Nicolas et Alice assistaient au dîner. Pour couper

court aux bruits et mettre en évidence que rien n'avait changé dans leur vie conjugale, Rachid et Juliette les invitaient à leurs soirées. Aucun malaise ne pesait sur ces repas, amis et connaissances du couple le constateraient, et pourraient le répéter dans Paris. Qui oserait dire que les Aboulker craignaient le voisinage des jeunes Russes ? Journalistes, gens du spectacle, décideurs d'opinion se pressaient rue Victor-Massé. On mangeait mal, Juliette se piquant d'être une piètre cuisinière. Nicolas se moquait de ce qu'on mangeait, pourvu qu'il y eût une baguette ou la moitié d'une miche à dévorer. Le séjour en France n'avait pas modifié ses habitudes. Il continuait à se bourrer de pain.

Entre deux bouchées, il émit l'avis que le tapis, à y bien réfléchir, ne pouvait être l'œuvre que d'une imagination française. La famille de Noureev étant originaire d'Oufa, capitale de la Bachkirie, on avait voulu signifier, par cette mise en scène tapageuse, tout à fait étrangère à la tradition russe de la mort, qu'il n'était pas vraiment russe, qu'il tenait son génie de son ascendance asiatique. Lui, Nicolas, se devait de combattre une telle opinion, fruit du préjugé antirusse trop répandu en France. Noureev était de sang russe, de pur sang russe, comme tous les artistes et les écrivains représentatifs de son pays.

« Pouchkine le premier, sans doute ? » J'avais envie de taquiner Nicolas. Malgré nos fréquentes discussions où j'essayais de lui en faire honte, il restait entêté dans un nationalisme étriqué. « Avec un nègre pour arrière-grand-père ? ajoutai-je. J'ai adoré visiter avec toi ton université, mais il y a une chose qui m'a déplu, tu le sais bien. Quand vous déciderez-vous à traiter sur un pied d'égalité vos camarades africains ? Votre poète national descend d'un Noir d'Abyssinie, détail que vous avez pris soin d'oublier.

— Allons, reprit Juliette, conciliante, le racisme est universel. En France non plus, nous n'avons pas à être si fiers. N'est-ce pas, Rachid ? On n'habite pas

Pigalle, sans savoir qu'on a parqué les Arabes de l'autre côté du boulevard. Un supermarché de la rue des Martyrs a dû, sur plainte de la clientèle, transférer dans le vingtième ses caissières martiniquaises. »

Il rentrait dans la politique de Juliette de ne pas se montrer, devant leurs invités, trop critique envers la Russie, hostilité qu'ils auraient interprétée comme de l'inimitié personnelle contre Nicolas.

« C'est vrai, concédai-je, l'hexagone n'est pas à citer en modèle. Mais, pour ce qui est des préjugés racistes, il n'y a pas de comparaison possible entre nos deux pays. »

Prenant à témoin Alice, je dis que l'antisémitisme, en particulier, faisait en Russie beaucoup plus de dégâts que n'importe où ailleurs dans le monde. L'affaire Eifmann, que je racontai en quelques mots, n'en fournissait-elle pas un nouvel et lamentable exemple ?

« Les Russes sont vraiment stupides, quelquefois ! m'exclamai-je, échauffé par ce souvenir. Leur phobie des Juifs, à qui a-t-elle profité ? Essentiellement aux Américains, leurs rivaux de toujours. La culture des Etats-Unis est le pur produit de l'antisémitisme russe. On mesure tout ce que la Russie a perdu, lorsqu'on pense que George Gershwin, de son vrai nom Jacob Gershovitz, est né à New York trois ans après que son père eut été chassé de Saint-Pétersbourg. Que Jerome Robbins, de son vrai nom Rabinowitz, était fils de Juifs russes contraints à l'expatriation. Les parents du violoniste Menuhin appelèrent leur enfant Yehudi, pour renforcer dans l'exil son identité juive.

— Ah ! dit le critique musical du *Printemps de Paris*, gras et gros type toujours lent à réagir — même ce soir-là, après le maigre saumon à la vapeur de Juliette, qu'il ne pouvait pas accuser d'alourdir sa digestion, il mit du temps à établir le lien entre Saint-Pétersbourg et New York —, voilà pourquoi, dans les chœurs de *Porgy and Bess,* je trouve une certaine parenté avec la liturgie orthodoxe.

— Oh là là ! » protesta Marcel Rodion, chroniqueur sportif du journal où Rachid tenait la rubrique de la danse. Ce svelte et jovial convive avait espéré, grâce à l'allusion aux antécédents africains de Pouchkine, que la conversation reviendrait, comme dans la plupart des dîners parisiens, sur la Coupe du monde et les bienfaits du métissage pour les footballeurs. N'avait-on pas vu les philosophes eux-mêmes intervenir dans la presse pour vanter cette exception culturelle de la France ? Malheureusement pour Rodion, les exploits de Zidane et de Thuram ne passionnaient guère les habitués de la rue Victor-Massé, et les graves péchés colonialistes de la France avaient passé de mode dans ce milieu moins convenu. A peine eut-il soutenu, d'un air de connaisseur, que les Allemands auraient été mieux inspirés d'inclure des Turcs dans leur équipe, qu'un concert de voix le fit taire.

Rachid, pendant ce temps, était resté silencieux. En vain Juliette, que l'air absent de son mari agaçait, d'autant plus qu'elle en soupçonnait la cause, avait-elle essayé de l'attirer dans la discussion. Immergé encore dans son rêve, comme s'il n'avait pas quitté le bateau sur lequel je l'avais emmené à Valaam, il me pria de lui décrire avec plus de détails notre promenade dans l'île.

Je ne demandais pas mieux, tant j'avais aimé cette journée, le plus beau, peut-être, de tous mes souvenirs de voyage.

« Entre la solitude démesurée de l'archipel et l'intensité de la vie spirituelle dans cette petite communauté monastique, le contraste était si frappant, que nous n'aurions pas été plus dépaysés de découvrir sur la lune un cénacle de poètes, n'est-ce pas, Nicolas ? Quand nous entrâmes dans l'église, la nef était déserte. Des dizaines de bougies brûlaient devant les icônes, sans qu'aucun des paysans de l'île assistât à l'office. Regroupés devant l'iconostase, une demi-douzaine de moines chantaient comme s'ils étaient seuls au monde. Tous des basses, selon la tradition des chœurs orthodoxes, mais des basses plus profondes que partout ailleurs. Jamais voix, me sembla-t-il, n'étaient descendues aussi loin dans les graves. On eût dit que, reliées directement aux entrailles de la terre, elles tiraient de cette origine caverneuse leur énergie surhumaine.

« Quelle surprise, ensuite, de voir le plus jeune de ces moines, frère Boris comme il se nomma, celui qui, chantant à l'octave inférieure, avait plongé en notes sépulcrales jusqu'aux limites du silence, relever sa robe de ses longs doigts fins, sortir de l'église d'un pas léger, traverser la cour en se balançant sur ses sandales de tille, gagner la boutique des médailles et des icônes, et, dès qu'il nous eut entendus mentionner Paris, mettre autant de vivacité à nous parler d'un écrivain profane qu'il avait mis de ferveur à s'abîmer dans la liturgie de saint Serge...

— N'est-ce pas extraordinaire, murmura enfin Rachid, qu'à trois mille kilomètres de la France (il s'obstinait à rallonger d'un tiers la distance réelle), dans un coin perdu du pôle Nord, un cénobite de vingt-cinq ans connaisse familièrement un romancier de l'émigration, vénère ce qu'il a écrit, sache qu'il est enterré à Paris, et souhaite lui manifester son admiration ? »

Juliette se mordit les lèvres. L'impression que j'avais faite sur son mari, en lui racontant les péripéties du voyage, était plus forte qu'elle ne l'avait cru. Nouvelle source d'inquiétude pour elle, nouveau motif de tourment et de jalousie. La splendeur du lac éclairé à minuit, la solitude de l'archipel, la forêt de mélèzes et de bouleaux dévalant sur les promontoires, la magie qui flottait sur cette extrémité du monde, le charme de ce monastère isolé, l'étrangeté de cette figure de moine surgissant après l'office pour demander de planter un cierge à l'autre bout de l'Europe, quel renfort inattendu pour le mythe russe de Rachid ! Un dévot confit en prières n'eût intéressé que modérément son mari. Emporté par la violence de ses passions, n'avait-il pas répudié au bout de quelques mois le cloître ? Mais un novice qui, sous la bure du désert, dans l'éloignement du monde, garde une curiosité juvénile et des sens prêts à se rallumer pour des histoires d'amour, ne pouvait que paraître merveilleux à un homme si prompt à s'enflammer dans la rêverie d'un corps chaste. Aux confins de l'univers habité, entre l'azur du ciel et le bleu du lac, il tenait de l'ermite, du farfadet et du danseur, ce radieux frère Boris. D'une apparition aussi rare, quel surcroît de poésie rejaillirait sur Nicolas ! La singularité de ce décor, le mystère de cette rencontre rehausseraient indûment le prestige de l'étudiant, par suggestion d'une essence, à la fois spirituelle et charnelle, particulière à la Russie.

Déjà Rachid, remarquait-elle, devait se dominer pour ne pas regarder trop fixement le garçon. Elle le devinait avide de contempler, sur le visage du jeune Russe, le reflet des nuits blanches de Valaam. Cette lumière, pour ainsi dire surnaturelle, que, sans aucune intention de ma part, j'y avais posée par mon récit.

En se levant de table, Nicolas se tourna vers Juliette et lui dit : « *Spassiba.* » Elle prit ce mot pour la simple traduction du *merci* français, et attribua ce manque d'usages à la nigauderie d'un rustaud. Puis, au lieu de prendre congé avec les autres invités, croyant qu'il est impoli de partir aussitôt rassasié, il resta assis dans le salon et, sans voir que Rachid regardait sa montre, se mit à feuilleter un album sur les décors et les costumes dessinés par Jean Berain pour les spectacles de Louis XIV. Tant de balourdise contribua à rasséréner Juliette. « Quelle gourde !

pensa-t-elle, décidément, il n'a pas les manières de Paris. » Elle n'était pas mécontente. A son mari, si caustique au naturel, et qui tôt ou tard reprendrait ses esprits, les insuffisances du petit finiraient par apparaître criantes.

XXXIII

Henri Sauterot, à son tour, fut convié un soir chez les Aboulker.

Rachid n'ayant guère de sympathie pour son confrère, et encore moins depuis la campagne de dénigrement organisée contre lui, je suppose que l'initiative d'inviter « la reine des commères » (comme il se qualifiait lui-même) revint à Juliette. Si cette hypothèse est juste, il faut admettre aussi que la jeune femme avait déjà commencé à échafauder son plan. Henri Sauterot, qu'elle n'aimait pas non plus, ne pouvait être qu'un pion dans sa stratégie.

A peine sorti de table, pendant que les autres passaient au salon, le cystopathe eut besoin de pisser. Rachid lui indiqua le chemin, par le couloir, étroit et sombre, qui mène, de la partie *noble* de l'appartement, à la cuisine et aux WC : distribution typique des logements parisiens de la seconde moitié du dix-neuvième siècle. La rue Victor-Massé fait partie de la Nouvelle Athènes, parce que Zola avait dans le quartier son laboratoire, Manet son atelier, les peintres impressionnistes leurs cafés, mais dans un décor planté par la bourgeoisie française. La cuisine est reléguée tout au fond de l'appartement, ne prenant jour que sur la cour intérieure, par une fenêtre qui évacue les odeurs loin des narines patronales. De l'autre côté du palier, accessible seulement par l'escalier de service et réservée autrefois à la domestique, une chambre annexe, sans chauffage ni eau courante, parachève le système social matérialisé par l'agencement discriminatoire des lieux.

Chose curieuse, la toilette est contiguë à la cuisine. Il faut, quand on vient de l'appartement, remonter toute la longueur du couloir, qui est sans fenêtre et si resserré, que deux personnes ne pourraient y passer de front. Localisation conforme à l'idée qu'on se faisait de certaines fonctions du corps : *basses* besognes, qui doivent être exécutées en dehors de l'aire occupée par les maîtres, dans la zone un peu honteuse, en tout cas inférieure, où évolue la bonne. Ce qui entraînait cette étrange conséquence, que la bonne avait beaucoup moins de chemin à faire jusqu'aux WC, partie intégrante de son domaine, que les maîtres et leurs invités, forcés de tâtonner dans ce boyau.

Les Aboulker n'avaient pas d'employée de maison. Parce qu'on a changé le mot, a-t-on aboli la servitude ? Leurs convictions leur interdisaient de donner des ordres à une subalterne. La chambre de service n'était plus utilisée que comme débarras. Ils n'y entraient peut-être qu'une fois l'an, en faisant le tour par le grand escalier.

Quand il eut pissé, Henri Sauterot profita de ce qu'il était seul, loin du salon, pour regarder dans la cuisine et vérifier un détail. La conversation pendant le dîner lui avait donné l'idée de faire cette petite inspection.

Il avait observé Nicolas. Jamais il n'aurait cru qu'on pût être dans une position aussi fausse, en gardant autant de naturel. Ni embarras ni affectation de froideur. Très fort, pour un garçon en train de désintégrer un ménage ! La gaieté de Juliette lui avait bien paru un peu forcée, mais c'était son habitude, et il ne fallait pas conclure, de l'enjouement de la femme du monde, à une fanfaronnade d'épouse trompée. Quant à Rachid, bien qu'il ne quittât pas des yeux le jeune Russe, il faisait preuve, dans ses rapports avec

Nicolas, d'une simplicité et d'un détachement qui avaient confondu Henri.

Par exemple, il lui montrait comment, en France, on pose ses couverts sur l'assiette. « Tu croises l'un sur l'autre ton couteau et ta fourchette, tant que tu n'as pas fini ton plat. Après la dernière bouchée, tu les ranges parallèlement, sur le bord de l'assiette, comme ceci. » Ne jamais, en tout cas, appuyer le manche sur la table ! (Il n'y avait pas de nappe chez les Aboulker.) La situation en Russie ? Les intrigues du Kremlin ? La crise du régime ? Rachid reprochait au jeune homme de rester indifférent à la vie politique de son pays, tout en critiquant la clique au pouvoir. Un père ne s'y serait pas pris autrement pour amener son fils à une attitude plus responsable. Comment concilier ce bon sens, cette pédagogie affectueuse, cette sollicitude désintéressée avec l'excitation fiévreuse d'une *intrigue* ? Rachid ne cachait rien ! Pas la moindre gêne ! Il prenait la salière que lui tendait le garçon et disait, tranquillement :

« Ah ! vous n'avez pas la même superstition que chez nous ! »

La rumeur du prêt consenti par le FMI, une somme pourtant considérable, que la presse qualifiait d'« historique », n'étant même pas arrivée aux oreilles de Nicolas, il l'avait rabroué gentiment.

« Tu te vantes de ne pas lire les journaux, et prétends que tes amis de Saint-Pétersbourg dédaignent comme toi de suivre l'actualité. Soit, mais c'est abandonner les destinées de la Russie à ceux que vous détestez le plus. Les politiciens corrompus, l'entourage d'Eltsine, les hommes d'affaires véreux, les mafieux de tout bord. Justement, ils misent sur le détachement des jeunes, pour garder la haute main sur le pays. En renonçant à examiner comment ils vous gouvernent, vous vous interdisez de contester leurs malversations. »

Un homme en pleine *affaire* ne tient pas ce langage, s'était dit Henri Sauterot, décontenancé par cette bonhomie. Il regarda vers la porte qui donne sur l'escalier de service, et ce qu'il vit le détermina à traverser la cuisine. Personne ne pouvait le surprendre, il n'entendait même pas les voix des convives dans le salon ni le bruit des tasses à café. Un entrebâilleur équipait la porte de service, et cet entrebâilleur, voyez-moi ça ! était rabattu contre la porte. Ce qui voulait dire : impossible d'ouvrir cette porte de l'extérieur. Juliette l'avait peut-être rabattu après l'entrée des Russes ? Henri s'approcha, allongea la main, toucha la tige enclenchée dans la boucle : l'ensemble présentait cette couche de poussière graisseuse qui se dépose à proximité d'un fourneau.

Pour plus de certitude, Henri essaya de manœuvrer l'entrebâilleur : la charnière, rouillée, résista. Bon ! il savait ce qu'il voulait savoir. Une chose *hénaurme*, assurément, à peine croyable, c'est vrai, mais comment en douter à présent ? S'étant rincé les doigts au robinet de l'évier, il revint s'asseoir au salon, non sans avoir glissé sur les tommettes du couloir et fait tomber, en l'accrochant de son gros ventre, une des gravures de mode suspendues aux parois.

« Allons, il faut libérer nos amis », dit-il aux jeunes gens, lorsque les autres invités eurent pris congé. Nicolas et Alice, en innocents qui n'ont aucun sens des usages (Juliette put une autre fois jubiler), et en Russes qui oublient d'emporter leur montre, ne se décidaient pas à partir. Henri s'était attardé exprès, pour s'en aller avec eux. Bien qu'il eût la quasi-certitude, après ce qu'il avait découvert, qu'ils n'emprunteraient pas le couloir pour remonter au cinquième, il resta « comme deux ronds de flan » (selon ses propres mots, lorsqu'il colporta la nouvelle dans Paris) en les voyant se diriger, comme lui, vers la porte principale, sans même tenter de passer par le raccourci.

« Rachid ne vous a donc pas donné une clef de la porte de service ? demanda-t-il, dans l'escalier.

— Pour quoi faire ? » dit Nicolas.

Réponse si naïve, faite d'un ton si exempt de sous-entendu, qu'Henri fut définitivement fixé.

« Moi, dit Alice, c'est bon pour mes muscles, de grimper et de descendre cinq étages à pied. J'ai d'ailleurs l'habitude, la plupart des ascenseurs étant chez nous hors d'usage. »

Il ne fallut pas plus de quelques jours, pour qu'un nouveau bruit se répandît dans Paris.

« Inimaginable ! Vous savez la nouvelle ? Non, mais je vous le donne en mille. Rachid Aboulker et ce jeune homme...

— Le Russe ?

— Le Russe, oui.

— Eh bien ! On la connaît depuis longtemps, votre chanson !

— Vous n'y êtes pas, mon cher.

— Rachid plante des cornes à sa femme avec ce garçon. Si vous pensez nous épater avec ce ragot... A d'autres ! C'est un potin déjà usé.

— Vous n'y êtes pas, mais pas du tout.

— Quelque chose d'autre se cache là-dessous ?

— Rachid et le jeune Russe...

— Eh bien ?

— ... ne couchent pas ensemble !

— Ils ne couchent pas ensemble ?

— Non !

— Il n'y a rien entre eux ?

— Si ! Rachid est fou de Nicolas, il le dévore des yeux, mais plus que ça, il n'ose pas ! Il fait dans l'amour platonique, dans la bonne sœur, dans l'adoration perpétuelle ! J'en avais le pressentiment, et, à la première occasion, j'ai voulu en avoir le cœur net. Vous vous rappelez la trouvaille de Rachid, cette combinaison des deux appartements reliés par l'escalier de service ? Nicolas pouvait se glisser en douce chez Rachid, quand Juliette n'était pas là, et filer non moins à l'anglaise, si la légitime rentrait à l'improviste. Ni vu ni connu ! En tout cas, c'était notre idée. Eh bien ! nous nous étions trompés. La porte de service est condamnée, je l'ai constaté de mes yeux, je peux même dire que je l'ai vérifié de mes doigts.

— Est-ce une preuve suffisante ?

— Vous ne savez donc pas que le travail de Juliette ne l'oblige à aucun horaire fixe ? Elle va à son atelier quand elle veut, en revient quand elle veut. Et jalouse, avec ça, horriblement jalouse ! Elle pouvait les surprendre n'importe quand dans la journée, Rachid était fait comme un rat.

— Même en ayant l'utilisation de la porte de service, le Russe pouvait être surpris chez le mari. Votre preuve n'en est pas une. Il n'aurait pas eu le temps de déguerpir, si Juliette était rentrée sans faire de bruit.

— Juliette rentrer sans faire de bruit ? Vous ne la connaissez pas. Ennemie jurée des transports en public, elle part chaque matin en voiture, quitte à perdre beaucoup plus de temps dans les embouteillages jusqu'à l'Etoile. Quand elle rentre, elle remet sa Tipo dans la cour, à la fois parce qu'il n'y a jamais de place dans la rue, et parce qu'elle a trop de paquets à monter. Elle pousse d'abord la porte cochère, et la voûte retentit sous le choc des battants. Puis, ayant parqué sa voiture à l'emplacement réservé, près de la Mercedes de M. Diop, le courtois marchand de guitares qui l'aide parfois dans sa manœuvre, elle passe plusieurs minutes à ramasser ses affaires sur les différents sièges, avant de penser à éteindre le moteur. Nul dans l'immeuble n'ignore son retour. Si Nicolas avait dû descendre par le grand escalier, elle aurait fatalement découvert leur manège. Vous voyez bien, il est impossible qu'il se soit jamais rien passé avec le mari. Aussi incroyable que cela nous paraisse à tous, Rachid n'a jamais rien tenté. »

Quelle nouvelle, en effet ! A Paris, en l'an 2000, la chose stupéfiante, inacceptable, scandaleuse, c'est qu'on reste chaste, sans sauter sur l'occasion quand elle se présente. Rater une aubaine ! Ne pas profiter des temps nouveaux ! Faire comme si l'on était encore à Venise, du temps de Gustave Aschenbach ! Loucher vers son Tadzio, sans oser aller plus loin ! Se contenter, pour tout potage, de le regarder dans le blanc des yeux ! Quelle situation burlesque ! De la part, surtout, d'un type comme Aboulker ! Etait-il si complètement vieux jeu, si complètement *out* et dépassé ? Juliette le tenait-elle à l'œil de si près ? De quelque manière qu'on retournât la question, on clabaudait, on s'esclaffait.

Pas possible ! Est-il devenu impuissant ? Mais l'impuissance elle-même, de nos jours, est une notion de grand-papa. Le Viagra rend les affres du babilan aussi obsolètes que les angoisses de Madame Bovary. Ni le fiasco ni l'adultère ne font plus peur à personne. Eclatons-nous ! C'est un article de foi dans l'Occident libéré. Libérés, nous le sommes, libérés de tout. Des interdits moraux, des tabous sur l'homosexualité, des obstacles posés par la physiologie, des limitations imposées par le vieillissement des organes. Du moment que les entraves qui ont ligoté nos ancêtres et restreint leur droit au bonheur sont tombées, nous avons le devoir de nous jeter sur le plaisir. Le devoir, pas seulement la permission. Cette liberté à portée de main, nous avons l'obligation de la mettre à profit. Le rapt de Ganymède n'est plus une spécialité divine, réservée au seul Zeus. D'ailleurs, il n'y a plus besoin de rapt, d'enlèvement par surprise, pour assouvir son petit bonhomme de penchant.

On oubliait les anciennes polémiques de Rachid contre la permissivité. On se souvenait seulement qu'il aimait les garçons, et la suite de sa vie, après les fameux articles où il s'en était pris au relâchement des mœurs, donnait raison à ce qu'on pensait être un profond calcul de roué. Il avait feint de se ranger, de passer dans l'autre camp, le rusé, stratagème pour donner le change, rideau de fumée pour chasser en eaux troubles sans donner l'éveil. Ce voyage en Russie, hein, quel coup de maître ! L'enthousiasme qu'il avait affiché au retour, on se l'expliquait facilement. Il avait senti le vent tourner, le vieux renard. Il s'était dit qu'avec l'effondrement du Mur, une nouvelle race de jeunes allait débarquer en Europe. Des petits gars de l'Est, à qui soixante-dix ans d'hibernation puritaine ont laissé l'innocence des enfants. Une veine de pendu, quand on est fatigué du Paris frelaté et pourri de la rue des Lombards, et qu'on aspire à un amour sincère. Voyez-moi ça ! Une cure de romantisme par-dessus le marché ! Cœur intact et âme fraîche, les boys du pôle Nord ! Et, avec ça, supériorité inappréciable, un corps pur préservé du sida.

Une plaisante mascarade, oui, ses diatribes contre les mœurs trop libres ! Il nous avait bien roulés dans la farine ! En réalité, ce qu'il rejetait, c'étaient les nuits du *Queen* et les dragues dans les Halles, cette foire d'empoigne du sexe, compliquée d'insécurité sanitaire. Il avait lancé l'anathème sur cette jungle, qui tournait peu à peu au cimetière, parce qu'il avait trouvé mieux ailleurs, pardi ! Il avait repéré un vivier de petits poissons frétillants, qui se jetteraient sans soupçon dans sa nasse, maintenant qu'il était déguisé en mari, en père de famille, tout ce qu'il y a de mieux dans le genre, de plus rassurant. Ne pas effaroucher ces biquets, ingénus comme des premiers communiants ! Ah ! le joli tour, vraiment ! Chapeau à l'artiste !

Le piège avait fonctionné à la perfection. A peine ce Nicolas s'était-il pointé dans les parages, que le lascar l'avait détecté. Il ne se l'était pas fait dire deux fois, le brigand, pour lui mettre le grappin dessus ! Harponné, l'éphèbe à visage d'ange et à stature d'athlète, ferré, rivé au cinquième étage, dans le même immeuble, à deux pas, cloué dans sa mansarde comme un papillon, ne serait-ce que par le manque d'argent. Il avait même compté là-dessus, le filou, tablé sur la classique impécuniosité du Russe à l'étranger, pour le réduire à sa merci. La puissance d'achat du rouble étant nulle, il en faisait son mignon à gages. Une fameuse prise, ce Nicolas, et qui avait le triple avantage, sur les gitons des boîtes et les roulures des saunas, d'être timide, d'être fier et d'être incontaminé. Et pas folle pour un sou, avec ça, l'air d'une fille mais droit comme un if et rien d'équivoque. Hétérosexuel, sans doute, pour comble de bonheur ! Ajouter au plaisir de s'éclater la volupté de pervertir !

Or, voilà que tout retombait à l'eau. Cette histoire de porte de service condamnée et de clef refusée détruisait la réputation que Rachid avait réussi à se refaire. Il ne couchait pas avec Nicolas ! Nicolas n'était pas son *minet* !

Paris, qui avait cancané avec délices sur les cornes supposées de Juliette et applaudi au coup de force prétendu de Rachid, fut estomaqué, déçu, se crut floué, s'estima trahi, en apprenant qu'il n'en était rien, que le *ménage* Aboulker continuait aussi *popote* que par-devant, que la *grande passion* avait tourné en eau de boudin. On se moqua de Rachid, on dauba sur sa pusillanimité. La médisance, cependant, évite de prendre des risques. Le courage n'est pas son fort. Rachid étant un critique redouté, une personne d'influence, le ressentiment, l'animosité, la raillerie eurent tôt fait de changer de cible et de se retourner contre Nicolas. C'était lui, sans aucun doute, le responsable de leur déconvenue. Un truc à la russe, il fallait croire, que cette façon d'offrir sans donner, de séduire tout en se refusant, de faire un pas en avant et deux en arrière. On commença à lui trouver un air de sainte nitouche, à le désigner par ce nom. « Sainte Nitouche tient-elle toujours la dragée haute à ce pauvre Rachid ? Fait-elle toujours la prude dans son grenier ? » Et les commérages, les rires, les turlupinades de repartir de plus belle.

Henri Sauterot, toujours lui, eut le dernier mot. « Voyez-moi ça, disait-il en regardant Rachid et Nicolas présenter leurs billets au contrôle et monter le grand escalier de l'Opéra. La Sainte Russie fait son entrée majestueuse, en écrasant le Maghreb timoré. C'est Catherine II s'asseyant sur le Turc. » « La Sainte Russie » devint bientôt « Sainte Russie » tout court. « Voilà Sainte Russie qui s'avance. » Il ne se gênait pas pour apostropher Nicolas sous ce nom. « Bienvenue à Sainte Russie. » « Comment se porte Sainte Russie ? » Les gens pouffaient, trouvant très drôle, très fort, que Sauterot, avec sa manie d'interpeller les garçons au féminin, eût forgé un sobriquet si adroitement persifleur.

XXXIV

Juliette, ce jour-là, avait organisé un déjeuner. Dès midi et demie, les Russes sonnaient à la porte.

« Ah ! dit la jeune femme, mécontente de les voir arriver si tôt, vous allez m'aider à mettre le couvert. »

C'était un repas « en petit comité ». Ma femme et moi y assistions : je ne sais pourquoi, les deux Aboulker, Rachid comme Juliette, semblaient croire que je pouvais les aider, dans la crise qui ébranlait leur couple. Le seul autre convive était ce M. Diop, costume trois-pièces à raies, coupe en brosse poivre et sel, épingle de cravate en diamant, chevalière à chaque main, Mercedes 300, propriétaire du magasin de guitares et d'instruments à percussion au rez-de-chaussée. Ces commerces pullulent dans le quartier. Pour la seule rue Victor-Massé, pas moins d'une douzaine ! D'où un afflux permanent de zonards, jean déchiré et crâne rasé, en blouson de cuir l'hiver, en maillot de corps l'été. Ils arrivent en moto, garent leur engin sur le trottoir, entrent casqués et bottés. Les boutiques dégorgent en pleine rue une cacophonie de vibrations caverneuses, amplifiées par la sono. De temps en temps, les voisins portent plainte.

« Que voulez-vous, nous confia l'invité des Aboulker, j'ai beau demander aux gars de refermer la porte du magasin, ils s'en battent l'œil de ce que le vieux radote. » Lui-même cherchait à faire oublier son âge, en baragouinant le sabir de ses clients.

Les vendeurs sont très jeunes eux aussi, et, pour s'adapter au genre de la maison, affichent un « look banlieue », comme nous le dit encore M. Diop, en s'excusant. Il avait de grosses mains, des doigts épais, qui boudinaient autour des chevalières. Dans le salon où nous attendions avant de passer à table, il n'osait rester assis que sur l'extrême bord du fauteuil.

Pourquoi l'avoir invité ? Juliette souhaitait placer Nicolas dans son magasin. Elle connaissait à peine M. Diop, qu'elle ne rencontrait que dans la cour, lorsqu'ils rangeaient leur voiture sur les deux emplacements contigus. Il soulevait son feutre et lui tenait la portière. Elle comptait sur son charme, sur les émanations de son parfum, sur l'ascendant qu'exerce toujours la vraie élégance sur un parvenu, pour le convaincre d'embaucher le jeune Russe.

Rachid, informé de ce projet par sa femme, avait tenté de protester. « Est-ce un métier pour lui ? Il n'y connaît rien... » La résistance de son mari renforça la détermination de Juliette. « Comme ça, dit-elle, il gagnera un peu d'argent... De quoi payer au moins le loyer du cinquième... Tu n'oublies pas le Mexique, j'espère, pour l'été prochain... »

La bourse de Nicolas ne lui arrivait qu'avec retard, quand il la touchait (du côté français comme du côté russe, il manquait toujours un papier). Quant à la compagnie de Rudolf Petitjean, elle s'était évanouie. Les Aboulker avançaient les trois mille francs mensuels. Nicolas tenait un cahier où il notait les sommes reçues, mais chacun savait que les remboursements n'auraient pas lieu avant « les calendes russes », ainsi qu'on se plaisait à dire, rue Victor-Massé, lorsqu'on évoquait l'improbable retour du gouvernement de Boris Eltsine à l'honnêteté financière et au respect des conventions.

« C'est vrai, dit Rachid, nous devons mettre de côté pour notre voyage au Mexique... » Comme ce

« mettre de côté » sonnait faux ! Comme les époux se mentaient et savaient qu'ils se mentaient !

Nouvelle objection : « M. Diop exigera de voir le permis de séjour de Nicolas et constatera qu'il est périmé. C'est un homme d'affaires, qui ne badine pas avec les lois du travail. — Je m'arrangerai avec lui », répondit Juliette, sur le ton catégorique de la femme du monde qui plie les hommes à sa volonté.

Rachid et Juliette échangèrent un coup d'œil et vérifièrent, une fois de plus, qu'ils avaient perdu une occasion de s'expliquer. Soulager le budget familial d'une ponction de plus en plus régulière était leur dernier souci. Ils savaient depuis longtemps l'un et l'autre, par un pressentiment qu'ils n'osaient pas s'avouer, que ce voyage au Mexique n'aurait jamais lieu. Juliette voulait placer Nicolas dans la boutique du rez-de-chaussée, pour le mettre au contact de ce milieu bruyant, sans-gêne, populaire, d'une franche, saine et grasse vitalité. Son but était toujours le même : enlever au jeune homme sa pureté, si exaspérante pour elle, le mêler aux gens et aux choses, lui salir les mains. Comment le dégourdir plus vite, qu'en le frottant au raffut de la techno et à la crasse du grunge ? Rachid cesserait peut-être de contempler par la fenêtre et d'idéaliser niaisement le petit Russe, lorsqu'il l'aurait vu, dans la cohue du samedi après-midi, au milieu du vacarme des saxos et des drums, rigoler avec des tondus en santiags. Et Rachid, qui devinait l'arrière-pensée de Juliette, n'avait aucune envie de cette promiscuité pour Nicolas.

On se leva de table. M. Diop, qui avait épluché sa pomme avec le couteau et la fourchette (les autres avaient mordu dans le fruit), laissa ses couverts posés par le manche sur la table. Nicolas sourit à Rachid. Comme les autres fois, il remercia Rachid et Juliette pour le repas. Alice, elle aussi, en se levant de table, murmura : « *Spassiba.* »

« Ecoutez, mes enfants, dit Juliette, ne nous remerciez pas. Nous n'avons fait que partager avec vous des œufs à la coque et un morceau de gruyère. »

(Pour le type des guitares, elle avait quand même demandé à Rachid de lui rapporter du supermarché une barquette de céleri rémoulade, des rondelles de saucisson sous emballage plastique et une bouteille d'appellation contrôlée.)

« Nous ne vous avons pas remerciés, madame.

— Comment, *spassiba* ne signifie pas *merci* ?

— Non. *Spassiba* veut dire : *Dieu vous garde.*

— Mais c'est la même chose, non ? fit Rachid.

— Excusez-moi, nous disons *spassiba,* en Russie, à celui qui nous a invités, nous ne lui disons pas *merci.*

— Que d'embarras, vraiment ! s'écria Juliette, toujours prompte à s'impatienter.

— Où est la différence, Nicolas ? s'enquit Rachid.

— Nous disons : *Dieu vous garde* à ceux qui nous ont donné une preuve d'amitié. »

Juliette regarda avec étonnement le jeune homme. Une telle clarté émanait de son regard, il avait parlé si calmement, si posément, qu'elle jugea qu'elle avait eu tort, cette fois, de s'énerver.

« Vous me demandiez l'autre jour, reprit Nicolas en se tournant vers Rachid, quel mot de la langue française je pourrais ne pas aimer. Eh bien, le voici, ce mot : c'est *merci. Merci* vient du latin *merces,* salaire, rétribution, récompense. Si je vous disais *merci* parce que vous m'avez invité, j'aurais l'air de vous rendre, comment dirais-je ? la peine que vous avez prise. Ce serait comme si je vous remboursais pour ce fromage et pour ce salami. Donnant, donnant. Vous m'offrez à manger, je vous paie d'une amabilité. Les Russes considèrent qu'un bienfait est toujours gratuit. Si l'on nous fait un cadeau, nous l'acceptons comme un cadeau. Le cadeau serait détruit, il perdrait sa valeur de cadeau, si le bénéficiaire rendait quelque chose en échange. Le mot *merci* n'existe pas en russe. Dans *merci,* vous retrouvez *mercenaire, marché, marchandise.*

— Au fait, intervint Juliette, piquée au jeu des étymologies, et contente de rabattre un peu cette prétention des Russes qui croient toujours détenir une supériorité morale sur les autres peuples, vous n'êtes pas les seuls à tenir ce raisonnement. Les Italiens font la même chose que vous, si je ne me trompe. *Grazie,* disent-ils. Ils rendent grâces, ils ne remercient pas. »

M. Diop, impressionné de se trouver à une table aussi élégante, cherchait comment faire bonne figure. Il avait déjà décidé, dans son for intérieur, de ne pas prendre à son service un jeune homme qui avait des manières trop douces et s'exprimait trop bien pour attirer une clientèle de loubards. La nuance péjorative avec laquelle furent prononcés les mots de *marché, marchandise,* le conforta dans sa résolution. N'était-il pas, lui, un *marchand ?* Le but principal, dans un commerce, n'est-il pas de se faire *payer* ? Il tenait néanmoins à laisser à ses hôtes une impression favorable. Aussi, emboîtant le pas à Juliette, il raconta qu'il avait passé ses vacances à Tossa de Mar, sur la Costa Brava (dans un hôtel qu'il pourrait recommander à ces messieurs dames, un vrai bijou, les pieds dans l'eau). Eh bien ! les Espagnols ne disent pas *merci,* eux non plus, ils disent *gracias,* comme les Ritals.

« Grâces à Dieu, j'espère, enchaîna Nicolas, imperturbable. A Dieu seul. Dans le vieux français, poursuivit le jeune homme, féru de son Grevisse et de son Littré, *merci* avait le sens de *grâce, faveur.* Les premiers exemples de *merci* employé au sens moderne ne remontent pas plus haut que le dix-septième siècle. On les trouve chez Régnier, Chapelle, La Fontaine. A ce moment-là, on cessa de louer Dieu pour un bienfait reçu, on se mit à rendre au bienfaiteur, comment dirais-je ? la monnaie verbale, humaine, de sa pièce. »

M. Diop souleva son verre entre ses gros doigts et renifla d'un air pénétré le côtes-du-Rhône acheté chez Shopi.

« Nous pouvons dater avec précision ce changement, et en repérer non moins exactement les causes. Au temps de Louis XIII et de Richelieu, la bourgeoisie montait en force et bousculait les vieux usages. Un nouveau pouvoir, fondé sur la richesse économique, tendait à supplanter l'hégémonie des nobles. La morale, typiquement aristocratique, de la gloire, du panache, de la dépense vaine, allait être remplacée par une morale utilitaire. Tout commençait à devenir objet d'échange. On ne faisait plus rien pour rien. C'est alors qu'un cadeau cessa d'être un cadeau, mais l'élément d'une transaction commerciale. C'est alors aussi qu'on se mit à utiliser le remerciement comme une implicite reconnaissance de dette. Dans *merci,* il y a aussi *mercantilisme.* Siècle de Montchrestien et de Colbert. »

Juliette, qui se demandait comment amener sur le tapis la question dont elle voulait discuter avec M. Diop, reconnut en elle-même qu'elle faisait fausse route en cherchant à caser Nicolas chez un marchand de guitares. Evoquer Colbert, passe encore. Mais l'autre, un parfait inconnu ? Dépitée de ce nouveau contretemps, elle renonça à son plan. (Obstinée dans son idée de compromettre Nicolas aux yeux de Rachid, elle ne tarda pas à remplacer ce projet par un autre, qui, hélas, ne devait que trop bien réussir.) Résolution prise à l'instant, soudaine, sans appel, comme tout ce qu'elle décidait. D'ailleurs, il n'y avait qu'à voir la tête de M. Diop, pour comprendre qu'il n'engagerait jamais, même pour plaire à Mme Aboulker, un gars à qui l'expression « messieurs dames » avait fait ouvrir de grands yeux.

« Je me souviens, dit Rachid, d'avoir séché, au lycée, sur un passage de La Bruyère, ce grand pourvoyeur en thèmes latins. Nous devions traduire : *Il ne me coûte qu'un grand merci.* Expression qui m'étonnait fort. Comment est-ce qu'un *merci* peut coûter ? Maintenant, je m'explique qu'un *merci* peut non seulement coûter, mais être estimé à son prix exact.

— J'espère, reprit Nicolas en riant, que vous avez pensé à mettre *merces* au féminin ! Que *merci* soit du genre masculin surprend et intrigue, puisque le morphème originel était un féminin. Excusez-moi d'employer des mots qui ont l'air un peu savants, mais recouvrent des réalités fort simples. Je dois compléter mon mémoire d'histoire par un petit travail, que me réclame la chaire de linguistique de mon université. J'ai choisi d'étudier quelques aspects de la sémantique de l'ancien français. Accordez-moi votre indulgence, si je vous parais un peu... un peu demi-chaussette, vous dites comme cela ? Pour en revenir à ce *un merci,* la plupart des spécialistes jugent que ce masculin inapproprié, grammaticalement fautif, dérive de l'expression *grand merci.* Jusqu'à la fin du Moyen Age, *grand,* du latin *grandis,* invariable pour les deux genres, était aussi bien féminin que masculin. D'où ces apparentes bizarreries conservées dans le français moderne : grand-place, grand-route, grand-mère, etc. *Grand merci, une grand merci* était donc régulier. Ensuite, avec la solidification des désinences, on a cru que *grand* était un masculin, et l'on s'est mis à dire *un grand merci.*

« Telle est du moins l'opinion du milieu scientifique. Je me permets d'avoir une autre idée sur la question. *Merci* ayant changé de sens, il fallait aussi que le mot changeât de sexe. Devenu, de signe purement gracieux, terme d'échange, de commerce, il était inconcevable qu'il ne prît pas le genre de ceux qui exerçaient le pouvoir. On lui donna donc l'aspect mâle, *sérieux,* de la classe des marchands et des banquiers. Mot passé au service de la bourgeoisie, il devait s'habiller en homme, il devait porter la culotte, pour répondre au nouvel usage qu'on en faisait. »

Tous, même M. Diop, maintenant qu'il avait compris qu'il n'aurait pas à désobliger Juliette par un refus, nous étions sous le charme de ce babil un rien pédant mais si frais. Et *demi-chaussette,* où avait-il pêché ça ?

XXXV

Que Sauterot ait préparé son coup à l'avance, on ne peut ni l'affirmer catégoriquement, ni l'exclure tout à fait. Guet-apens prémédité ? Lubie subite ? Dérapage fortuit d'une soirée trop arrosée ? Le juge d'instruction, attentif à tout ce qui a précédé le crime, m'a interrogé sur ces événements, bien qu'ils n'aient qu'un rapport indirect avec l'affaire de la rue Victor-Massé. Chaque détail de cette soirée me serait resté en mémoire, même sans la tâche d'en rendre compte au magistrat.

Sauterot venait de déménager. Pour inaugurer son loft, au sixième étage, avec vue sur le Centre Pompidou (pas un appartement bourgeois, mais beaubourgeois, comme il disait, cherchant à dissimuler sous un calembour de rapin un conformisme de snob), il avait invité une quarantaine d'amis, pour une *party* (*t* dental, à l'anglaise) déguisée. Thème imposé : la Russie (celle des tsars, évidemment). L'adresse du nouveau gîte ? Rue du Temple, non loin des Halles. Le genre des amis ? Eh oui, j'aurais dû m'en douter : je serais en plein dans le « milieu », pour une fête un peu « spéciale ». Je servirais même d'alibi, en quelque sorte, puisque je n'avais rien de commun avec cette bande. Henri me donna à entendre que je ferais mieux de laisser ma femme à la maison. « Viens avec Nicolas et Alice, ajouta-t-il, il serait temps de dégourdir ces oisillons. » La présence d'Alice garantissait, pouvait-on croire, une certaine décence. J'eus la faiblesse de dire que je viendrais, et la complaisance, encore plus grande, d'inviter les deux Russes.

Alice, souffrant d'une élongation, resta rue Victor-Massé. Je m'étais fait prêter, par le magasin des accessoires de l'Opéra, pour Nicolas et pour moi, les deux capes à volants que portent les témoins du duel dans la production d'*Eugène Onéguine*. Nous laissâmes les capes au vestiaire, ne gardant, moi sur ma chemise, Nicolas sur son polo, qu'un jabot de dentelle.

Dès l'entrée, j'aperçus plusieurs femmes, ce qui acheva de me rassurer. Tous les invités tenaient un verre à la main. Plus d'un avait déjà bu copieusement. Les femmes n'étaient pas en reste. L'une d'entre elles, de forte stature, se déhanchait dans un fourreau de satin qui dégageait son buste. De longs gants noirs gainaient ses bras jusqu'aux coudes. Une étole de vison recouvrait ses épaules nues. Nous sûmes bientôt pourquoi celle que Sauterot présentait sous le nom de Nastasia portait, en plein mois de mai, cette fourrure hors de saison.

Alice eût reconnu, sous les toilettes d'emprunt, cinq ou six camarades, mâles et femelles, de sa classe. Nicolas, amusé par la nouveauté du lieu, le pittoresque des déguisements, le bagou du maître de maison, n'avait pas le moindre soupçon du piège où il était tombé. « Je vous ai préparé une soirée russe ! » criait à tue-tête Henri, déjà éméché lui aussi. En touloupe de moujik, il venait tourner sous le nez de Nicolas. L'atmosphère un peu folle rappelait au jeune homme le climat des fêtes pétersbourgeoises. Il s'aida de quelques rasades de vodka pour se mettre au diapason de la soirée.

« Ne jamais boire la vodka sans l'accompagner de quelque chose à manger, recommandait-il à ceux qu'il voyait siffler à jeun, comme un apéritif, le contenu de leur petit verre. La vodka fait mal si on ne prend pas tout de suite après un bout de hareng ou de cornichon. » On s'attroupa autour du garçon. Pour ces Parisiens blasés, apprendre à boire *à la russe* constituait une attraction. Henri s'en fut chercher à la cuisine un bocal de molossols. « Buvons *à la russe* ! » braillait-il, à la fois pour chauffer l'ambiance et pour attirer vers Nicolas le plus grand nombre possible d'invités. « A la cosaque ! » renchérissait Nastasia, en se tortillant dans son étole. « Oui, notre jeune Russe a raison, reprenait Henri, sans cornichons on ne s'amuse pas. Venez voir comment s'y prend Sainte Russie pour transformer mon pauvre appart en palais du Kremlin. »

Il se disposa à ouvrir le bocal, opération qui n'alla pas sans peine. Nicolas fouilla dans sa poche et lui tendit une pièce de dix kopecks, qui servit à décoller le couvercle. La pièce russe, circulant ensuite de main en main, augmenta l'excitation, comme si ce bout de nickel avait été une pierre précieuse détachée de la couronne impériale. Avec ses doigts, Henri sortit du pot un de ces gros cornichons au sel qui n'ont rien de commun avec les cornichons français au vinaigre : ni pour le goût, moins aigre, plus proche de la saveur du légume, ni pour la consistance, plus ferme et craquante, ni surtout pour l'aspect. Le molossol russe se présente comme une petite courge renflée, rebondie, et il suffit qu'Henri en brandît un au-dessus de sa tête et fît voir à la ronde cette forme suggestive, pour que tout le monde s'esclaffât. « Ah ! la délicieuse petite chose que voici, comme elle doit être bonne à croquer ! » Henri était vraiment drôle quand il blaguait ainsi, et Nicolas, qui n'entendait malice à cette scène, riait comme les autres. Bien que la plaisanterie commençât à me paraître un peu forte, je ne pouvais m'empêcher de m'en amuser moi aussi.

Après avoir agité comme un trophée le cornichon, Henri entreprit de le fourrer dans la bouche de Nicolas. « Montre-nous comment on fait, mignonne. Là, d'abord avec la dent, mais pas trop fort, nous sommes une délicate, nous la cu-cur-bit-acée (explosion d'hilarité, Henri ayant détaché à sa façon les syllabes). Avec la langue, surtout avec la langue ! »

Nicolas, soudain, se sentit moins à l'aise, devant ce gros pitre qui lui soufflait à la figure et essayait de forcer le barrage de ses dents. « On se défend, hein ? On retarde son plaisir ! » La facétie passait les bornes. J'aurais dû intervenir. Ma première faute a été de laisser Henri pousser, avec ses gros doigts, le cornichon entre les lèvres de Nicolas. Le pauvre garçon dut l'ingurgiter en entier. On lui versa un nouveau verre de vodka, tandis que Nastasia, trébuchant dans son fourreau, se laissait crouler à la renverse au fond du canapé, geste qui déplaça l'étole et découvrit des épaules singulièrement osseuses.

XXXVI

Soudain, avec fracas, la sonnette retentit. Plusieurs coups, appuyés, stridents, avec quelque chose de sinistre dans cette obstination. Tout le monde s'écarta de Nicolas pour se tourner vers la porte. Un homme entra en trombe, ostensiblement accoutré à la russe, martelant le plancher de ses grosses bottes à tige. Engoncé, malgré la chaleur, dans une sorte de peau d'ours, il avait rabattu jusqu'aux yeux le bord d'une chapka qui, pour n'être qu'en lapin, aurait pu coiffer Tchitchikov. Il s'avança jusqu'au centre de la pièce, les mains enfoncées dans ses poches. Planté sur ses jambes, il promena autour de lui un regard menaçant, puis sortit lentement une main de sa poche. Au bout de la main apparut un pistolet, qu'il braqua sur l'assistance. Les femmes poussèrent des cris, vrais ou feints. Nastasia, qui s'était levée à l'entrée du nouveau venu, s'affala derechef dans le canapé, évanouie ou faisant semblant de l'être. Les hommes n'en menaient pas plus large, tout en guettant sur le visage de leur hôte le clin d'œil qui leur dirait : je vous ai bien menés en bateau, hein ? Un ou deux paraissaient dans le secret, mais sans savoir jusqu'où irait la blague.

L'inconnu se débarrassa de sa pelisse, la jeta sur un fauteuil, lança son bonnet de fourrure par-dessus, arracha ses favoris postiches. C'était Rachid. Je l'avais déjà reconnu, grâce au pistolet automatique, de marque américaine, astiqué à neuf, qu'il m'avait montré un jour dans son bureau. Pourquoi accepter de venir à une fête dont on déteste le genre ? Il ne connaissait que trop, lui, à quel type de soirée l'avait convié l'amphitryon. Ces raouts (le mot de saveur proustienne, revenu à la mode, servait d'alibi littéraire à ces réunions de goût douteux), ces raouts dans les Halles se terminaient toujours par un épisode saugrenu, un coup de théâtre dont on jaboterait plusieurs jours entre la rue des Francs-Bourgeois et la rue Saint-Martin.

Sauterot ayant besoin d'un *feu* pour sa mise en scène, il avait prié Rachid, le seul, parmi ses connaissances, à en posséder un, de le lui prêter. « Invite-moi aussi, dit Rachid, dès qu'il sut que Nicolas serait de la fête. — Ah ! tu ne nous snobes plus ! » fit Henri. Cette allusion indiscrète ne démonta pas Rachid. « S'il te plaît. » Henri le regarda, un sourire narquois sur les lèvres. Comprenant d'où venait cette insistance, il songeait déjà à l'exploiter. « Volontiers. Mais le pétard, apporte-le toi-même. Il fera partie de ton déguisement. Ce sont nos amis qui vont être épatés ! » Henri lui avait alors indiqué sous quel costume se travestir, pour une réussite complète de son plan. Aveuglé par la jalousie, Rachid ne réfléchit même pas à l'étrangeté de cette proposition. Pour ne pas laisser exposer, à une bande d'effrontés aux doigts lestes, seul et sans défense, le jeune Russe, son précieux Aliocha, il accourait rue du Temple, accoutré comme on voulait.

Qu'il ne se mêlât à cette société qu'avec une intime répulsion, c'était l'évidence même. Le souci de bien tenir son rôle n'aurait pas suffi à lui inspirer cette entrée furibonde. La main crispée sur la crosse du pistolet, il se plaça près de Nicolas.

Onctueux, la bouche en cul de poule, la main sur le cœur, parfait monsieur Loyal, Sauterot annonça :

« Et maintenant, mesdames et messieurs, j'ai l'honneur de vous présenter un grand spectacle russe, un tableau vivant inspiré du plus célèbre roman de Dostoïevski. Vous avez tous lu *L'Idiot,* la géniale histoire du prince Muichkine, dont on ne sait s'il est épileptique, ou sous l'influence de Dieu, ou vraiment idiot, *minus habens* patenté. Ambiguïté magnifique, source de spéculations infinies ! Voici d'abord, pour vous rafraîchir la mémoire, continua-t-il en tirant Rachid au milieu du cercle, un des trois principaux personnages, Parthène Simonovitch Rogojine. Diminuez-le un peu de taille, rajeunissez-le de quelques années, frisez ses cheveux, aplatissez-lui le nez : n'aurez-vous pas l'illusion parfaite de voir devant vous le noiraud du roman, le voyou passionné, le sensuel et sauvage gourmand de la vie ? Il est amoureux de la belle Nastasia, et, s'il débarque dans notre capitale, c'est pour essayer de la disputer à ses nombreux soupirants. Parthène Simonovitch, as-tu apporté l'argent ? »

Rachid, d'une poche de sa veste, sortit une liasse de faux billets qu'il jeta par terre. Je reconnus les fac-similés du Monopoly de ses enfants.

« Bien. Tu n'as pas lésiné. Nous apprécions ton geste, tout en estimant que tu aurais pu y mettre plus de formes. Mais Nastasia ? Où se cache donc Nastasia ? Ah ! la voilà, elle est timide, la pauvrette, dit-il en faisant signe au fourreau d'approcher. Oui, nous savons tous que tu as été orpheline de bonne heure, et que tu as été élevée par charité. Ton protecteur en a profité pour abuser de ta jeunesse. Innocence sacrifiée, Christ recrucifié, et patati et patata, le tralala russe au grand complet. S'il t'a ensuite richement entretenue, c'est après avoir fait un usage immodéré de ta candeur. Aie confiance cependant ! Même si ce Rogojine te semble un peu rustre, avec son paquet de roubles dans une main, et l'autre sur la crosse de son pétard, songe qu'il n'est pas le seul à te vouloir du bien.

« Un autre, et quel autre ! s'intéresse à toi. Une minute, mesdames et messieurs, ce prince charmant ne va pas tarder à faire son entrée. En attendant, je vous invite à admirer et à plaindre la très extraordinaire Nastasia Filippovna Barachkova, âme perdue, pitoyable victime du monde dépravé qui complote autour d'elle pour lui soutirer les restes de sa beauté. »

La prétendue Nastasia, drapant autour de ses hanches l'accessoire qui n'aurait pas déparé la garde-robe d'Anna Karénine, se tortilla comme on lui demandait. J'étais intrigué, sans pouvoir m'expliquer cette bizarrerie anatomique, par la saillie de ses omoplates. Une cavité non moins exagérée creusait son cou au-dessus des clavicules. Personne, parmi nous, ne la connaissait, et personne, je crois, ne se douta d'où elle tirait ce talent pour amuser la galerie.

« Et maintenant, place au héros de notre histoire ! Léon Nicolaievitch, prince Muichkine, daignez prendre place dans le drame ! »

Cet appel, lancé d'un ton solennel, resta sans effet. Nous nous regardions l'un l'autre, pour deviner à qui Henri s'adressait.

« Eh bien, reprit-il, je vais l'évoquer avec tant de précision, qu'il surgira de lui-même parmi vous. Il doit être *positivement bon,* mais ne posséder aucune expérience de la vie. La foi qu'il a dans les êtres ferait des miracles, sans cette calamiteuse ignorance de la réalité. Il tient de l'anachorète dans le désert, du chevalier moyenâgeux, de l'émigré clandestin, de Don Quichotte sur sa haridelle, de Queequeg au fond de sa cambuse. Supérieur en apparence à son entourage, étranger aux petits problèmes qui agitent le commun des mortels, il est démuni dans les circonstances les plus simples, et, plus d'une fois, on l'a vu se conduire comme un enfant. D'où vient son inadaptation au monde ? Est-il trop grand par l'esprit ? Son innocence résulte-t-elle du défaut de ce qui lui manque ? Irons-nous jusqu'à le soupçonner d'une certaine simplicité mentale ? Pis encore, d'une déficience physiologique caractérisée ?

« C'est l'opposé de Rogojine, mais la fatalité a organisé les choses de manière que tous les deux soient amoureux de Nastasia, et que tous les deux, fascinés par la réputation équivoque de la jeune femme (ne t'offusque pas, chérie), cherchent à la tirer du pétrin où sa mauvaise étoile, sa *maligna stella,* comme nous disons, nous toqués d'opéra, a flanqué ce mimi. Notez pourtant cette différence : Rogojine, avide, égoïste, ne songe qu'à la satisfaction de ses instincts, tandis que le prince, missionnaire des causes impossibles, voudrait réhabiliter Nastasia, sauver son âme qu'il croit que seules les circonstances ont souillée.

« N'est-ce pas, ma bonne Nastasia Filippovna, que tu aurais été différente, si le sort en avait décidé autrement ? J'en mets ma quéquette au feu, tu n'aurais pas tricoté immodestement des guiboles, si Sainte Russie s'était présentée plus tôt. »

Cette brusque apostrophe, et la grimace de la nommée Nastasia, apportèrent une détente nécessaire. La tirade, un peu longuette, commençait à ennuyer. Où Henri voulait en venir, chacun le devina, et chacun reprit intérêt au jeu, dès qu'il eut dit Sainte Russie, mot de passe dans le milieu. La présentation du caractère de Muichkine contenait d'ailleurs des allusions si transparentes, que Nicolas fut peut-être le seul à ne pas se reconnaître dans ce portrait.

Un innocent, à qui l'on n'a rien à reprocher, mais qui cause des désastres par une tragique ignorance de la vie, n'est-ce pas un des résumés possibles de notre étudiant pétersbourgeois ?

« Léon Nicolaievitch, puisque vous faites le sourd, je vais vous décrire au physique. Vous êtes grand, mince, vous avez les cheveux longs, le front dégagé, les yeux noisette, les lèvres fines... »

Tous les regards se portèrent vers Nicolas. Henri se dirigea vers le coin où il essayait de se cacher, le prit d'autorité par une main, le conduisit jusqu'au canapé que venait de quitter Nastasia, revint chercher Rachid, le fit asseoir à côté du jeune homme.

« Et maintenant, de l'action ! Deux candidats à son amour se disputent la belle Nastasia. Qui, du réaliste ou du rêveur, de l'égoïste ou de l'idéaliste, du voyou ou du saint, qui, je vous le demande, va l'obtenir ? Je ne sais ce que vous en pensez, mesdames et messieurs, mais pour moi, il est clair qu'une femme appartient à celui qui la mérite davantage. Le meilleur moyen de trancher la question, c'est de soumettre nos concurrents à une petite épreuve. Nous accorderons Nastasia à l'homme qui se montrera, non le plus digne d'elle, mais le plus apte à l'aimer. »

Qu'allait-il inventer, encore ? Quel lapin ce prestidigitateur sortir de son chapeau ? L'attente ne fut pas déçue. Le public était revenu de tout, sauf de cette trouvaille vraiment extraordinaire.

Nastasia se planta devant le canapé. Elle commença par enlever, avec une lenteur, une langueur crispantes, ses longs gants noirs. Quelqu'un se mit à siffler l'air de *Gilda*. Sous le corsage qu'elle dégrafa apparurent deux seins en caoutchouc, puis une poitrine velue. Ce ne fut qu'un hurlement : *Pas possible ! Bravo !,* assaisonné de commentaires égrillards. Nicolas s'était pelotonné sur lui-même, et Rachid, déjà mécontent d'être venu, avait l'air presque aussi dégoûté. Le travesti, avec des simagrées, des œillades, des mouvements de langue burlesques, roula ses bas sur ses cuisses, en jeta un à Rachid, l'autre à Nicolas. La petite culotte mauve en dentelle vola par-dessus son épaule. Il ne garda qu'un string minuscule, qui lui moulait effrontément le sexe. Le fil qui passait par-derrière laissait les fesses à nu.

Le visage de Nicolas exprima tous les degrés de l'effroi, de la répugnance, de l'écœurement. Rachid, les mâchoires serrées, se contenait pour ne pas bondir. Henri, fort satisfait, apparemment, du tour que prenaient les choses, apostropha le jeune Russe sous le nez :

« Toi, prince (il le tutoyait à présent), on voit bien que tu n'en pinces pas un liard pour la belle Nastasia. Eliminé ! »

Puis, à l'adresse de Rachid :

« Mais toi, faux derche, on t'a connu bien différent, autrefois ! Tu ne faisais pas la fine bouche devant les appas de ces mignonnes... Hein, ma poulette... Tu les collectionnais plutôt, les biquettes... Tu les effeuillais joliment... On n'était pas collet monté, alors... On ne donnait pas dans le genre bégueule... Oh ! pardon ! Madame de Maintenon s'est rangée, elle est devenue vertueuse... Gare à qui lui titillerait la biroute... Rachidette en avait une de compétition, pourtant... »

Il se rapprocha brusquement de Rachid, lui souffla dans le cou, et, assez haut pour être entendu de tout le monde :

« Tu te souviens, ma chérie ? »

Bien qu'un sans-gêne aussi insolent ne fût pas une surprise, il y allait un peu fort, aujourd'hui. J'étais au courant de cette aventure à laquelle il faisait allusion. Ceux qui connaissaient moins bien la vie passée de Rachid comprirent qu'elle renfermait un épisode qu'il n'aimait pas s'entendre rappeler. La mine devenue soudain mauvaise de Sauterot les avertit que celui-ci ne plaisantait plus. Les quelques rires furent vite étouffés. Rachid, ramassé au fond du canapé, tendait ses deux poings devant lui, comme un boxeur prêt au combat. Henri lui tourna le dos, puis, changeant tout à coup d'idée, il saisit le travesti par une main, le tira devant Nicolas qui était resté pétrifié à sa place, le poussa, toujours nu, entre les jambes du jeune homme, et s'écria, redoublant d'impudence :

« Essaye encore une fois, ma bonne Nastasia. Dévoue-toi. Peut-être que notre prince, notre Sainte Russie, *en a* quand même, sous ses airs éthérés ! »

Il se produisit alors un événement si inattendu, si

fou, si rapide, que les témoignages n'ont pas concordé. Rachid se dressa comme un ressort, sortit le pistolet de sa poche, le braqua sur Henri.

« Laisse Nicolas tranquille, ou je te descends ! » cria-t-il. Nous nous regardâmes, sidérés. Henri essaya d'abord de prendre les choses à la blague.

« Eh ! Relis Dostoïevski ! C'est à Nastasia que Rogojine fait la peau. Il sent qu'elle lui échappe, et, ni une ni deux, il te l'étend raide sur son lit. » Mais comme Rachid, de plus en plus sombre et menaçant, continuait à le viser, Henri prit peur et se tut.

Les deux hommes se toisèrent en silence. Combien de temps restèrent-ils, muets et immobiles, à se mesurer du regard ? Moins d'une seconde pour les uns ; plusieurs minutes pour les autres. Pas un bruit autour d'eux ; pas un murmure ; une stupéfaction médusée.

On entendit soudain un coup de feu, et l'on vit Rachid jeter par terre son pistolet. A moins qu'il ne faille inverser les deux moitiés de la phrase. Ce *et* reste sujet à caution. Il y eut une détonation et il y eut un geste, c'est tout ce que nous pûmes dire. Dans quel ordre eurent-ils lieu, seule l'enquête a réussi à le déterminer. Selon une partie des témoins, Rachid aurait tiré sur Henri et l'aurait manqué. Selon les autres, le pistolet, en tombant par terre, serait parti tout seul. Quoi qu'il en soit, le colt était chargé, une balle a été retrouvée dans le mur. Rachid fila aussitôt, la porte claqua derrière lui. Je profitai de la confusion pour ramasser l'arme, courir au vestiaire et la cacher dans une poche de la cape à volants qui m'avait servi de déguisement.

Henri s'était ressaisi.

« Un beau spectacle russe, hein, mes amis ? Le combat de la chair et de l'esprit, qui n'a d'issue que dans le meurtre ! »

Il suait, de chaleur, d'alcool ou d'effroi. Nastasia, bonne fille, proposa une tournée générale. On but, on s'enivra, on clabauda sur l'incident. Nicolas, plus mort que vif, s'était retiré sous l'escalier de la mezzanine. S'il avait su comment prendre congé, il se serait sauvé lui aussi.

Une partie des invités s'en allèrent visiter le reste de l'appartement. La plupart, étourdis par l'énormité du scandale, appréhendaient la suite, sans se décider à partir. Soudain, avec une brusquerie qui empêcha quiconque de réagir, la soirée dégénéra. Une fois de plus, je m'interroge. Abus de vodka ? Curiosité malsaine ? Coup monté ?

Henri avisa Nicolas, et, à moitié titubant, alla le chercher sous l'escalier. Il commença par s'incliner devant lui, en signe de profonde déférence.

« Prince, tu incarnes la sainte Russie. Gloire à la sainte Russie ! Un triple *Slava !*, comme dans *Boris Godounov.* Vive la patrie des icônes et des bulbes ! Gloire au très pur, au très parfait Léon Nicolaïevitch ! Exempt de nos vices, il nous apporte l'espoir du salut. Dégagé de nos petitesses, il est le gage de notre rédemption. Il y a pourtant un hic. Aïe aïe, mes aïeux, quel hic ! Viens ici. Plus près. Pour que nous soyons pleinement convaincus de ta supériorité, tu dois nous enlever un soupçon. En as-tu, ou n'en as-tu pas *? That is the question.* Es-tu plus qu'un homme ? Es-tu moins ? Nous aurions l'impression d'être bernés, si nous venions à découvrir, nous lecteurs de *L'Idiot,* que le prince Muichkine, nouvel Octave... Planer dans les hauteurs de l'idéal, c'est très beau, mais à condition que tu aies choisi de faire le dindon, de ton plein gré *choisi,* me suis-tu ? Si la nature, dans son étourderie... »

Alors, sans préavis, avec une soudaineté et une audace qui nous laissèrent pantois, il étendit la main vers l'entrejambe de Nicolas, et dit, en saisissant à pleine main sa braguette :

« Sors ta bite.

— Quoi ? »

Défaillant, le souffle coupé, Nicolas me jeta un regard de détresse.

« Sors ta bite », répéta Henri.

Emoustillés, les invités accoururent.

« Eh ! le Russe ! continua Henri, tu ne vas pas nous faire croire que tu n'as pas compris. Tes allures de jocrisse, tu sais, ça prend pas avec nous. Sainte Russie pour M. Aboulker, mais ici juteuse occasion. Un enfant de chœur reste avec sa maman et ne va pas se fourrer chez les gays. Toi, tu te fais inviter à leur soirée, tu les excites par ta jolie petite frimousse slave, et puis, quand on s'intéresse à ta bite, *Grands dieux ! de quoi me parlez-vous ?,* tu bafouilles, comme si tu ne savais pas de quoi il s'agit. »

Nicolas, tout tremblant, reculait vers une embrasure de fenêtre.

« Ah ! poursuivit Henri, on a les jetons, on voudrait se tailler. Tu t'es mis dans de beaux draps, ma poulette, et c'est trop tard, maintenant, pour faire ton étroite. Tu nous as drôlement allumés, avec ta mine de sainte nitouche ! On trique tous comme des Turcs, à essayer de deviner si une beauté russe est faite comme une autre. *In cauda veritas.* Etre gay, ma minette, ce n'est pas courir après la Sylphide — tiens, je ne vois pas ton Alice, il n'est pas venu, ce mimi ? Si tu crois que Shakespeare ne se payait que de poèmes et Noureev de gambades, laisse-moi te dire que tu es con, en plus d'être hypocrite. Voyez-moi ça ! Tu te frottes à nos jambes, et tu ne veux pas nous montrer ta queue ! »

Il continua sur sa lancée. Les autres, pendant ce temps, mettaient la main sur Nicolas. Ils le palpaient, certains lui caressaient la joue, d'autres lui malaxaient les fesses. Les plus impudents cherchaient à entrer dans ses poches. Ils étaient douze ou quinze à l'asticoter. Rachid aurait déchargé son pistolet sur cette meute, et fait un massacre de ceux qui profanaient le jeune Russe.

Nicolas, voyant que j'étais impuissant à lui venir en aide, cessa de se débattre. Il ne protégeait que sa bouche, de ses deux mains plaquées sous son nez. Ils profitèrent de sa passivité pour le serrer encore de plus près. L'un arracha la chemise hors du pantalon, un autre entreprit de déboucler la ceinture, tandis que Nastasia, toujours en string et redevenue mauvaise, tira d'un geste sournois sur la fermeture Eclair. Il s'ensuivit une mêlée confuse, après quoi on vit voler en désordre, et atterrir sur le parquet, le polo de coton, le tricot de corps, les sandales, le jean et jusqu'au slip du garçon.

Le jabot de dentelle, porté dans *Eugène Onéguine* par le témoin de Lensky, gisait parmi ces dessous élimés d'un Russe pauvre. Mme Maroussine aurait pleuré, en constatant que Pouchkine lui-même n'avait pas arrêté les sauvages, ni le souvenir de Tchaïkovski adouci leur férocité.

Un moment de stupeur succéda à cette frénésie. Ils se reculèrent, les uns pour vérifier si la Sainte Russie *en avait,* selon l'expression raffinée de Sauterot, les autres, j'aimerais le croire, frappés de remords. Tous demeurèrent abasourdis : Nicolas, laissé seul au centre de la pièce, était nu comme un ver, mais, par un phénomène étrange dont ils discutent encore aujourd'hui, une flamme blanche irradiait du milieu de son corps, vêture surnaturelle suppléant au pillage des vêtements.

Ceux qui, excités par le bagou d'Henri, s'étaient promis de voir, ne virent rien. Le ventre, le bas-ventre, le sexe, estompés dans une nébuleuse indistincte, s'étaient évanouis par enchantement. Nicolas ramassa ses habits sans se presser, inaccessible et invulnérable dans son pagne de lumière.

Sa peau blanche de Russe rayonnait d'une clarté intérieure qui le soustrayait aux offenses.

XXXVII

Un matin, Rachid se réveilla la bouche pâteuse. (Comment l'ai-je su ? Comment la scène qui a suivi est-elle venue à ma connaissance ? Eh bien, sans entrer dans les détails, évidemment, il m'en a raconté assez pour que ce que je vais en dire forme un récit vraisemblable.) Juliette, au travail de bonne heure, était déjà sortie. L'été commençait, par une chaleur lourde. Il aperçut, du lit, un ciel laiteux. Quelle lumière laide, le contraire des nuits blanches que je lui avais décrites ! Le lac Ladoga ! Valaam ! Quand pourrait-il découvrir, de ses yeux, les splendeurs du Grand Nord ? Il se sentait mesquin. Un sentiment de frustration lui rongeait le cœur. La veille, les jeunes Russes avaient organisé une petite fête, et ils avaient invité les Aboulker à monter. On était une vingtaine, dans le petit appartement, *à boire de la bière,* et féliciter Alice : elle avait reçu un engagement à l'Opéra de Paris. La directrice de la danse, sur le seul témoignage de ses classes, avait décidé, par une faveur exceptionnelle, de l'intégrer au corps de ballet, pour les rôles de caractère. La mesure prendrait effet dans quelques semaines, après le règlement de certains détails administratifs.

Par honnêteté et par reconnaissance pour celui qui le premier lui avait offert un contrat, elle hésitait à fausser compagnie à Rudolf Petitjean, bien qu'il eût disparu sans plus donner signe de vie. Nicolas dut la convaincre qu'en reprenant sa liberté, elle ne *forlignait* pas. Le projet d'Epernay était tombé à l'eau. Ces messieurs du champagne, après la victoire de la France en football, avaient préféré investir dans la chaussure de sport. Restait un problème épineux : le remboursement de l'avance. Alice eût été bien en peine de rassembler la somme nécessaire. Juliette avait prié son mari de conseiller la jeune fille, de l'aider. Rachid se souvint qu'il avait promis de passer chez elle, pour examiner ses papiers, établir des échéances.

Quel matin poisseux, décidément. Il faisait très chaud, ou il avait trop bu, bien qu'il eût quitté la soirée, avec Juliette, avant la fin des libations. Ils avaient fait l'amour, mais très mal. Lui, en tout cas, en gardait un souvenir mécontent. Pour la première fois, il avait pensé à Nicolas, au corps de Nicolas, en pénétrant Juliette. Détestable interposition du fantasme. Seul un lâche accepte un tel pis-aller. Il se doucha, s'habilla d'un jean à fermeture Eclair et d'un polo sans manches, se prépara une tasse de café noir, puis, pourvu de son chéquier, il descendit les deux étages de l'escalier principal et remonta les cinq étages de l'escalier de service.

Pas de sonnette au petit appartement. Il heurta à la porte. Dormaient-ils encore ? Nicolas sans aucun doute, mais Alice, la vaillante Alice ? Il n'osait pas frapper trop fort. La porte étant munie d'une poignée extérieure, à tout hasard il tourna cette poignée, et poussa la porte qui s'ouvrit. Il songea que les Russes n'ont pas le goût de se barricader. Seuls les progrès de la délinquance dans leurs grandes villes, depuis l'effondrement du communisme et le relâchement de la police, font prendre à quelques-uns l'habitude de tirer le verrou.

La minuscule antichambre où il entra communiquait par trois portes avec le reste de l'appartement. Une des portes donnait accès à la cuisine et à la salle d'eau, une autre à la chambre de Nicolas, la troisième à la chambre d'Alice. Cette troisième porte était entrebâillée. La jeune fille avait punaisé à l'extérieur un *Avis à l'intansion de M. Aboulquère : Serai de retour à trèze heures.* La brave petite ! Fête ou pas fête, elle était partie de bon matin pour sa classe. Non contente de travailler sous la direction de Simon Gilbert dans la classe mixte de l'Opéra, elle enchaînait avec le cours de Mlle Engleton, réservé aux filles.

Rachid s'apprêtait à redescendre, quand il eut l'idée d'aller jeter un coup d'œil dans la chambre de Nicolas. Comme tout Paris le colportait, dormait-il entortillé dans son drap ? Belle occasion de vérifier. Un Russe laisse sa porte ouverte, mais, la nuit, victime de cette pudeur qui a congelé les mœurs pendant soixante-dix ans, il se claquemure dans une sorte de fourreau ! Ce que vit Rachid le laissa abasourdi. Nicolas était couché sur le ventre. Il avait rejeté le drap ; et, soit en raison de la chaleur, soit que, ayant trop bu, il se fût affranchi de toute décence, celle des Russes comme celle de Noé, il s'était mis tout nu. Le nez piquait dans l'oreiller, un bras était replié sous la joue, l'autre pendait le long du matelas. Les deux jambes, sans un poil, reposaient mollement écartées.

« Ah ! canaille, murmura Rachid, tu me tends ton cul ! »

En un instant, devant cette chair imberbe, tout fut oublié, l'amour courtois, la dévotion éthérée, le respect de la Russie, les égards pour la jeunesse, les liens du mariage. « Ton cul, tu m'offres ton cul ! » Il répétait ces mots avec une sombre fureur, il s'entêtait dans cette vulgarité, comme pour prendre à témoin Paris et renier publiquement le personnage qu'il s'était bâti depuis tant d'années. « Plus de culte, du cul ! » Oui, c'en était fini, de l'amour platonique. Bel et bien fini, de l'adoration à distance et de la chasteté.

En un tournemain il se déshabilla, eut seulement

la prudence de tirer le rideau, dont le velours rouge empourpra la chambre d'une réverbération sanglante, puis, ayant grimpé sur le matelas qui tenait lieu à Nicolas de lit, il s'allongea sur le corps, se colla à l'échine, étreignit les épaules, se cala entre les fesses. Nicolas ne se réveilla même pas.

« Ah ! voyou, tu t'es saoulé exprès, tu savais que je viendrais. Mademoiselle, qui fait sa mijaurée en public, voulait se faire monter en douce. Tu vas voir de quel bois je te chauffe, l'endormi, et comment je vais t'enfifrer, à la turque, à la mongole, et te troufignonner, jusqu'à ce que tu cries de plaisir, empapaouté de mes deux ! »

Gestes et langage inconcevables, pour qui connaît le Rachid que nous avons tous connu. Le refoulement de sa sensualité dans le mariage, la sauvagerie de la bête qui se réveille à l'improviste, l'instinct de profanation excité fatalement par un corps vierge, la contagion involontaire de la soirée chez Sauterot, les rumeurs qui circulaient dans Paris, les soupçons qu'il lisait dans les yeux de sa femme, tout concourait à lui faire accomplir soudain ce que tout le monde croyait qu'il faisait, ce que tout le monde paraissait vouloir qu'il fît.

Ces bordées de mots inusuels dans sa bouche, sonnaient-elles au moins la victoire, comme le clairon sur le champ de bataille ? Hélas pour Rachid, s'il faut dire toute la vérité, celle-ci était moins glorieuse. Il avait beau, à force d'injures, d'obscénités, chercher à s'exciter, comptant, comme un charretier, faire avancer sa mule à coup de braillements orduriers, la mule n'avançait pas. Recroquevillée, ratatinée, toute fripée, toute flasque, elle refusait le service, bête rétive ou flapie.

La panne ! La panne minable ! La panne honteuse ! Jamais, dans sa carrière de gay, Rachid n'avait connu le fiasco. « Ai-je perdu l'entraînement ? » se disait-il stupidement, de plus en plus furieux et pressé d'en finir. Et, à nouveau, de tâcher à se fouetter par les mots. « Petite lope, tu fais semblant de ne pas te réveiller, pour te faire chatouiller plus longtemps l'orifice, etc. » Or, si Rachid n'aboutissait à rien, il n'était pas moins vrai que Nicolas dormait pour de bon. Le Russe, l'enfant et le buveur de bière s'étaient coalisés pour l'enfouir dans un sommeil de plomb.

Devant ce corps livré sans défense et néanmoins inaccessible, la rage, la honte, l'humiliation aveuglaient Rachid. « Impuissant ! Suis-je donc devenu impuissant ? » L'épithète sinistre l'égarait un peu plus. Que ne se rappelait-il la formule du poète ! *La seule chose qui ne sache pas mentir chez l'homme* le remettait dans la voie d'où il n'aurait jamais dû s'éloigner. On ne triche pas impunément avec soi-même. Le but que poursuivait Rachid heurtait sa volonté profonde. Son corps le sauvait malgré lui.

Ignorant l'avertissement, attribuant à la chaleur l'échec de ses efforts, il se détacha de Nicolas, se souleva sur les coudes. Il suait, son membre était moite. Il le prit entre deux doigts, décapuchonna le gland. Rien, toujours rien. Il le saisit à pleine main, le tira, le tritura, le secoua. En vain. De tous les trucs dont il usait d'habitude pour cacher à Juliette ses défaillances momentanées et y porter remède sans qu'elle connût son embarras, aucun ne se montra opérant. Un invisible pouvoir protégeait la pureté de Nicolas.

« C'est parce que je regarde, se dit Rachid, au comble de la détresse et de l'épuisement. C'est à cause de mon œil. » Il se pencha, attrapa son polo qu'il avait jeté par terre, s'en fit un bandeau qu'il noua derrière sa tête. « On ne fait pas l'amour sous un œil grand ouvert », pensait-il, oubliant que c'était son œil à lui, croyant être sous la domination d'une pupille intemporelle, captif d'une étoile qui l'épiait du firmament.

Il serra les dents, crispé dans un dernier effort. La force secrète qui contrariait son désir possédait le moyen infaillible d'en bloquer l'élan, mais Rachid, qui ne voulait pas s'avouer vaincu, s'en prenait à l'été, à l'alcool, à la fatigue, à la malchance, incriminant jusqu'à la dépense séminale de la veille avec Juliette.

Il arracha le polo, chercha à retourner Nicolas.

« On va les découvrir enfin, tes fameux bijoux slaves », se disait-il, si mortifié, si exaspéré, que, pour le tact et l'élégance, cet Henri Sauterot qu'il détestait lui aurait rendu des points. « On va te la câliner, te la chouchouter, te la bichonner, ta fleur de beauté, on verra bien si elle fait la prude comme son tartufe de maître. M'est avis qu'elle va profiter de ce qu'il roupille, le sournois, pour se payer une petite fête. »

Ce *on* était une autre manifestation de la force secrète, laquelle mettait ainsi le vrai Rachid, pudique et courtois, à l'abri des grossièretés où se vautrait le pauvre fou.

Fou, parce qu'il refusait de se rendre à l'évidence, pauvre, parce que, s'il avait réussi dans sa tentative, il en eût été le premier désespéré.

En fait, *on* ne vit rien du tout, le Rachid qui voulait voir ayant été déjoué, une fois de plus, par le Rachid qui ne voulait pas. Au moment où le Rachid qui essayait d'arriver à ses fins empoignait le corps pour le faire basculer, le Rachid ennemi de toute fin, hostile à tout but, le Rachid de la vision, qui n'était pas celui de la vue, ressentit une douleur dans la hanche. Un muscle s'était froissé. J'emploie la forme passive, quand il faudrait écrire, en hommage à la volonté de résistance qui trouva un nouveau moyen de s'entremettre : le refus d'obéir à un ordre injuste froissa le muscle. Nicolas retomba sur le ventre. Les deux Rachids portèrent la main à cette hanche et s'assirent comme ils purent sur le bord du matelas. Ils se rhabillèrent tant bien que mal, l'un, tenaillé par la douleur, pestant contre le slip qu'il n'arrivait pas à enfiler, l'autre, mystérieusement soulagé, fourrant le slip dans la poche de son jean.

Juliette, rentrée à l'improviste, défaisait dans l'antichambre un paquet de dentelles au point de Venise, quand son mari poussa la porte. De son œil rapide, elle remarqua tout de suite deux choses : la braguette grande ouverte ; une mine défaite et penaude. Elle comprit sur-le-champ d'où venait Rachid, ce qu'il avait tenté, l'échec subi, la déconfiture éprouvée, l'affront reçu. En constatant qu'il boitillait, elle jugea qu'ils s'étaient battus. L'éphèbe scandalisé avait flanqué dehors le goujat, cette pensée ne la rassura pourtant pas tout à fait. Elle fit semblant de n'avoir rien vu, vaqua à ses affaires sans dire un mot, mais prit enfin la décision qui mûrissait depuis longtemps dans sa tête et arrêta les détails de son plan.

XXXVIII

« Monsieur Lamoignon Antoine, né le..., à..., etc.

— Oui, monsieur le juge.

— Excusez-moi, cher ami, d'accomplir de telles formalités. L'affaire dont je suis chargé est si délicate, des obscurités si étranges y subsistent malgré la diligence des enquêteurs, qu'aucun témoignage ne sera superflu. Je vous ai convoqué, pour recueillir des indices qui peuvent être précieux, mais aussi, je dois vous en avertir, parce que votre... disons pour le moment : responsabilité, semble être engagée sérieusement, au moins sur un point.

— Je suis prêt à répondre à toutes les questions. »

Je connaissais ce juge pour l'avoir souvent rencontré dans les couloirs du palais Garnier ou de l'Opéra Bastille. Il était membre de l'AROP, cette association distinguée qui occupe plusieurs dizaines de fauteuils les soirs de gala, quitte à refouler plusieurs rangs en arrière les places dévolues par la coutume aux journalistes et aux critiques. Nous échangions, à l'entracte, des considérations sur la musique, sur le cinéma, sur la littérature, et, malgré le tour invariablement cérémonieux de ces propos — il me saluait par mon nom, je ne le connaissais que par sa fonction —, j'estimais de bon augure pour Rachid que son affaire fût instruite par un magistrat aussi cultivé.

« Le ménage Aboulker était-il uni, selon vous ?

Avez-vous surpris des disputes ? Donnaient-ils des signes de mésentente ?

— De mésentente, non.

— N'hésitez pas, monsieur Lamoignon, à me livrer le fond de votre pensée. Nous devons faire toute la lumière sur ce crime. L'instruction a révélé le passé de M. Aboulker. Avec de tels antécédents, il n'y aurait rien d'étonnant que ce mariage n'ait été pour lui qu'une solution boiteuse... une cote mal taillée, vous voyez ce que je veux dire... Il est avéré que certains hommes, de l'espèce à laquelle appartient, ou appartenait, jusqu'à son mariage, M. Aboulker, souffrent d'une instabilité affective. Dangereuse pour eux-mêmes, dangereuse surtout pour leurs proches, nous avons, hélas ! une nouvelle occasion de le constater.

— Pourquoi dites-vous : il est avéré ?

— Le Dr Raoul Patenôtre, de la Société de psychanalyse, est formel : les sujets en question sont d'une constitution fragile. Si, ayant décidé de s'amender, ils tentent de se réinsérer dans une existence normale — les cas, paraît-il, abondent —, ils ont du mal, quelle que soit leur bonne volonté, à tenir leur promesse. Parmi tous les *repentis* que traite le Dr Patenôtre, il n'y en a aucun qui n'ait été victime d'une rechute. Aussi, je vous répète ma question : M. Aboulker s'accommodait-il pleinement de sa vie conjugale ? N'en voulait-il pas à sa femme — de manière peut-être inconsciente, notez bien —, ne lui reprochait-il pas — même obscurément, je vous l'accorde — de... d'être tout simplement sa femme, et de le forcer, lui, à être son mari ?

— M. et Mme Aboulker formaient un couple bien assorti. Aucun désaccord sérieux, à ce que je sache, ne les a jamais opposés...

— Vraiment ?

— Peut-être M. Aboulker avait-il conservé, d'avant son mariage, certaines tendances incompatibles avec son nouvel état, mais il aimait suffisamment sa femme pour les sublimer en admirations artistiques. La danse, en particulier, lui fournissait un dérivatif idéal. Pendant dix ans, il s'en est satisfait, au plus grand contentement des deux époux.

— Jusqu'à ce que les deux jeunes Russes...

— Leur apparition, je le reconnais...

— Ah ! si vous-même...

— A créé une tension dans le couple...

— Je m'en doutais.

— Pourquoi dites-vous : je m'en doutais ?

— Eh ! monsieur Lamoignon. Le Dr Patenôtre est formel. La moindre occasion met en péril, chez les sujets dont nous parlons, un équilibre forcément précaire. Pour accéder au bonheur conjugal, ils manquent de la stabilité nécessaire. Le mariage, même un mariage réussi, comme vous qualifiez celui de M. Aboulker, ne peut leur apporter qu'un bien-être illusoire. L'apparition de ce jeune homme russe, justement...

— N'allons pas trop vite, monsieur le juge...

— A réveillé chez M. Aboulker...

— Pas trop vite ! Pas trop vite !

— La jeune fille, j'imagine, n'a rien à faire dans cette histoire. Pour le Dr Patenôtre, qui d'ailleurs, ici, se borne sagement à citer Freud...

— Vous avez donc, sur ce crime, une idée bien arrêtée ?

— Voici ce qui ressort de l'enquête. Ce jeune Russe, nommé Maroussine Nicolas, né le..., à..., etc., ayant compris qui était et ce que désirait M. Aboulker, a joué la carte de la séduction. Un pari fort aisé, ne serait-ce qu'en raison de l'énorme différence d'âge.

— Avez-vous interrogé Nicolas ?

— Une première fois, oui. Ses réponses ont été des plus évasives. Il s'est cantonné dans de prudents nuages, comme étranger au drame qu'il avait provoqué. Un type très fort, ce Moscovite, sous ses apparences de chérubin !

— Pourquoi avez-vous de lui une opinion si négative ? D'abord il n'est pas moscovite.

— La police a étudié l'affaire dans tous ses détails. Ce jeune homme n'a pas plus de centime en poche que de permis de séjour. Son visa est expiré depuis longtemps. Il prétend avoir obtenu une bourse pour venir étudier en France, mais n'a pu fournir le reçu que de versements fort irréguliers. Un certain nombre de papiers, selon lui, se trouvent bloqués dans un bureau à Leningrad.

— Saint-Pétersbourg.

— Sans le sou, comment a-t-il vécu ? Grâce à un prêt consenti par son oncle, puis en exploitant le dévouement de sa compagne, une bonne pâte, celle-là, une Juive dévouée, du genre Marthe ou Rachel. Elle avait obtenu une avance d'une compagnie de ballet française, et partageait tout avec son camarade. Ces deux sources de revenus, cependant, ne pouvaient être longtemps suffisantes. La compagnie de ballet a été dissoute. Leur providence a conduit les deux jeunes gens rue Victor-Massé, dans un petit appartement sous les toits...

— Excusez-moi, la Providence, s'il y a eu Providence, a été purement et simplement mon fait. C'est moi qui les ai présentés aux Aboulker.

— Je sais, monsieur Lamoignon. Je viendrai tout à l'heure à l'examen de votre rôle dans l'affaire. Pour le moment, suivez mon raisonnement. Maroussine Nicolas s'avise que, trois étages en dessous de sa mansarde, la Providence — ici, vous ne me contesterez pas le mot — la Providence lui a fourni un pigeon à plumer.

— Monsieur le juge ! Avez-vous des preuves que M. Aboulker ait entretenu ce jeune homme ? Qu'il ait payé ses services, si services il y a eu ?

— Des preuves, pas encore, mais de fortes présomptions. N'a-t-il pas avancé la caution pour l'appartement du cinquième ? Chaque mois, n'est-ce pas lui qui réglait le loyer ? Nous n'avons trouvé, dans son carnet de chèques, aucune trace de versements directs. Pardi, ces crève-la-faim de Russes n'ont même pas de compte en banque ! Excluronsnous pour autant que de l'argent soit passé de la main à la main ? M. Aboulker y allait gaiement, avec sa carte bleue !

— Je connais Nicolas, je connais les Russes ! m'écriai-je. Leur désintéressement, leur dédain des biens matériels...

— Vous aimez trop Tchaïkovski et Chostakovitch, cher ami. Le fait que Maroussine Nicolas soit russe renforcerait plutôt mes soupçons. Les Russes sont fourbes, ils n'ont ni scrupules ni parole. Après avoir craché pendant soixante-dix ans sur l'Occident, ils nous mendient effrontément nos dollars, en pensant que nous serons assez bêtes pour nous contenter, comme caution, du rebaptême de Leningrad en Saint-Pétersbourg, et du transfert de quelques ossements douteux dans le mausolée des Romanov. Comment survivraient-ils, sans la charité du FMI ? Moi, je ne prêterais pas un sou à Moscou. Rappelez-vous le pacte germano-soviétique : Molotov et Ribbentrop scellant l'alliance infâme qui a permis l'invasion de la France. Vous croyez encore à l'âme russe, vous ? Merci bien. Qui dit roubles, dit roublard, roublardise. Voyez Littré. L'étymologie, il n'y a que ça.

— Admettons, monsieur le juge, que Nicolas soit ce calculateur, cet intrigant que vous supposez. Vous ne l'accuserez quand même pas d'être l'instigateur du crime ?

— Pourquoi chantonnait-il si souvent le couplet de Ganymède dans l'opérette de Victor Massé ? Il savait même que le jeune homme aimé de Jupiter n'était pas grec mais troyen ! J'aimerais bien l'inculper, savez-vous, ce n'est pas l'envie qui me manque. L'honnêteté du magistrat l'oblige à ne mettre en cause, pour le moment, que M. Aboulker. Aguiché par le freluquet, repris par ses anciens démons, retombé dans son vice, il a donné en plein dans le piège. Est-il si difficile de reconstituer la suite ? Mme Aboulker surprend les amants, une scène terrible oppose les époux, Mme Aboulker somme son mari de renvoyer les Russes. Entre la séparation de Nicolas et le meurtre de sa femme, il n'a pas été long à choisir.

— Vous en faites un monstre, de M. Aboulker !

— Voyez-vous, pour nous autres magistrats chargés des affaires criminelles, les romans, les opéras, les films sont une bible. Pour comprendre comment l'idée du crime peut naître dans un cerveau normal mais perverti par une passion morbide, nous avons le choix entre *Thérèse Raquin, Le facteur sonne toujours deux fois, Roi, dame, valet* de Nabokov, *Lady Macbeth de Mtsensk* de Chostakovitch... Quel opéra extraordinaire, n'est-ce pas, malgré ce nom imprononçable !

— Et, de ces exemples, vous concluez...

— Que M. Aboulker a supprimé son épouse parce qu'elle faisait obstacle à ses petites coucheries. Tel est le mobile du crime, clair et patent. L'accusé, qui s'enferme dans un mutisme complet et refuse de répondre aussi bien à mes questions qu'à celles de son avocat, ne facilite pas la tâche de la justice. Ce système de défense constitue, neuf fois sur dix, un aveu de culpabilité.

— Et vous m'avez convoqué...

— Pour que vous me disiez si ces résultats correspondent à ce que vous avez pu deviner de l'affaire. Réfléchissez, monsieur Lamoignon, avant de répondre. Nous connaissons vos liens, professionnels et amicaux, avec l'assassin.

— C'est tout réfléchi, monsieur le juge. Je m'oppose de toutes mes forces à cette version du crime.

— Vous niez que M. Aboulker ait pu céder à un égoïsme aussi monstrueux ? J'ai interrogé M. Henri Sauterot. Il ne s'embarrasse pas, lui, pour dénier aux homosexuels — puisqu'il faut les appeler par leur nom — tout sens moral. « On fait ce qui nous plaît, quand ça nous plaît » : voilà, textuellement, ce qu'il m'a dit. Il pense que Mme Aboulker *emmerdait* son mari, et qu'il l'a *zigouillée* (le mot est également de M. Sauterot) pour *ne plus l'avoir entre les pattes.* M. Aboulker a tranché, toujours selon M. Sauterot, entre *le gendarme* et *le gigolo.* J'ai fait observer à M. Sauterot que sa déposition était très grave, qu'elle chargeait lourdement M. Aboulker. Il a marmonné je ne sais quoi. A son air mauvais, j'ai subodoré qu'il avait un vieux compte à régler avec l'accusé. Sa déposition, je ne la retiens donc qu'avec la prudence nécessaire.

— Ecoutez-moi, monsieur le juge. Rachid, je le connais intimement. Ce n'est ni un instable ni un cynique. Dix ans de mariage et de fidélité conjugale le prouvent assez, il me semble. S'il a tué sa femme, ce n'est pas en calculant le profit qu'il pourrait tirer de son crime. J'exclus catégoriquement une telle stratégie. Il a tué par passion, monsieur le juge, agi par une force supérieure qu'il n'était pas maître de dominer. Il avait une passion pour ce jeune Russe, et l'idée de le perdre l'a rendu fou. Cela n'a rien à voir avec l'homosexualité. C'est un crime passionnel, un de ces cas dont l'instruction a dû vous occuper souvent.

— En effet. Et c'est parce que je suis devenu familier de ce genre d'affaires, que je puis vous assurer que le meurtre de Mme Aboulker n'entre pas dans la catégorie du crime passionnel. Dostoïevski, le père de la criminologie moderne, notre maître à tous, a fait du crime commis sous l'action d'une force irrésistible — le crime passionnel, justement — une démonstration qui peut être qualifiée de scientifique. Texte de base : *L'Idiot*. Personnages : Rogojine, l'amant jaloux ; Nastasia, la maîtresse de Rogojine ; le prince Muichkine, rival de Rogojine auprès de Nastasia. Sur qui Rogojine exerce-t-il sa frénésie homicide ? Sur sa maîtresse, non sur son rival.

Comme l'a rappelé M. Sauterot, lors de la fameuse soirée (il savait tout, ce juge), Rogojine tue Nastasia, il ne tue pas le prince Muichkine. Le passionné authentique ne s'en prend jamais à celui qui lui fait obstacle.

« Les romans de Simenon corroborent cet axiome. A l'opéra, c'est encore plus net. J'ai eu souvent le plaisir d'évoquer avec vous cette particularité si frappante. Canio égorge Nedda, non Silvio, son amant. Wozzeck frappe de son couteau, non le tambour-major qui lui a pris sa femme, mais celle-ci. Sans oublier *Carmen*, évidemment, l'archétype du genre. Qui José poignarde-t-il ? Carmen, bien entendu, *ma Carmen adorée*. Irait-il se jeter sur Escamillo ? L'hypothèse est tellement contraire à la psychologie de la passion, que le simple fait de la formuler est absurde. Un crime passionnel commis sur la personne d'un tiers, cela n'existe pas. Je comprends que vous cherchiez à défendre votre ami, en présentant son crime sous l'aspect le moins défavorable. Mais si ce que vous affirmez était vrai, si la peur de perdre son amant avait égaré M. Aboulker, il n'aurait pas tué sa femme, il aurait tué son amant. On ne supprime pas le tiers sous le coup de la passion, on ne s'en débarrasse que par calcul. Il faut être mû par le cynisme, ou aiguillonné par la débauche. M. Aboulker cherchait comment avoir la voie libre. Chimère pour ainsi dire classique, dont vous trouvez dans *Ossessione,* le film de Visconti, l'illustration la plus spectaculaire. Je pense que vous n'avez pas oublié la séquence de la voiture poussée dans le fleuve. Sans soupçonner M. Aboulker et le jeune homme russe de former un couple aussi machiavélique...

— Je proteste énergiquement contre le tort que vous faites à M. Aboulker, rien qu'en suggérant que son crime puisse avoir une similitude quelconque avec cette histoire sordide. D'ailleurs, réfléchissez, monsieur le juge. La mort de Juliette ne pouvait profiter en aucun cas à M. Aboulker. Quel alibi avait-il ?

Quel moyen de faire croire à un accident ? Ne s'est-il pas hâté de se dénoncer lui-même ?

— Le coup pouvait partir tout seul... Nous verrons ce qu'il dira pour sa défense. Il soutiendra sans doute que, chez M. Sauterot, quelque temps avant le drame, il n'a pas tiré exprès. Et que, le jour du meurtre, il nettoyait son arme...

— Si Rachid avait voulu nettoyer son pistolet, il l'aurait fait dans son bureau, où il le gardait, non dans l'antichambre, où l'on a trouvé le cadavre de Mme Aboulker.

— L'expertise a prouvé que ce pistolet n'avait nullement besoin d'être nettoyé. M. Aboulker entretenait son arme avec soin.

— Pour vous, la préméditation ne fait donc pas de doute ?

— Résumons-nous, monsieur Lamoignon. Vous plaidez la thèse du crime passionnel, perpétré dans un moment d'égarement. C'est bien cela ?

— Oui, monsieur le juge.

— Saviez-vous M. Aboulker exposé à de tels raptus ? La psychanalyse appelle ainsi un état second, pendant lequel le sujet perd le contrôle de soi-même. Aviez-vous relevé des indices permettant de craindre la tragédie qui s'est produite ? Le Dr Patenôtre...

— M. Aboulker est un caractère entier. Je voyais bien que ce jeune Russe obsédait mon ami.

— Attention à ce que vous dites, monsieur Lamoignon. Il ressort de l'enquête un détail qui peut vous compromettre. Le pistolet, que M. Aboulker avait acheté autrefois, n'était plus en sa possession la veille du crime. Quelqu'un le lui a rapporté, le jour même de l'assassinat.

— C'est moi, ce quelqu'un.

— Je suis soulagé de vous l'entendre dire, cher ami. Votre franchise m'épargne d'ordonner un supplément d'information, décision que je n'eusse prise qu'à regret, étant donné vos antécédents sans tache, votre honorabilité d'homme marié, vos trois enfants, votre réputation dans Paris — sans compter, bien entendu, nos liens personnels, que la justice, quand il s'agit de ses intérêts supérieurs, me fait un devoir d'ignorer.

« Que M. Aboulker ait jeté son pistolet par terre, chez les anormaux de la rue du Temple, c'est un fait établi. Les témoins se contredisent sur l'identité de la personne qui a ramassé l'arme. Plusieurs d'entre eux vous désignent ; d'autres se montrent moins sûrs. La plupart de ceux que nous avons interrogés n'avaient rien vu du tout. Vous avez été franc. Maintenez-vous votre déposition ? Avez-vous réellement ramassé, puis, quelques jours après, rendu à M. Aboulker son pistolet ?

— Oui.

— Cela s'appelle, en langage judiciaire, fournir l'arme du crime.

— Mais...

— Pour moins que cela, monsieur Lamoignon, on est inculpé de complicité involontaire, voire d'homicide par imprudence.

— Restituer ce qu'on a trouvé par hasard est le premier devoir du citoyen.

— A condition que la justice estime que ce pistolet a été ramassé *par hasard,* et restitué avec la pleine conviction qu'il ne pouvait en aucun cas favoriser le projet d'un assassin. Vous avez rapporté l'arme précisément le jour où M. Aboulker en avait besoin pour mettre à exécution son plan. Pourquoi ? Simple coïncidence ? Etourderie coupable ? N'aviez-vous vraiment aucun pressentiment du drame ?

« Monsieur Lamoignon, soyons clairs. Vous veniez d'assister, chez M. Sauterot, à une scène d'une rare violence. M. Aboulker, qui avait apporté son pistolet par jeu, pour compléter un déguisement, était-il forcé de le charger au préalable ? Quoi qu'il puisse nous dire par la suite, l'expertise balistique a conclu que le coup est parti *avant* qu'il n'eût jeté l'arme par terre. L'impact de la balle dans le mur constitue une preuve formelle. M. Aboulker voulait-il intimider seulement ? Voulait-il blesser ? Voulait-il tuer ? De toute façon, reconnaissez que brandir un pistolet chargé, dans une soirée d'amis, n'est pas l'indice d'une nature bien équilibrée. N'avez-vous pas été un peu... léger, en restituant l'arme à son propriétaire, puisque vous le saviez sujet à des accès incontrôlables, dans l'atmosphère particulièrement tendue de la rue Victor-Massé ?

« Sans grand effort d'imagination, je me représente, dans tous les détails de son histoire, comment le crime a mûri, puis explosé. La proximité des deux appartements, le giton installé presque à demeure, l'impudence du couple, et jusqu'à l'hypocrisie de condamner la porte de service pour éloigner les soupçons ont exaspéré Mme Aboulker. Elle s'est refusée à tenir plus longtemps la chandelle. Elle s'était d'abord obligée au silence, pour épargner ses enfants et sauver son ménage, passant l'éponge sur ce qu'elle n'estimait qu'une passade. Mais comment accepter de rester spectatrice détachée, comment garder son sang-froid, en voyant se renforcer le lien des deux amants, grandir leur effronterie et décroître sa propre influence ? Pouvait-elle supporter indéfiniment d'être outragée dans sa propre maison ? Le flagrant délit, je suppose, l'a poussée à bout. Que s'est-il passé au juste ? Scène plus violente avec son mari, menace de dénoncer Nicolas à la police pour défaut de visa et de permis de séjour, ou chantage aux enfants, de quelque façon qu'elle se soit cabrée soudain, ce manque de complaisance a signé sa condamnation.

« Cher ami, sans vous mettre formellement en examen, je demande à M. Lamoignon de rester à la disposition de la justice. »

XXXIX

J'ai menti. Menti sur toute la ligne. Par soustraction et par addition. Ce juge est pourtant estimable. Ses préventions contre les Russes m'agacent, mais elles ont une excuse. Son grand-père avait placé, avant la guerre de 14, toutes ses économies dans les bons d'emprunt lancés par l'Empire russe. Il se retrouva, après la Révolution, si complètement ruiné qu'il se tira une balle de revolver dans la tête. Le petit-fils a choisi d'être magistrat au criminel, de se consacrer aux faits divers sanglants, à cause de ce suicide, raconté comme une légende dans sa famille. Seulement, l'imagination lui manque. Il a beaucoup lu, il va souvent à l'opéra, au cinéma, les histoires d'autodestruction le fascinent : à quoi bon, si ses souvenirs et sa culture ne lui servent qu'à rapporter à des modèles passés un drame qui n'a ni exemple ni précédent ?

Ni sa version du crime ni la mienne ne correspondent à la vérité. Si j'ai menti, c'est dans l'espoir — qui ne s'est pas avéré — de faire accorder à l'assassin les circonstances atténuantes.

Juliette, quand elle eut deviné que son mari avait essayé de coucher avec Nicolas et que Nicolas l'avait repoussé (demi-erreur, due au boitillement de Rachid), estima que la victoire n'était nullement acquise. Un danger permanent menaçait leur couple, tant que rôdait dans les parages cet androgyne, dont la chasteté excitait si follement son mari.

Pour elle, son opinion était faite. Elle voyait en Nicolas un grand nigaud, à peine sorti de l'adolescence, tout engourdi d'indécision, retardé encore dans son développement par le climat polaire de la Russie et le traditionnel puritanisme du pays de Tolstoï, de Soljenitsyne. Les communistes avaient renforcé en la tournant à leur profit cette morale étroite et sévère, reflet d'une terre sans soleil. Mais ce qui empêchait Juliette d'avoir le moindre goût de ce puceau, le défaut de sexe et de saveur qu'elle reprochait à Nicolas, présentait quelque chose d'ensorcelant pour son mari, elle l'avait compris d'emblée. Dans une société qui ne met aucun obstacle aux rapports sexuels, un garçon que personne n'a touché, de quel attrait se pare sa jeunesse ! Lac de fadeur pour Juliette, puits de mystère pour Rachid.

Rachid dut s'éloigner quelques jours de Paris, pour un festival de danse en province. Juliette n'attendait que cette occasion. Elle proposa à Nicolas de visiter un château près de Tours, sous le prétexte que le comte du Nord y avait séjourné, et peut-être laissé des souvenirs. Puis, s'étant arrangée pour manquer le dernier train qui devait les ramener à Paris, elle l'invita dans un hôtel élégant, où ils dînèrent avec appétit, avant de monter dans la seule chambre qui restât disponible, affirma-t-elle avec aplomb dans le corridor désert.

Des rideaux de soie bleue, tombant du baldaquin, enveloppaient de leurs plis célestes le lit généreusement conjugal. Un bahut Renaissance, un coffre florentin décoré d'un paysage bucolique et des fauteuils de chêne à haut dossier complétaient l'ameublement. Le portrait, aux seins nus, de la duchesse d'Etampes, par Clouet, était reproduit en petits carreaux de céramique au-dessus de la coiffeuse en bois de citronnier. Par les fenêtres à meneaux on apercevait, en se penchant de côté, une rangée de saules au bord de la Loire et les restes d'un moulin en ruine.

Ce qui s'ensuivit, aurais-je pu le raconter au juge ? Avec ses références littéraires, il m'eût dit : « Ah oui ! comme dans *Le Blé en herbe* ! » Ou bien : « Mais c'est *Le Diable au corps* tout craché ! » Ni l'un ni l'autre, monsieur le juge. Juliette n'avait aucune envie et ne prit aucun plaisir à initier un embryon. Cette femme d'esprit s'ennuya à montrer des gestes qui pour elle n'avaient plus de secret. Quant au démon de midi des romans, elle aimait trop son métier pour perdre du temps avec cette faribole.

En couchant avec Nicolas, elle ne s'était fixé d'autre but, que de rapporter la paix dans son ménage. Pour arracher Rachid à ses fantasmes, pour assener le coup de grâce aux espoirs de son mari, un seul moyen. Il fallait mettre le jeune Russe en lieu sûr — dans les eaux profondes à l'abri des écueils — et fournir à Rachid la preuve qu'il s'était forgé une chimère.

Je ne crois pas forcer la vérité en prêtant à Juliette des idées aussi froides, un plan aussi net. Ce n'était pas une héroïne d'opéra. Elle s'employa, malgré tout, à enjoliver la nuit tourangelle de faux-semblants romantiques, pour ferrer plus solidement le jeune mâle, l'annexer une fois pour toutes au bon camp. Elle eût compromis son projet, sans un simulacre d'extase. Le baldaquin, la couleur azurée des rideaux, les draps roses brodés de Cupidons ailés, le coffre peint de nymphes, le satyre non moins dévêtu qui les poursuivait au bord d'un étang, la baignoire ronde dans la salle de bains, la mièvrerie générale du décor, qu'il prit pour de l'authentique style François Ier, aidèrent Juliette à tromper Nicolas.

Il ne se réveilla, le lendemain matin, que très tard. Quand, à peine émergé du sommeil, il eut réclamé de nouveaux câlins, elle ne douta plus du succès. Elle l'avait changé en homme, il n'aimerait que les femmes. Au comptoir de la réception, en payant la note, elle se sentait si peu troublée par l'aventure de la nuit, qu'elle prépara soigneusement la suite. Des cartes postales-réclames représentant une chambre type de l'hôtel étaient mises à la disposition des clients. Elle en prit deux, en donna une à Nicolas, après avoir écrit au verso la date, un vers suggestif de Baudelaire, et apposé sa signature. Il baisa la signature, apprit par cœur le vers, et rangea la carte dans la poche intérieure de son blouson, contre son cœur. L'autre, elle la fourra au fond de son sac, entre le rouge à lèvres et le miroir à ressort, signée et datée de la main de Nicolas. Elle l'avait laissé écrire, en caractères cyrilliques, une strophe entière de Pouchkine, mais ne pensa même pas à se la faire traduire.

« Cela ne se répétera jamais entre nous », lui dit-elle sur le seuil de l'hôtel. Sa mine était grave et sa voix sévère. « Il ne le faut pas. Nos relations doivent reprendre comme s'il ne s'était rien passé. Je compte sur toi pour enfouir ce secret. » Rien ne convenait mieux au jeune homme. Son imagination chevaleresque l'eût empêché d'entrer sans répugnance au service régulier d'une dame, qui était sa logeuse et sa bienfaitrice. L'idée qu'il s'était rendu complice d'un adultère ne l'effleura même pas. Pas une fois il n'avait tutoyé celle qu'il avait serrée contre lui. Il se retourna, pour regarder encore une fois l'hôtel, imprégner dans sa mémoire ce qui n'était pour lui qu'un mirage. Tout avait été si irréel, si mystérieux ! En jetant un dernier coup d'œil sur le vieux moulin à demi caché par les saules, il songea que, comme dans le ballet *Casse-Noisette,* plus le conte de fées a été merveilleux, plus on serait ingrat de ne pas accepter qu'il finisse.

Le soir de son retour à Paris, le lundi qui suivit le week-end tourangeau, Rachid trouva à sa femme un air de satisfaction déplaisant. Il se retira, tout de suite après le dîner, et s'enferma dans son bureau. Le souvenir du viol manqué s'était effacé comme un mauvais rêve. Il avait hâte de recomposer en lui l'image idéale du jeune dieu. En levant la tête, il retrouva intacte la félicité de l'ancien temps. Nicolas était assis à sa place habituelle, devant la fenêtre, et travaillait. Rachid eut l'illusion que le temps s'était arrêté, que Nicolas vivait au centre de ce temps intemporel, et que lui, Rachid, entraîné par Nicolas, s'élevait dans la gloire d'un ciel pur. Il avait voulu rabaisser un Russe au niveau de l'Occident, projet aussi absurde que de réduire la Neva aux dimensions de la Seine. Ce qu'il avait tenté au cinquième étage n'était qu'un malentendu stupide, dû à une misérable erreur d'appréciation. Il salua comme une revanche de l'esprit la déconfiture qu'il avait essuyée.

Il en était là de sa songerie, remontant peu à peu à l'altitude où son mythe courtois le soulevait, lorsque Juliette, sans même frapper, entra dans la pièce.

« Ce n'est pas la peine de regarder par la fenêtre », dit-elle d'un ton résolu. Rachid fit mine de ne pas comprendre. « Tu perds ton temps, reprit Juliette. Cesse de rêvasser à Nicolas. Il n'est pas pour toi, ce garçon.

— Il n'est pas pour moi ?

— Il n'est pas homosexuel, si tu veux que je mette les points sur les *i*. Il ne le sera jamais.

— Voilà du nouveau, Juliette ! Comment le sais-tu ?

— Parce que je l'ai déniaisé, Rachid, et que l'expérience a été concluante. »

Rachid s'appuya sur la table. Il se sentait chanceler. « *Déniaisé,* murmura-t-il, comme tu es vulgaire. » Le mot semblait le heurter encore plus que le fait. On ne déniaise qu'un niais. Le mari et la femme ne parlaient pas de la même personne.

« Je ne te crois pas, dit-il soudain. — Regarde ceci », fit Juliette. Elle exhibait la carte postale, avec d'un côté l'image parlante de la chambre d'hôtel à Tours, et de l'autre côté le triple témoignage, de la date, de la signature et de la strophe russe.

« Nicolas possède la même, signée et datée de ma main. Nous nous sommes échangé ce gage. Il conserve le sien comme une relique.

— Tu as fait cela ? Tu as fait cela ? » Rachid, l'air égaré, ne savait que bredouiller ces quelques mots. Il retournait la carte, hébété. La trahison de Nicolas, datée et signée, lui brûlait les doigts.

« Tu as fait cela ?

— Oui, pour que tu reprennes pied sur terre. Secoue-toi, mon ami, prends conscience des choses comme elles sont. Ta chimère angélique est un garçon normal, normalement hétérosexuel.

— Tu as fait cela ? Oh ! comment as-tu osé ? Comment as-tu osé ? » balbutia-t-il, en repoussant Juliette vers la porte. Une flamme si sauvage brûlait au fond de ses yeux, qu'elle prit peur et sortit d'elle-même.

De Juliette, il n'était nullement jaloux. Il ne pensait qu'à Nicolas, à son idéal détruit.

« Elle a détruit mon idéal, me dit-il, à deux jours de là. Croit-elle que je vais accepter ce qu'elle a fait ? Est-il possible que je m'en tienne là... ? que j'accepte docilement cette... ? » Il s'étranglait, des crises de sanglots l'étouffaient. Il raccrocha, avant que j'aie pu tirer de lui des propos moins inintelligibles.

Le jeudi matin, j'étais sorti acheter le journal et les croissants du petit déjeuner, quand il m'appela à nouveau, pour me demander de lui rapporter son pistolet. Je trouvai son message en rentrant. Voix calme, arguments sensés. Je le crus revenu dans son assiette.

« Des cambrioleurs ont essayé de s'introduire, la nuit, dans notre appartement... Ils devaient faire le guet, depuis plusieurs jours... Nous avions conduit les enfants à la gare, avec leurs valises... Ils croyaient trouver la place vide... Si je n'avais pas eu besoin d'aller aux toilettes, qui sont à l'autre bout de l'appartement, comme tu sais, près de la cuisine où j'ai entendu qu'on essayait de forcer la porte... Ma femme a eu si peur, qu'elle est allée se réfugier chez une amie, en attendant que le serrurier ait blindé nos deux portes. »

Seulement à la deuxième écoute du message, je m'avisai qu'il s'était lancé dans de bien longues explications. Pourquoi une telle abondance de détails, sinon pour m'empêcher de former certains soupçons ? Puis, je crus me rappeler, mais sans en être sûr, que les deux portes de l'appartement étaient blindées depuis longtemps.

Le jeudi, pour mon journal, est le jour du bouclage. De plus en plus inquiet du tour que prenaient les événements rue Victor-Massé, j'avais l'intention, si pressé que je fusse, de monter au deuxième et de remettre le pistolet, en mains propres, à Rachid. Le peu qu'il avait laissé échapper, encore sous le choc de ce qui s'était passé à Tours, me revenait sans cesse à l'esprit.

La fatalité se mit en travers. A cause des voitures en stationnement illégal, une seule file de circulation restait sur la chaussée. La benne des ordures talonnait le taxi qui m'avait amené. Autos bloquées derrière la benne, hurlement des klaxons. Les jeunes vendeurs dans les magasins de guitares électriques s'avançaient sur le seuil et regardaient l'embouteillage d'un air amusé, sauf M. Diop, toujours effrayé qu'il y eût trop de bruit devant sa boutique. Gesticulant sur leur balcon, exaspérés par le vacarme, les gens du quartier nous montraient le poing. Mon chauffeur, un Sénégalais que les deux buts de Lilian Thuram en demi-finale de la Coupe du monde ne mettaient pas à l'abri des insultes, refusa d'attendre. Je n'eus que le temps d'entortiller le pistolet dans les pages livres de *Libé*, et de déposer le paquet chez le gardien.

Par une autre malchance non moins funeste, les vacances d'été avaient commencé. Amin et Valériane, sur ce point Rachid ne m'avait pas menti, étaient partis pour une plage de la Méditerranée. Je suis sûr que la présence de ses enfants dans la maison eût ramené Rachid au bon sens et à la conscience de ses responsabilités. Il les aimait, il n'eût pas supporté, en les entendant jouer dans leur chambre, l'idée de briser leur jeunesse. Quant à moi, la saison des ballets ayant pris fin, je n'eus pas l'occasion de revoir Rachid avant la catastrophe.

Juliette, épouvantée par le regard torve de son mari, s'était sauvée et réfugiée chez une amie, là-dessus aussi il avait dit vrai. Jusqu'au jeudi après-midi, elle ne reparut pas. Pendant ce temps, deux pensées contradictoires assaillaient, tourmentaient, harcelaient Rachid, jusqu'à l'affoler, littéralement le rendre fou. Le choc de ces deux pensées dans une même tête a déclenché la tragédie.

Une de ces pensées était banale, et même le juge l'eût comprise : Juliette a tenu dans ses bras Nicolas, elle l'a enjôlé sous ses baisers et ses caresses, elle l'a fait jouir (il insistait, pour se meurtrir davantage, sur ce mot et sur l'image qu'il suscitait). Toutes choses qu'il s'était interdites, et auxquelles il se sentait furieux d'avoir renoncé. Le sot ! Pour son unique tentative, ne s'était-il pas ingénié, il le comprenait maintenant, à mettre toutes les chances contre lui, en sorte qu'il avait provoqué lui-même le fiasco ?

L'autre pensée, bien que le tirant dans un sens opposé, ne lui causait pas une torture moins atroce. Son idéal, détruit ; l'ange du cinquième, déchu ; la contemplation, devenue impossible ; le mythe russe, tourné en dérision ; le rite de la fenêtre, à jamais avili : cataclysme plus complet n'aurait pu s'abattre sur lui. Il pensa impossible d'y survivre.

Le pistolet que le gardien lui avait monté avec le courrier était resté, dans son cabinet de travail, sur le plateau de la bibliothèque tournante. Il ouvrit le tiroir de son bureau, se saisit de la petite clef cachée sous les papiers, l'introduisit dans la serrure du secrétaire fermé par le rideau de bois. Le rideau glissa dans la rainure avec un bruit qu'il trouvait d'habitude caverneux et qui lui sembla en cette occasion sépulcral. Il actionna le ressort du compartiment où il m'avait montré, naguère, qu'il rangeait son arme. La réserve de balles voisinait avec l'écrin vide.

Il procédait avec lenteur, circonspection. Un observateur aurait pu croire qu'il se donnait le temps de réfléchir, avant d'accomplir le geste irrémédiable. En réalité, s'il ne se pressait pas, c'était pour donner à l'action qu'il s'apprêtait à commettre le sens et la majesté d'une cérémonie. Juliette avait profané Nicolas. Par son suicide, préparé comme un rite de purification, il effacerait le crime.

Au moment suprême, cet homme étrange retournait aux croyances qui l'avaient jeté autrefois pour quelques mois dans le cloître. Je pense que l'idée de tuer sa femme, si elle se présenta à son esprit, fut repoussée avec horreur. Il ne fallait pas un meurtre pour rétablir l'innocence de l'Agneau, il fallait un sacrifice librement consenti.

Il prit le colt dans sa main, chercha une balle, la glissa dans le chargeur, referma le secrétaire, remit la clef à sa place dans le tiroir. Il portait le canon à sa tempe, quand il entendit la porte palière s'ouvrir. Le bruit était si faible, qu'il crut d'abord s'être trompé. Il prêta l'oreille, distingua, malgré la moquette qui étouffait les pas, qu'on marchait avec précaution dans l'antichambre. Il entrouvrit la porte de son bureau. Par l'entrebâillement, il vit sa femme au milieu de paquets. Une partie de la pile qu'elle avait posée sur la chaise du courrier glissait par terre.

Juliette lui tournait le dos, occupée à fouiller dans son sac, sans essayer de rattraper les paquets qui dégringolaient entre ses jambes. Coupons d'étoffe, bouts de tissu, pochettes d'échantillons : il reconnut, d'après l'étiquette des emballages, qu'elle avait mis à profit ces trois jours de crise pour faire la tournée de ses fournisseurs. Quoi ! Tandis qu'il agonisait, dans l'écroulement de ses rêves, dans le naufrage de toute sa vie, elle vaquait tranquillement à ses petites affaires ! Il poussa la porte d'un coup de pied, l'appela à haute voix par son nom, tendit le bras armé du pistolet. Elle se retourna, laissa tomber, de saisissement, son sac à main dont le contenu se répandit. Elle ouvrit la bouche pour crier. Il tira, elle pivota sur elle-même et s'effondra silencieusement. Quand la police, qu'il avait appelée tout de suite, arriva, elle était morte, les bras en croix sur le tapis, au milieu des babioles éparpillées.

XL

Admise dans le corps de ballet de l'Opéra de Paris, Alice gagne quelque dix mille francs par mois. Nicolas, dont le dossier s'est égaré entre Saint-Pétersbourg et Paris, attend toujours des versements plus réguliers. Il s'accommode fort bien de partager les dix mille francs de sa compagne. A eux deux, avec un tel pactole, douze fois le salaire de sa mère, ne sont-ils pas des Crésus, même en déduisant le loyer, qu'ils ont maintenant à payer ?

Chose incroyable à dire, mais cadrant, selon moi, avec le type russe dont il est l'incarnation si parfaite, à aucun moment il ne s'est douté du rôle qu'il a joué dans la mort de Juliette. Qui avait armé la main de Rachid, qui avait mis en joue la malheureuse, il n'en eut pas le moindre soupçon. Le sang versé glissa sur sa peau blanche. Les amis du couple restèrent stupéfaits : les jeunes Russes, au lieu de déménager pour fuir le lieu du drame, reprenaient le bail à leur nom !

Pendant ce temps, le tribunal condamnait Rachid à la réclusion perpétuelle. N'est-ce pas une imposture, pour un amour, que de se vouloir garder inaccompli ? Peut-être, entre les quatre murs de sa cellule, finira-t-il par l'admettre. La chasteté mène fatalement à la tragédie.

Pas de circonstances atténuantes pour celui qu'on estima n'avoir agi que pour satisfaire son vice. Les représentants des familles avaient demandé la peine maximale, pour donner un exemple aux maris et les dissuader d'en prendre trop à leur aise avec les valeurs qui fondent la société.

Le juge rendit à mon égard une ordonnance de non-lieu, après avoir épluché la cassette de mon répondeur et pris connaissance du message où Rachid évoquait la tentative de cambriolage pour récupérer son pistolet. On voulut bien croire que j'ignorais que les deux portes étaient déjà blindées. Hélas, ce message, qui dégageait ma responsabilité, accablait Rachid : la préméditation ne faisait plus de doute, s'il avait menti pour rentrer en possession de son arme.

Amin et Valériane furent confiés à la tante de province chez qui ils étaient partis en vacances. L'appartement du deuxième fut vidé, les meubles mis aux enchères, les disques et les livres dispersés. La petite foule consternée qui se pressait à l'hôtel Drouot commentait à voix basse la catastrophe. On n'en voulait pas à Nicolas, non. On le savait innocent. On aurait souhaité seulement que, de lui-même, il jugeât plus sain, plus correct, plus conforme à ce qui était dû à la mémoire du couple, de quitter le décor où avait mûri le drame.

Mais lui, là-haut, se trouve bien. Il s'y est installé à demeure, scellant sa volonté de permanence par l'achat, à la Samaritaine, d'un nopal nain qu'il proclame *immarcescible*.

Pas plus que son goût des mots longs et précieux, ses habitudes n'ont varié. Comme autrefois dans les chambres d'hôtel, il omet d'éteindre les lampes, et la lumière, toute la nuit, ruisselle des ampoules. L'eau des robinets, quand Alice oublie de les fermer derrière lui, chante jusqu'au matin dans les siphons.

De moins en moins souvent, car, devenue plus attentive, elle lutte contre le gaspillage. Bouleversée par la tragédie, soupçonnant que le caractère de Nicolas n'y a pas été étranger, elle s'est décidée à ne plus se laisser intimider par son compagnon. Précise, économe, pratique — le contraire de Nicolas —, elle lui montre, quitte à se faire traiter de Juive, qu'avoir les pieds sur la terre ne conduit pas forcément à perdre son âme. Après tout, c'est elle qui gagne l'argent de leur foyer, de manière honnête maintenant, pendant qu'il traîne dans ses recherches.

Chose curieuse, il n'a demandé que d'une voix timide si elle ferait installer chez eux le téléphone. Elle n'eut pas à batailler longtemps pour le convaincre que cette dépense grèverait inutilement leur budget. Il ne court plus chaque dimanche à la poste, et n'appelle plus sa mère qu'une ou deux fois par mois.

Il a suivi l'enterrement, apporté une gerbe de fleurs, acheté une cravate noire pour lui, un chapeau de deuil à l'intention d'Alice. Pour le respect de la tradition, on ne le prendrait pas en défaut.

L'abandon de son mémoire et le désintérêt pour le voyage de Paul Ier me confirment que, tout en continuant à vivre à Paris, il s'est désenchanté de notre pays. Le mythe qu'il s'était formé de la France aura reçu le coup de grâce — si étrange qu'il semble — dans l'église de la Trinité, lors du service funèbre. En Russie, on ne cloue les planches qu'à l'ultime moment, après que les proches se sont inclinés sur le corps et l'ont baisé au front. Nicolas, entre toutes les coutumes de son pays, honorait celle-là d'une révérence particulière. A Saint-Nicolas-des-Marins, la plus suggestive des églises de Saint-Pétersbourg, il s'attardait longuement dans les bas-côtés de la nef, à regarder les familles penchées sur les défunts. Le visage blanc des morts, à la clarté vacillante des bougies, se rallume et s'anime. C'est alors que, par les larmes des yeux, le baiser des lèvres et le signe de croix répété trois fois, leur sont transmises, pour qu'ils les emportent au ciel, la piété et l'affection des survivants. On se détache plus facilement des personnes qu'on a aimées, en gardant leur image imprégnée dans son cœur.

Dans l'église de la Trinité, il vit arriver le cercueil de Juliette déjà fermé et plombé.

« Pauvre Mme Aboulker... Expédiée comme un colis... » Ce fut la seule réflexion qu'il confia à Alice, entre les grondements de l'orgue et les déprécations du Requiem, le seul hommage rendu à celle dont il n'avait pas l'air de se souvenir d'avoir été l'amant.

Bien sûr, l'horreur et la pitié que soulève une mort violente et injuste l'ont bouleversé, mais sans qu'il s'interroge sur les motifs de cet assassinat, ni se mette une seule fois en question. Il est resté le même, après le crime qu'il a provoqué. Ayant passé intact à travers le désastre, il demeure pur, il demeure transparent.

Saint-Pétersbourg, 15 mai 1997.
Kalat, 25 août 1999.

Du même auteur :

romans

L'ÉCORCE DES PIERRES, 1959, Grasset.
L'AUBE, 1962, Grasset.
LETTRE À DORA, 1969, Grasset.
LES ENFANTS DE GOGOL, 1971, Grasset.
PORPORINO OU LES MYSTÈRES DE NAPLES, 1974, Grasset et Le Livre de Poche.
L'ÉTOILE ROSE, 1978, Grasset et Le Livre de Poche.
UNE FLEUR DE JASMIN À L'OREILLE, 1980, Grasset.
SIGNOR GIOVANNI, 1981, Balland.
DANS LA MAIN DE L'ANGE, 1982, Grasset et Le Livre de Poche.
L'AMOUR, 1986, Grasset et Le Livre de Poche.
LA GLOIRE DU PARIA, 1987, Grasset et Le Livre de Poche.
L'ÉCOLE DU SUD, 1991, Grasset et Le Livre de Poche.
PORFIRIO ET CONSTANCE, 1992, Grasset et Le Livre de Poche.
LE DERNIER DES MÉDICIS, 1994, Grasset et Le Livre de Poche.
TRIBUNAL D'HONNEUR, 1996, Grasset et Le Livre de Poche.

opéra

LE RAPT DE PERSÉPHONE, 1987, *Dominique Bedou*. Musique d'André Bon, CD Cybelia 861.

voyages

MÈRE MÉDITERRANÉE, 1965, Grasset et Le Livre de Poche.

LES ÉVÉNEMENTS DE PALERME, 1966, Grasset.

AMSTERDAM, 1967, Le Seuil.

LES SICILIENS *(en collaboration avec Ferdinando Scianna et Leonardo Sciascia)*, 1977, Denoël.

LE PROMENEUR AMOUREUX, de Venise à Syracuse, 1990, Plon et Presses Pocket.

LE VOLCAN SOUS LA VILLE, promenades dans Naples, 1983, Plon.

LE BANQUET DES ANGES, l'Europe baroque de Rome à Prague (Photographies de Ferrante Ferranti), 1984, Plon.

LE RADEAU DE LA GORGONE, promenades en Sicile (photographies de Ferrante Ferranti), 1988, Grasset et Le Livre de Poche.

AILES DE LUMIÈRE (photographies de Ferrante Ferranti), 1989, François Bourin.

SÉVILLE (photographies de Ferrante Ferranti), 1992, Stock.

L'OR DES TROPIQUES, promenades dans le Portugal et le Brésil baroques (photographies de Ferrante Ferranti), 1993, Grasset.

SEPT VISAGES DE BUDAPEST (photographies de Ferrante Ferranti), 1994, Corvina/IFH.

LA MAGIE BLANCHE DE SAINT-PÉTERSBOURG, Gallimard Découvertes, 1994.

PRAGUE ET LA BOHÊME (photographies de Ferrante Ferranti), Stock, 1994.

LA PERLE ET LE CROISSANT (photographies de Ferrante Ferranti), Plon « Terre humaine », 1995.

SAINT PÉTERSBOURG (photographies de Ferrante Ferranti), Stock, 1996.

RHAPSODIE ROUMAINE (photographies de Ferrante Ferranti), 1998, Grasset.

PALERME ET LA SICILE (photographies de Ferrante Ferranti), Stock, 1998.

BOLIVIE (photographies de Ferrante Ferranti), Stock, 1999.

MENTON (photographies de Ferrante Ferranti), Grasset, 2001.

essais

LE ROMAN ITALIEN ET LA CRISE DE LA CONSCIENCE MODERNE, 1958, Grasset.

L'ÉCHEC DE PAVÈSE, 1968, Grasset.

IL MITO DELL'AMERICA, 1969, Edizioni Salvatore Sciascia (Rome).

L'ARBRE JUSQU'AUX RACINES, Psychanalyse et création, 1972, Grasset et Le Livre de Poche.

EISENSTEIN, L'Arbre jusqu'aux racines II,1975, Grasset et Ramsay-Poche-Cinéma.

LA ROSE DES TUDORS, 1976, Julliard.

INTERVENTI SULLA LETTERATURA FRANCESE, 1982, Matteo (Trévise).

LE RAPT DE GANYMÈDE, 1989, Grasset et Le Livre de Poche.

LE MUSÉE IDÉAL DE STENDHAL, Stock, 1995.

LE MUSÉE DE ZOLA, Stock, 1997.

LE VOYAGE D'ITALIE, *dictionnaire amoureux,* Plon, 1998.

LE LOUP ET LE CHIEN, *un nouveau contrat social,* Pygmalion, 1999.

LES DOUZE MUSES D'ALEXANDRE DUMAS, Grasset, 1999.

traductions

UNE ÉTRANGE JOIE DE VIVRE ET AUTRES POÈMES, *de Sandro Penna,* 1979, Fata Morgana.

L'IMPRÉSARIO DE SMYRNE, *de Carlo Goldoni,* 1985, Éditions de la Comédie-Française.

POÈMES DE JEUNESSE, *de Pier Paolo Pasolini,* 1995, Gallimard.

POÉSIES, *de Sandro Penna,* Les Cahiers Rouges, Grasset, 1999.

Composition réalisée par JOUVE

IMPRIMÉ EN ALLEMAGNE PAR ELSNERDRUCK
Dépôt légal Éditeur : 19072-04/2002
LIBRAIRIE GÉNÉRALE FRANÇAISE - 43, quai de Grenelle - 75015 Paris.

ISBN : 2 - 253 - 15275 - 7 31/5275/8